사할린

❷

사할린: 큰글씨책 ❷

초판 1쇄 발행 2017년 5월 15일

지은이 이규정
펴낸이 강수걸
편집장 권경옥
펴낸곳 산지니
편집 정선재 윤은미 문윤호
디자인 권문경
등록 2005년 2월 7일 제 333-3370000251002005000001호
주소 부산광역시 해운대구 수영강변대로 140 BCC 613호
전화 051-504-7070 | 팩스 051-507-7543
홈페이지 www.sanzinibook.com
전자우편 sanzini@sanzinibook.com
블로그 http://sanzinibook.tistory.com

ISBN 978-89-6545-419-9 04810
978-89-6545-417-5(세트)

* 책값은 뒤표지에 있습니다.
* 이 도서의 국립중앙도서관 출판예정도서목록(CIP)은 서지정보유통지원시스템 홈페이지(http://seoji.nl.go.kr)와 국가자료공동목록시스템(http://www.nl.go.kr/kolisnet)에서 이용하실 수 있습니다.(CIP제어번호: CIP2017010765)

큰글씨책

사할린

2

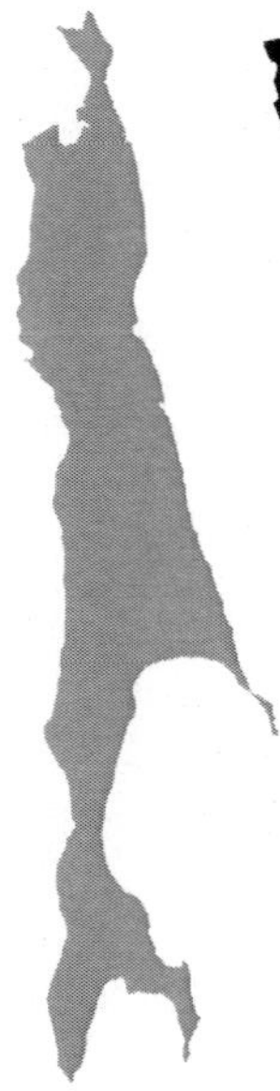

이규정 현장취재 장편소설

산지니

개정판을 내면서

출판된 지 20년이 넘은 소설을 다시 내게 된 동기는, 신문 기자(문학 담당 기자였으나 지금은 간부)의 일깨움과 몇몇 뜻있는 문우들의 권유에 의해섭니다. 이 소설은 문학적 성취도나 일제에 의해 우리가 당한 그 숱한 수탈과 착취, 질곡의 현대사 등을 생각할 때 너무 읽히지 못한 채 묻혀버린 아쉬움이 있다는 것이었습니다. 그래서 다시 출간하려는 용기를 냈지만 출판사에 손해나 끼치지 않을지 내심 걱정이 됩니다.

부산의 일본 영사관 앞에 앉힌 위안부 소녀상 문제로 지금도 일본과는 껄끄러운 관계가 이어지고 있습니다. 사과 한 마디 없이, 10억 엔을 주었으니 이제 아무 소리 말고 소녀상도 철거하라는 일본 당국자를 텔레비전에서 볼 때마다 그 낯짝에 오물을 뒤집어씌우고 싶습니다. 2015년 말에 일본 당국자와 서툰 협상을 벌여 일본에 꼬투리를 잡힌 등신 같은 우리 정부 당국자가 한없이 원망스럽습니다. 우리 정부의 총체적 능력의 한계를 보는 듯한 비애를 느끼기 때문입니다. 정부가 무능하면 그것은 국가의 위상 추락은 물론, 국가 존망에까지 영향을 미칩니다. 대한제국 정부의 무능이 결국 나라를 망친 것은 역사의 교훈입니다. 위안부 문제 협상은 반드시 다시 이루어져야 합니다.

이 소설에도 우리 소녀들이 사할린에까지 끌려가 시달리는 대목이 여러 군데 나옵니다만, 이 소설을 쓸 때는 위안부란 말도 없었고 정신대(挺身隊)라고만 했습니다. 정신(挺身)이란 말은 무슨 일에 몸을 일으켜 앞장서는 것을 뜻합니다. 정신대는 그런 사람들의 무리란 뜻인데, 바로 말하면 왜병들의 성 노예로 꽃다운 우리 소녀들을 수없이 강제로 끌고 가면서 왜것들이 붙인 말입니다. 그런 소녀가 제 어릴 때 우리 동네에서도 있었습니다.

이 소설을 다시 읽어보니, 스스로 말하기는 쑥스럽지만 참 재미있고, 이런 소설을 쓰겠다고 사할린까지 갔던 1991년 5월이 어제의 일처럼 기억되면서 그때가 그립습니다. 다시는 그런 취재여행을 못할 정도로 저는 이미 늙었기 때문입니다. 그러나 몸은 늙었어도 저의 영혼은 늙지 않았습니다. 우리 국민들의 일본 관광 여행조차 저는 꺼리는 사람입니다.

이 소설을 쓰기 위해 여러 가지 문헌 자료를 구하느라고 애썼던 기억이 새롭습니다. 그 문헌들의 일부는 아직도 남아 있습니다. 지금은 쓰던 장편도 건강상의 문제로 일시 중단 상태에 있습니다. 이 장편도 재일동포의 설움과 애환을 다룬 것이고, 이를 쓰기 위해서 몇 번이나 일본을 다녀왔는데 그때마다 의식 없는 우리 관광객들을 수없이 보고 한숨을 쉬었습니다. 온천 여관에서 일시 제공한 실내복 왜옷을 입고 온 골목을 활보하고 다니는 우리 관광객들!

소설을 재출간하면서 제목을 『먼 땅 가까운 하늘』에서 그냥 『사할린』으로 바꾸었습니다. 뜻있는 몇몇 분들의 의견을 참고한 결과입니다.

감사해야 할 분들이 많습니다. 이 소설의 문학적 가치를 평가하면서 결코 그냥 묵힐 작품이 아니라고 저를 일깨워 주신 언론인, 저에게 재출간을 종용하면서 용기를 주신 문우들, 그리고 그 많은 분량의 원고를 다시 타자해 주신 중학교 영어 교사 이인경 님에게 고맙다는 인사를 합니다. 또 오래전에 읽은 감동만 가지고 촌철살인격의 촌평을 써 주신 이만 열 교수님, 바쁘신 가운데도 작품을 다시 읽고 단평을 써 주신 소설가 조갑상 교수와 평론가 남송우 교수의 우정에 감사합니다. 그리고 꼼꼼하게 편집과 교정, 장정의 힘든 작업에 정성을 쏟아 주신 권경옥 편집장, 정선재 편집자 외 여러분과 강수걸 사장께도 깊은 감사를 드립니다.

다음 글은 이 책을 처음 낼 때인 1996년 여름에 쓴 '작가의 말'인데 그대로 여기에 다시 싣습니다.

2017년 1월의 아주 추운 어느 날
저자 이규정 씀

작가의 말

내가 사할린에 대하여 관심을 가진 것은 20년이 넘었다. 우리 역사의 상처, 우리 민족의 맺힌 한, 이런 것들에 대하여 정부 당국이 미처 손쓰지 못한 일이 있다면 이야말로 작가의 몫이라고 생각해 왔기 때문이다. 그래서 고의든 실수든 해결해야 할 문제의 완급에 정확한 판단을 내리지 못하고 있는 역대 정부 책임자들에 대하여 각성을 환기시키고 싶었다. 국내외적으로 처리해야 할 문제가 산적해 있기는 했지만, 그렇다고 언제까지나 사할린 동포의 그 단장의 망향을 방치해 두고만 있을 것인가, 하는 나름대로의 분노 때문이기도 했다.

또 있다. 이것은 우리 작가들 쪽에 대한 불만이기도 한데, 2차대전이 끝난 지 50년이 지난 지금까지 일제의 만행에 대하여 얼마만큼의 작품을 생산해 내었는가 하는 것이다.

가령, 독일의 나치가 유대민족에 가한 죄악과는 비교도 안 될 만큼, 일제가 우리 민족에 가한 죄악은 그 질량 면에서 크고도 많은데, 이 문제에 대하여 작가들조차도 거의 망각하고 있는 것이 불만스러웠다. 2차대전 당시 나치의 잔학상은 지금도 끊임없이 소설로, 영화로 제작되어 온 세계에 배포되고 있지 않은가. 이는 세계 곳곳에 흩어져 있는 유대인들의 무서운 민족의식 내지 유대계 지식인들의 투철한 역사의식의 소산이라고 생각한다.

이들 유대인들은 타 민족의 작가를 사서라도 나치 죄악상의 자료를 제공하고 거액의 원고료를 지불하면서까지 이를 작품화하고 그 작품을 바탕으로 다시 영화화하는 일에 끊임없이 열정을 쏟고 있는 것이다. 세계

각국의 유대인 출판업자들이 이러한 사업을 자진해서 맡아 하고, 또 유대계 영화인들의 그런 영화 제작에 온 열정을 쏟고 있는 것이다. 그래서 2차대전 영화라면 지금도 거의 히틀러 군대의 죄악상만 쏟아져 나오고 있는 것이다.

이러한 사실을 생각할 때, 그동안 우리 역대 정부는 무슨 일을 해 왔으며, 우리 작가들은 어떤 글을 써 왔으며, 출판사들은 어떠한 책을 출판해 왔는지 깊이 생각해 보지 않으면 안 될 것이다. 화해를 지향하는 국제화 추세에 우리도 마땅히 동참해야 한다. 이것을 반대하는 사람은 없을 것이다. 그러나 따질 것은 따져, 정리하고 청산해야 할 것을 마땅히 정리, 청산해야 하는데도 어느 정부가 언제 일본과 맞서 이 문제를 당당하게 따져 보았던가.

역사의 파수꾼이어야 하고, 현실의 증거자이어야 할 작가들은 과연 그 몫을 다해 왔던가. 이러한 나름대로의 생각 때문에 나는 사할린 동포의 한(恨), 사할린 동포와 이산가족이 돼 있는 기구한 운명의 국내 사람들의 분노와 슬픔을 소설로 쓰고 싶었다. 그래서 국내 일간지에 게재되는 사할린 관계 기사, 이미 출판된 사할린 관계서적을 보는 대로 모아서 정리하고 읽고 또 읽었다.

한편 나는 또 오래전부터, 아직도 해결의 실마리를 보이지 않고 있는 소위 '보도연맹' 문제에 대하여도 깊은 관심을 가지고 많은 자료를 수집하고 있었다. 그래서 지난 80년에 출판한 전작 장편 『돌아눕는 자의 행복』을 쓸 때, 이 문제를 다루었다. 79년에 박정희 대통령이 서거한 뒤 많은 사람들이 서울에 봄이 왔다고 착각했던 것처럼 나도 그때 이 땅에 진정한 자유가 온 줄로 착각하고 겁도 없이 보도연맹 문제를 다루었다. 소설의 제목도 『불바람』으로 해서 출판사에서는 다 된 책을 문공부에 납본했다. 검열을 받기 위해서였다. 그때 나는 서울에 봄이 오기는커녕, 이 땅에 진정한 자유가 오기는커녕, 살벌한 겨울이 되돌아왔음을 깨달았던 것이다. 신군부 정권은 『불바람』이라는 제목의 내 장편을 난도질해서 제목부터 불온하다고 쓰지 못하게 했다. 출판사에서는 내가 심혈을 기울여 다룬 보도연맹 문제를 몽땅 삭제한 채, 표제도 책 중의 한 장(章)의 제목인 『돌아눕는 자의 행복』이라고 적당히 붙여 출판했던 것이다. 그래서 나는 이 불구와 같은 장편을 지금도 잘 내세우지 않고 있다.

이번 이 작품에는 그때 쓰지 못했던 보도연맹 사건도 결부시켰다. 주인공 이문근이란 인물이 보도연맹에 연루되어 학살의 현장에서 기적적으로 살아나, 아내가 있는 사할린으로 찾아가도록 하고 싶었다.

그러나 작가의 상상력이란 한계가 있는 법이고, 한계를 넘어선 상상력이란 리얼리티를 상실하게 마련이다. 이제 남은 일은 사할린을 직접 가보는 일뿐이었다.

그러나 국교도 없는 소련 땅으로 들어가기는 불가능했다. 사할린의 정밀 지도 한 장도 국내에선 구할 수가 없었고, 일본에다 지도를 알아보아도 구할 수 없는 실정에, 작품을 어떻게 쓸 것인가. 그렇다고 앞서 말한 대로 민간인 개인 자격으로는 사할린으로 찾아갈 길도 없었고 재주도 없었다.

그런데 그 뒤에 KBS 촬영팀이 사할린을 다녀와 처음으로 우리 손에 의한 사할린 동포의 소식을 생생히 방영했다. 나는 그것을 녹화까지 해서 동포들의 표정이며, 살림살이 수준, 말씨, 집 내부 구조, 집 외부의 형태 같은 것을 세세히 보아 두었다. 또 그 뒤에는 MBC에서 연예인들을 데리고 사할린 동포 위문차 다녀오기도 해서, 이 방영 또한 눈물을 글썽거리며 보고 녹화하기도 했다. 그럴 때마다 그 팀에 끼여 가지 못한 것(그러한 계획조차 전혀 몰랐지만)을 못내 아쉬워하고 있었다.

그러던 중 지난 90년 7월, 대구에 '中·蘇 이산가족회'가 있고, 그 회를 이끄는 이두훈 회장이 국내의 사할린 이산가족들을 인솔하여 사할린으로 간다는 신문보도를 본 것이다. 나는 당장 그 사실을 보도한 신문사에 전화를 하여 대구의 중·소 이산가족회 전화번호를 알아내었다. 즉시 전화를 했더니 사할린 방문단의 인원구성은 오래전에 확정되었고, 또 수속 등 밟아야 하는 절차가 하도 까다로워 이번 기회는 불가능하니 일단 회원으로 입회해서 다음 기회를 기다리는 게 좋겠다는 친절한 안내를 해주었다.

이렇게 해서 나는 이산가족도 아니면서 이 회에 입회했고, 회원으로서의 의무 또한 충실히 하면서 사할린 방문 날짜만 학수고대했던 것이다. 나는 물론 처음부터 이산가족이 아님을 밝혔고, 방문 목적은 오로지 소설취재에 있음을 분명히 했다.

이래서 대망의 날짜가 확정되었다. 1991년 5월 22일 상오 8시까지 김포공항 집결, 9시에 출발. 학기 중간이어서 께름칙했다. 신학기가 시작되자 미리부터 보강을 해 나가면서 만반의 준비를 하고 있었는데, 다행히도 중간고사 기간과 1주일간의 대학 축제가 사할린 방문 기간 중에 확정되어 있어 다소 마음이 놓였다.

나는 낯설고 물선 사할린으로 가서 정해진 날짜에 귀국하기까지 그야말로 한시도 쉬지 않고 뛰었다. 수많은 동포들을 만나 그들의 한 맺힌 이야기를 눈물 속에 들으면서 기록하고 녹음하고 사진을 찍었다. 사할린에서는 사정이 허락하는 한 우리 동포가 많이 모여 사는 여러 지역과 탄광들을 찾아다니며 폭 넓고 깊이 있는 취재를 했다. 그것을 기록한 공책이 대학 노트 3권이었다. 녹음테이프도 5개가 넘었고, 사진은 필름 10통이 넘었다. 이것을 가지고 와 기억을 되살려 가며 녹음을 문장화하고, 기록해 온 공책을 내가 가지고 있던 자료와 비교해서 고증하는 데 몇 달이 걸렸다.

방학만 이용하는 집필에 꼬박 5년이 걸려 탈고 기한도 많이 어겼다. 쓴 것을 다시 읽고 또 고쳐 쓰기를 수차례. 쓰다가도 눈물을 머금었고, 쓴 것을 읽다가도 눈물을 흘렸다.

이미 5년 전이지만 내가 사할린에서 머무는 동안 나를 곳곳으로 안내해 주고, 잠자리와 식사를 제공해 준 동포 여러분께 깊은 감사를 드린다. 그리고 선뜻 이 원고를 받아 출판을 결정해주신 동천사 사장께도 충심으로 깊은 감사를 드린다.

1996. 7.

저자 이규정 씀

차례

주요 등장인물

이문근 함안 출신. 경성사범학교를 나와 교사 생활을 하다가 보도연맹 사건에 연루되어 학살현장으로 끌려간다. 하지만 기적적으로 살아나 사할린으로 떠난 아내 숙경을 찾아 사할린으로 가서 조선 동포들에게 한글을 가르치며 동포들의 정신적 지도자로 살다가 생을 마감한다.

최숙경 개성 출신. 이문근의 부인. 이철환의 양모. 남편이 괴질에 걸리자 치료비를 벌기 위해 사할린으로 떠난다. 가와카미 탄광 노무자 숙사에서 일하다가 해방 후 천신만고 끝에 일본을 거쳐 한국의 집으로 돌아오지만 남편은 이미 죽은 사람으로 되어 있다.

박판도 거창 출신. 가와카미 탄광 조선인 감독. 배포가 있고 기백이 넘친다. 1944년 임신한 아내를 두고 강제 징용을 당해 사할린에 끌려간다. 해방 후 사할린에서 동포들의 어려운 일을 도맡아 해결해주는 지도자로 살아간다.

허남보 하동 출신. 가와카미 탄광에서 탈주했다가 잡혀와 모진 고문을 당한다. 해방후 귀국선을 타러 코르사코프 항에 갔다가 최해술을 만나 인연을 맺는다.

김형개 의령 출신. 1944년, 마산상업학교 학생 시절 집으로 돌아오던 중에 길에서 일제 트럭에 태워져 강제징용을 당해 브이코프 탄광으로 끌려간다. 탄광 가스분출사고를 막는 돌격대를 자청해서 포상으로 간부 전용 위안소를 갔다가 박소분을 만난다.

박소분 함안 출신. 정신대로 끌려가 일본을 거쳐 브이코프 탄광의 일본인 위안소에서 일한다.

이시무라 브이코프 탄광의 일본인 노무계원이면서 전쟁 전에는 천주교 신부였다. 비록 성무를 박탈당했지만 여느 일본인과 달리 조선인을 인간적으로 대한다. 탄광 쌍굴에 조선인 노무자를 모아 폭사시키려는 음모를 사전에 탐지하여 비극을 막는다. 양심적인 일본인의 전형이다.

정상봉 울산 출신. 천주교 집안에서 태어나 경성에서 신학교를 다니다가 방학 때 다니러 온 울산에서 납치되어 사할린으로 끌려간다. 브이코프 탄광에서 김형개, 이시무라와 같이 일한다.

최해술 합천 출신. 민족지사인 부친이 일본 경찰에 잡혀가게 되자 아버지를 구하기 위해 임신한 아내를 두고 사할린 징용을 자청한다. 아니바 도로건설현장에서 일하다가 일본인한테 학살당할 뻔하지만 기적적으로 살아나 유즈노사할린스크에서 조선민족학교를 세운다.

김상문, 김상식, 김상주 형제 청도 출신. 김해 김씨 민족지사 집안의 후예로, 일찍이 1933년에 일제식민지인 조선을 떠나 우글레고르스크에 정착한다.

김종규 김상주의 아들. 어린 시절을 사할린에서 보내고, 집안에 아들 하나는 교육을 시켜야 한다는 문중 어른들의 결정에 가족과 함께 일본으로 이주했다가 해방 후 귀국한다.

이철환 이문근의 조카. 문근과 숙경의 호적에 양자로 입양된다.

정상규 신부 정상봉의 동생. 형으로부터 편지를 받고 사할린을 방문한다.

최상필 최해술의 아들. 이철환을 통해 사할린 방문 소식을 듣고 방문단에 합류하지만 부친 최해술은 이미 별세한 뒤여서 유골을 안고 귀국한다.

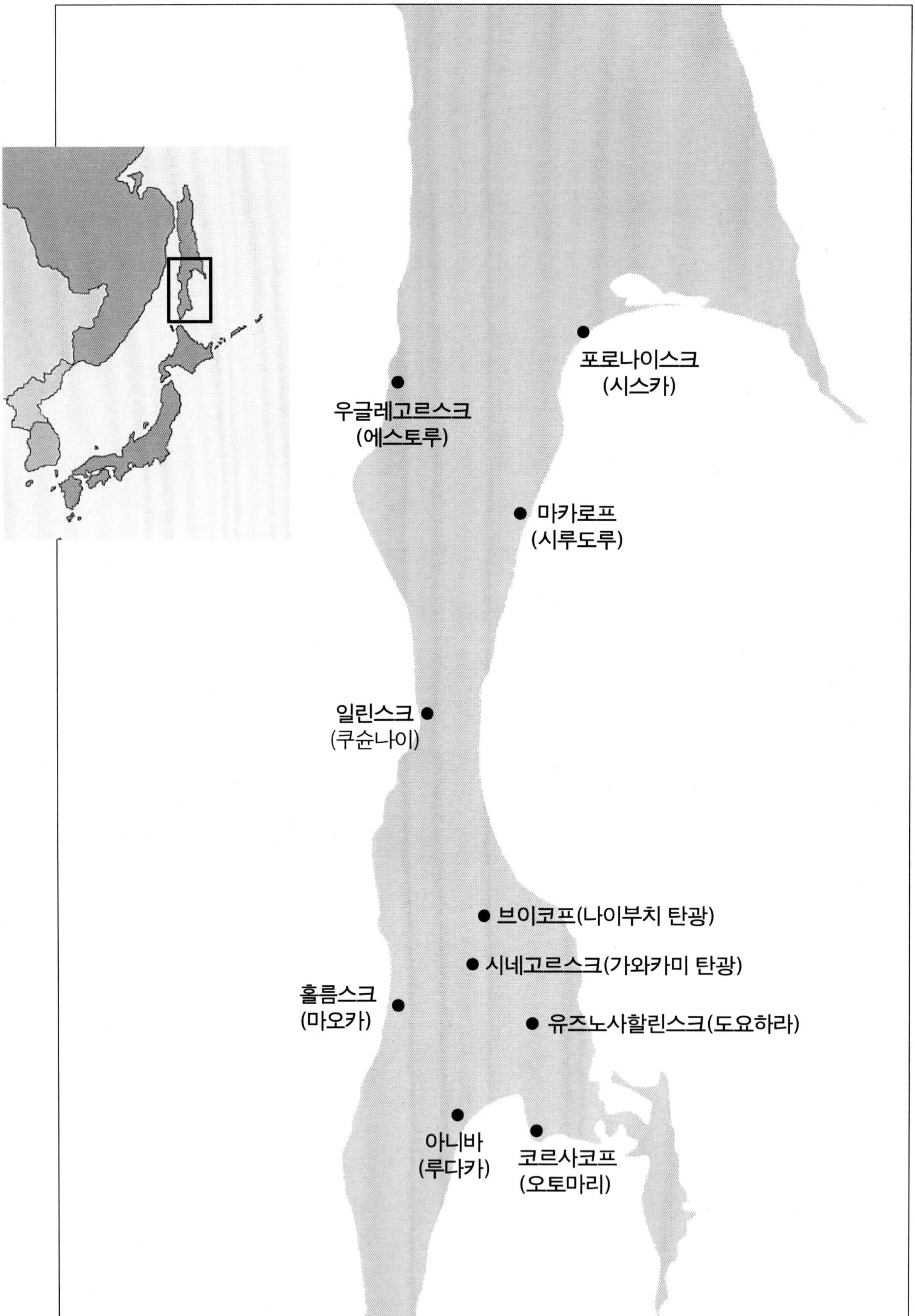
포로나이스크
(시스카)
우글레고르스크
(에스토루)
마카로프
(시루도루)
일린스크
(쿠순나이)
브이코프(나이부치 탄광)
시네고르스크(가와카미 탄광)
홀름스크
(마오카)
유즈노사할린스크(도요하라)
아니바
(루다카)
코르사코프
(오토마리)

9장

별이 빛나는 밤

24

출도는 가라후토로 와서 그런대로 안심하고 일할 수 있었다. 동생 판도가 남양 군도로 징용 갔다가 무사히 집으로 돌아왔기 때문이었다. 아버지 어머니가 건강이 좋지 않으시지만 판도가 자기 대신 가사를 돌보리라는 생각은 장남인 출도에게는 참으로 큰 위안이 되었다.

판도와는 형제간의 우애도 남달리 깊었다. 살림이 빠듯해서 장남인 출도는 고향에서 보통학교를 겨우 마치고, 상급 학교 진학을 아예 포기하고는 농사를 짓기 시작했다. 그러나 동생 판도는 진주에까지 내보내 진주농림학교를 진학하게 했던 것이다. 판도보다 4살 위인 출도는 판도에게 해야 할 일을 아버지 대신 자신이 다 하고 있었다. 학비를 대주고, 만날 때마다 공부를 독려하고, 진주에서 어떻게 생활하고 있는지, 생활지도까지 착실히 했다. 출도는 마치 판도에게 아버지와 같은 역할을 했던 것이다.

출도는 판도의 학자금을 위해, 겨울 방학이 되어 집으로 온 판도를 데리고 나무를 하러 산으로 가곤 했다. 고향 거창군 가북면은 산에 둘러싸인 곳이었다. 경남의 서북부 최북단에 위치해 서쪽으로는 덕유산(德裕山) 줄기가 전북과 경계를 이루고 동쪽으로는 가야산(伽倻山) 줄기가 경북과 맞불려 있었다. 특히 그의 마을은 가야산 줄기의 험난한 산들에 둘러싸여 협곡을 이루고 있었다. 마을의 북쪽으로는 수도산(修道山)이 단지봉(丹芝峰)과 어깨를 나란히 하고, 동쪽으로는 이상봉(二上峰), 서쪽으로는 보해산(譜海山)이 솟아 있었다.

이러한 지형 속에 위치한 출도의 고향 마을은 높은 하늘 아래, 푸른 산에 둘러싸인 작은 마을이었다. 따라서 나무를 하러 가기에는 안성맞춤이었다. 그러나 빈농인 출도의 집안은 문중산(門中山)도 없었다. 그래서 언제나 나무를 해도 산주(山主)의 눈을 피해 가슴을 조이면서 해야 했고, 그런 불안에서 해방되기 위해서는 멀고 깊은 산으로 들어가지 않을 수 없었다. 산주가 있어도 너무 거리가 멀어 산을 돌아보기 힘든 그런 곳으로 가서 고사(枯死)한 나무를 톱으로 잘라 지게에다 지고 오곤 했었다. 깊은 산에는 고사목이 아주 많았다. 언제나 집을 떠나 산으로 가는 데만도 오전이 거의 다 지나버릴 만큼 먼 거리였다. 점심으로 도시락을 준비해 가기는 하나, 그 밥은 늘 고구마밥이거나 조밥이었다. 쌀은 양념처럼 섞여 있고, 보리쌀과 고구마가 거의 전부였다. 껍질을 벗겨 칼로 썰어 둔 고구마를 솥의 맨 밑바닥에다 깔고, 그 위에 삶아둔 보리쌀을 얹고, 맨 위에 한 줌 정도의 쌀을 놓는다. 이것이 고구마밥을 안치는 순서이다. 밥이 다 되었을 때, 쌀과 보리쌀을 반반 정도 섞어 아버지와 어머니의 밥을 뜬다. 그다음에는 보리쌀과 고구마를 섞되, 고구마를 더 많이 섞은 밥이 출도와 판도의 밥이었다. 그리고 맨 밑에 남은 고구마와 조금 남은 보리쌀을 한꺼번에 비벼서 뜬 밥이 출도의 아내와 누이동생이 먹는 밥이었다. 그러자니 산에 가져가는 도시락도 고구마가 많이 섞인 밥일 수밖에 없었다. 쌀농사를 짓기는 해도 판도의 학자(學資)를 마련키 위해 장으로 가서 돈으로 바꿔야 했기 때문에, 가을걷이 때 말고는 쌀밥을 잘 먹지 못했다. 그나마 일제의 공출이 심해지면서는 아예 쌀은 구경도 못하게 되었고, 제사 때나 명절 때를 위해 몇 됫박의 쌀을 숨겨두곤 했는데, 이를 생미(상미·上米)라고 했다.

조밥은 충분히 삶아서 잘 해놓으면 고구마밥보다는 좀 나았다. 그러나 먹기가 마뜩찮기는 고구마밥과 오십보백보였다. 출도와 판도 가족들은 그저 하얀 쌀밥에 고깃국을 원대로 먹어보는 것이 소원이었다. 그 위에 소원이 있다면 기와집에 비단옷까지 입어보면 더할 수 없는 호강이었다.

이런 고구마밥을 도시락으로 싸서 산으로 가 먹었다. 반찬은 생된장에 고춧가루를 넣어 비빈 것과 김치였다. 김치도 고추 잎사귀에 어쩌다 배춧잎이나 무뿌리가 드물게 보이는 시커먼 고추 잎사귀 김치였다. 형제가 맑은 물가에 앉아 이런 밥을 먹는 것은 그래도 꿀맛이었다. 배가 워낙 출출하기 때문이다. 밥을 먹고 개울에 엎드려 입을 물에다 대고는 맑은 물을 양껏 들이마신다. 속이 다 서느름해지면서 끄르륵 트림이 나온다. 담배 한 대를 종이에 말아 피운다. 누렇게 잘 뜬(발효가 된) 담뱃잎을 목침에다 놓고, 숫돌에 잘 갈아둔 칼로 총총히 썬 담배를 얇은 종이에 말아 부싯돌로 불을 당겨 피우곤 했다. 담배를 다 피우면 그때부터 톱으로 고사목을 베기 시작한다.

한 짐의 나무를 하는 데는 잠깐이면 되었다. 이것을 지게에다 지고 내려가는 것이 문제였다. 산길을 다니는 사람의 지게는 목발이 짧다. 바위 같은 데에 걸리지 않기 위해서다. 이렇게 짧은 목발인데도 지게질이 서툰 판도는 자주 목발이 가파른 산길의 돌에나 바위, 나뭇등걸에 걸려 나뒹굴어지곤 했다. 아주 위험했다. 지게에 졌던 나무둥치에 뒷골이라도 맞으면서 앞으로 자빠지면, 다치고 마는 정도가 아니라 목숨까지도 잃을 수 있기 때문이었다.

이렇게 애써 나뭇짐을 집에까지 지고 오면 또 적당한 길이로 다시 톱질해서 장작을 패야 한다. 이 장작이 비로소 돈이 되는 것이다.

장작을 지고 장으로 가면, 팔리기까지 종일 장터의 나뭇전 거리에서 지게를 받쳐 놓고 기다려야 했다. 어떤 때는 종일 기다려도 임자가 나서지 않는 날도 있었다. 그러나 요행히 일찍 팔리면 그 돈을 그대로 지니고 집으로 돌아온다. 국밥집의 김이 무럭무럭 나는 쇠고기국밥, 그 벌그스레한 양념 기름의 국물…. 그런 국밥에다 막걸리나 한 사발 마셨으면… 싶었지만 출도는 언제나 침을 삼키면서 외면했다. 그러다가 집으로 오는 장터 입구에 있는 탁주 도가에 들어가서 탁주를 바가지째 떠서 벌컥벌컥 마시고는 술통 옆의 소금 접시에서 손가락으로 소금을 조금 집어서 먹곤 했다. 이것이 점심 요기였다. 술값도 쌌다. 이렇게 해서 돈을 만들어 판도 공부를 시켰던 출도였다.

판도는 어릴 때부터 어려운 한자 같은 것도 한 번 보면 익히는 아이였다. 보통학교에 들어가서도 항상 반에서 1등만 해 왔다. 조행도 갑(甲)이었다.

그러나 출도는 4년제 가북보통학교를 마치고 다시 6년제 가조공립 심상소학교 5학년에 편입해서 2년을 더 다녔지만 반에서 항상 중 정도의 성적이었다. 조행도 갑은 한두 번을 받아 봤고, 늘 을(乙)만 받아 왔다. 그래서 자기는 스스로 공부를 포기하고 뛰어난 동생을 자기 대신 공부시키기로 아버지와 의논했던 것이다. 하기는 성적이 출도보다 못한 아이라도 살기만 따뜻하면 상급학교에 갔지만, 출도의 집안 형편에 둘을 한꺼번에 공부시키는 것은 어림도 없었다.

그러나 아버지의 건강이 악화되자 판도의 공부 책임이 형인 출도에게만 지워졌던 것이고, 그래서 그는 겨울이면 판도와 함께 늘 나무를 하러 깊은 산으로 다니곤 했다. 나무를 장에 내다 파는 것이 유일한 부수입이었다.

그날은 아침부터 구름이 끼어 있었고, 그래서 그렇게 춥지는 않았다. 눈이 오기 전날의 날씨가 본래 이랬다. 그러나 판도가 와 있을 동안만이라도 나무를 더 많이 해 둬야 했다. 하루라도 그냥 놀 수가 없었다. 출도는 판도를 보며 물었다. 출도의 결혼 직후의 겨울이었다.

"판도야, 오늘 눈 안 오겠나?"

"모르겠소, 날씨가 궂기는 해도 푸근하네요. 이라다가 내일은 눈이 오겠네요."

"나무하로 가까?"

"형님이 가자몬 가야 안 되겠는교?"

사실 판도는 형님이 고맙기만 해서 하루를 쉬고 싶어도 쉬자는 말을 할 수가 없었다. 누구 때문에 해 나르는 나무인가.

이래서 이들은 산으로 갔다. 그러나 막 점심을 먹으려고 하자 내일쯤 올 거라고 예상했던 눈발이 날리기 시작했다. 눈송이가 작은 목화 송이만 했다. 형제는 얼른, 그것도 평소보다 훨씬 가볍게 나무를 해서 지게에다 얹었다. 새끼로 단단히 묶어 짊어지자 빠른 걸음으로 내려가기 시작했다. 그러나 눈이 어떻게나 무섭게 퍼붓던지 당장 길바닥이 보이지 않게 되었다. 형제는 거의 기다시피해서 하산 길을 재촉했다. 그러나 평소에 비해 엄청나게 더딘 속도였다. 아무리 빨리 자국을 옮기려 해도 발밑이 미끄러워 무릎 아래가 사시나무처럼 떨리기만 했다. 특히 판도는 형 출도의 뒤에서 형의 발자국을 따라 걸음을 옮기면서도 자꾸 처졌다.

눈이야 오고 있었지만 길이 환해 좋긴 했다. 정 안 되면 나무를 내려놓고 빈 지게만 지고 가도 안 될 것은 없었다. 그런데도 어쩐지 좀 불안했다. 형제가 모두 그랬다. 드디어 판도가 말했다.

"형님, 그만 나무를 내려놓고 가입시더."

"되재(힘들지)? 좀 쉬자."

출도는 여기까지 지고 온 나무가 아까워 그냥 좀 쉬자고만 했다. 형제는 잠시 지게를 받쳐 놓고 숨을 돌렸다. 나뭇짐 위에 눈이 수북하게 쌓여 있었다. 그들은 그 눈을 대강 털어내었다. 좀 쉰 그들은 다시 지게를 지고 걷기 시작했다. 이마에서는 눈 녹은 물이 땀과 섞여 온 얼굴을 적셨고, 목에서는 훅훅 뜨거운 기운이 쉴 새 없이 토해져 나왔다.

이제 길은 발목이 푹푹 빠졌고, 눈이 아니라도 길과 산을 분간할 수도 없게 되었다. 어두워져서 열 발 앞이 안 보일 정도였다. 그러나 형제는 서로 의지해가며 천천히 지게 작대기로 발 앞을 짚으면서 한 발 한 발 조심스럽게 내려오고 있었다. 쏟아지는 눈송이가 머리와 얼굴에서 녹아 연방 땀과 섞여, 훔쳐내도 훔쳐내도 목덜미를 적시고 있었다. 그때였다. 앞장서 걷고 있는 출도의 머리 위로 한 바가지의 눈이 확 덮여왔다. 처음 출도는 나뭇짐에서 떨어지는 눈으로 착각했다. 잠시 뒤 또 그런 현상이 일어났다. 출도는 이상한 예감과 함께 머리끝이 하늘로 쭈뼛 치솟는 듯한 무섬증을 느끼며 그 자리에서 멈춰 섰다. 따라오던 판도가 말했다.

"와 그라요, 형님?"

바로 그 순간이었다. 판도도 한 바가지의 눈을 덮어썼다. 그때 출도는 봤던 것이다. 저만치 가까운 언덕 위의 화등잔 같은 불빛을. 그러나 그것은 붉은 빛이 아닌, 시퍼런 불빛이었다. 밤중에 소를 둘러보기 위해 외양간으로 가 보면 소도 그런 눈빛[眼光]을 갖고 있었다. 그러나 작고 약한 눈빛이었다. 개도 고양이도 모두 밤만 되면 그런 눈빛을 갖고 있었다. 그런데 언덕 위의 눈빛은 엄청나게 크기도 했지만, 그 푸른빛이 너무나 강했던 것이다.

출도는 침착하게 나뭇짐을 내려 작대기로 받쳤다. 이때쯤 판도도 그 불빛을 보고는 말없이 형을 따라 나뭇짐을 내려, 지게 작대기로 받쳤다. 형제는 꼼짝도 못할 만큼 단번에 사지가 오그라드는 듯한 무서움증에 휩싸였다. 출도가 속삭였다.

"큰짐승이다!"

큰짐승이란 호랑이를 두고 쓰는 말이었다. 옛날부터 호환을 당해 온 동네 사람들은 호랑이 혹은 범이란 말을 금기시해 왔다. 마을로 내려온 호랑이를 산손님, 혹은 산주(山主), 어떤 사람은 산신령이라고 부르기까지 했다 그러나 일반적으로 호랑이를 가리킬 때는 그냥 '큰짐승'이라고 했던 것이다. 출도는 부싯돌을 꺼내, 말린 쑥을 비벼 솜처럼 만든 것과 쇠를 함께 싸잡고 힘껏 마주쳤다. 딱, 하는 소리와 함께 불빛이 반짝했다. 이내 쑥 타는 냄새와 함께 불이 빨갛게 번졌다. 담뱃불을 붙일 때 쓰는 것이었다. 출도는 쑥솜을 있는 대로 내어 불을 붙여 판도에게 주며 속삭였다.

"나뭇짐에서 눈이 안 묻은 나무 껍데기나 잔가지를 좀 빼내라!"

판도는 형의 의도를 알고 있었다, 모든 동물은 불을 겁낸다. 특히 호랑이는 본능적으로 불을 겁낸다. 그래서 불빛을 내어 호랑이를 쫓자는 생각이었다. 판도가 출도로부터 받은 불 붙은 쑥솜을 얇은 나무껍질과 함께 잡고 휘휘 돌렸다. 이내 불빛이 커지면서 환하게 빛났다. 그러자 잠시 뒤 언덕 위의 불빛은 소리도 없이, 발자국 소리 하나 안 내고 사라져 갔다.

그들은 다시 각자의 지게에서 나무껍질을 벗겼다. 손톱이 떨어질 지경으로 아팠다. 고사목은 아예 껍질이 벗겨지고 없거나, 있어도 나무둥치에서 벌름하니 떨어져 있어 벗겨내기가 쉬웠다. 하지만 맨손톱으로 벗기기에는 힘이 들었다. 그들은 나무껍질에다 불을 붙여 아예 횃불처럼 쳐들고 빈 지게를 지고 산을 내려가 집에 닿았다.

온 가족이 저녁도 먹지 않고 그들을 기다리고 있었다. 판도는 등잔만 한 불을 두고 항아리만 하더라고 했다. 판도의 과장이 심한 말을 듣고도 출도는 고치지 않았다. 아버지가 말했다.

"제 고을 짐승은 사람을 해치지는 않니라."

어머니가 아들들의 두 손을 잡으며 말했다.

"아이구, 하느님이 돌보셨고 조상님이 돌보셨구나. 이 귀한 내 자슥들을… 쯧쯧…."

어머니는 눈물을 글썽거렸다. 이내 코도 풀었다.

아버지가 다시 말했다.

"그래도 산에는 산짐승이 있어야 하는 기다. 그런데 근년에는 왜놈들이 총질로 산짐승이란 산짐승은 씨를 몰랴고(말리고) 있으니 이 일대 산에서도 왜놈들은 해마장(해마다) 범이나 표범, 곰 겉은 짐승을 수도 없이 잡아 껍데기를 벗겨 일본으로 가져가고 있으니…."

"그런데도 큰짐승이 안죽(아직) 남아 있으니 다행이다. 불빛이 항아리만 했다니께 큰짐숭 중에서도 큰짐승이었구나."

판도는 호랑이의 눈빛이 내는 불을 항아리만 하더라고 했던 것이다. 출도는 판도를 생각할 때마다 이런 오랜 기억들이 함께 되살아나곤 했었다. 재주 있고, 입담 좋고, 인정 많은 내 동생….

판도가 남양군도로 징용을 떠날 때는 아버지 어머니보다 출도가 더 애석해했다. 이유는 형제간의 깊은 우애도 있었지만, 출도가 그렇게 고생해가면서 판도의 학비를 마련해 주고 있었기 때문이다. 그런 동생이 한 번 떠나면 살아서 돌아온다고 어찌 장담하겠는가.

25

판도가 징용으로 끌려간 지 2년이 가까워 왔을 무렵인 43년 8월에 어처구니없게도 속아서 그만 출도 자신도 사할린으로 왔다. '모집'에 속았던 것이다. '報國隊幕集'이란 완장을 두른 일본 사람과 면서기가 함께 왔었다. 일도 농사보다는 수월할뿐더러 건축공사장 같은 데서 잡역부 노릇만 하는 데도 일급(일당) 5원을 준다고 했다. 따라서 숙식비를 빼고서도 1달에 130원을 모을 수 있고, 1년이면 1500원의 저금은 거뜬하다고 했다. 그러면서 계약서에 날인을 하라고 했다. 계약 기간은 1년, 2년, 3년, 세 가지가 있었다. 아버지는 아무 말도 안 했고, 어머니는 말렸고, 아내는 눈물만 흘리고 있었다. 그는 '2년'에다 도장을 찍고, 3000원이란 거금을 손에 쥘 희망에 부풀어 스스로 집을 떠났던 것이다,

떠나기는 했지만 가라후토에 와서도 쉽사리 일이 손에 잡히지 않았다. 단시일에 돈을 벌어 거금을 쥐려고 했던 욕심이 아무래도 분수에 넘치는 것 같았고, 그것보다도 농사일을 못 하시는 부모님만 두고 왔으니, 내가 눈이 뒤집혔던 게 아닌가, 하는 생각이 떠나지를 않았기 때문이다. 바로 그 무렵, 판도의 편지가 왔었다. 무사히 고향으로 돌아왔다는 것이다. 그는 크게 안도의 한숨을 쉬었다. 지난날 자기의 수고가 결코 헛되지 않도록 하기 위해 판도가 돌아온 것이라 생각했다. 얼마나 다행한 일인가…. 그런데 한참 뒤 집에서 온 누이동생의 편지에 의하면 판도 오빠가 새벽에 모집 계원들에 의해 끌려 나갔는데, 아마 가라후토로 간 것 같다는 내용이었다. 아버지 어머니가 일어를 못했기 때문에 어린 누이동생이 직접 써 보낸 편지였다. 기가 차서 말이 안 나왔다. 한동안 넋이 빠졌다.

그러나 출도는 판도가 있는 곳을 알지 못했다. 찾을 수도 없었다. 집으로 판도가 있는 곳을 알려달라는 편지를 보내도 답이 없었다. 정말 미칠 지경이었다.

출도는 처음 얼마간은 조선에서의 약속대로 코르사코프에서 일본인 사택 건축공사장 같은 곳에서 잡역부 노릇을 했다. 그러나 일당은 5원이

아닌 2원 80전이었고, 그것도 비가 오거나 눈이 오면 일을 쉬어야 했기 때문에 한 달에 20일 일하기가 힘들었다. 게다가 합숙비며 피복비 등을 떼고 나면 저축이 거의 되지 않는 상태였다. 그래서 그는 한 달 내내 안 쉬고 꼬박 일할 수 있는 탄광으로 가려고 했었다. 그런데 탄광에서 오래 전에 퇴직하고 나온, 나이 꽤 든 사람(초기에는 탄광 인부도 자의로 퇴직이 가능했음)이 말했다. 그는 사할린으로 가족을 데리고 와 살림을 하고 있었다.

"작기(적게) 묵고 가는 똥 싸게. 많이 묵고 굵은 똥 쌀라 카다가 지리(지레) 죽는 벱이네. 탄광이란 데가 그리 숩게 돈만 벌리는 데가 아니라네."

이래서 탄광에도 가지 않고 비교적 자유롭게 여기저기 날품팔이를 하고 돌아다녔다. 교량 건설 공사장, 군용 비행장 건설 공사장, 도로 건설 공사장…. 사할린 전역을 자기와 같은 형편의 조선인들과 함께 마치 꿀벌이 꽃을 찾아 몰려다니듯 떼를 지어 일을 찾아 다녔다. 그러나 45년으로 접어들자 일만 시키고 노임을 지불하지 않는 수가 생겼다. 보통 열흘에 한 번씩, 길어도 보름이면 지불하던 노임을 한 달이 지나도록 안 주는 바람에 결국 받지 못하고 떼인 일이 여러 번 있었다.

그러다 찾아간 곳이 시스카(포로나이스크)였다. 그곳은 북위 50도의 국경선이 가까운 북쪽이었다. 그러고 동해안을 따라 뻗쳐 있는 외줄기 철도선의 최종착지였다. 에스토루(우글레고르스크)가 서북부의 조선 사람들의 집결지라면, 이 시스카(포로나이스크)는 동북부의 조선 사람들이 떼지어 모여 사는 최북단이었다. 출도는 거기로 45년 1월에 올라갔던 것이다. 그리로 가면서 겪은 일인데, 눈이 너무 많이 내려 기차가 며칠이나 철로 위에서 오도 가도 못한 일이 있었다. 바로 시루도루(마카로프) 역을 지나서 얼마 북상하지 않아 있었던 일이다. 바다 쪽에서는 무서운 파도가 산더미처럼 밀려와 쉴 새 없이 해안선을 물어 씹었다. 이곳의 바다는, 바다도 사막처럼 황량했다. 망망대해에 배 한 척이 안 보였고, 그 흔한 갈매기조차 한 마리도 볼 수 없었다. 철도에서 얼마 멀지 않은 곳이 해안선이어서 출도는 일행들과 함께 그런 황량한 바다를 차창을 통해 내다보고 있었다. 바깥 날씨는 무섭게 추웠다. 서서 소변을 보면 소변 줄기가 무지개처럼 곡선을 그리며 얼어붙었다. 잘못하면 소변보는 중요 부위가 동상에 걸릴 지경이었다. 그러나 기차 안의 난방은 그런대로 견딜 만한 게 천만다행이었다. 석탄이 흔한 곳이어서 기관차에 석탄은 충분했다. 하지만 먹을 것이 문제였다. 그들은 보따리에서 먹을 만한 것은 모두 꺼내 나누어 먹었다. 바람이 무섭게 몰아치는 데도 열차 문을 열고 나가 눈을 뭉쳐 들어오면 그것을 식수 삼아 입안에다 마구 쑤셔 넣었다.

눈이 그치자 기차는 움직였다. 그러나 기차에 탔던 조선 사람들이 모두 내려 기관차 앞에 산더미처럼 밀린 눈을 일일이 치워 줘야만 했다. 그럴 때도 일본 사람들은 당연한 듯이 그런 모습을 멀거니 보고 있었다. 고향에서 머슴이나 살던 조선 사람들은 그런 일쯤은 누가 안 시켜도 스스로 했던 것이다.

이렇게 해서 찾아간 곳이 시스카(포로나이스크)였다. 그러나 그곳에서는 기다리는 사람도 없었고, 노임이 후한 일자리도 마땅치 않았다. 그래도 출도는 매월 자기 손으로 꼭꼭 고향에다 얼마씩 송금을 해왔었고, 통장에는 항상 700여 원의 잔고를 두고 있었다. 그러나 이곳으로 오기 전에 모두 인출, 고향으로 한꺼번에 송금해버려, 수중에는 비상금 50원이 남았을 뿐이었다. 돈이 떨어지기 전에 어딘가 일자리를 찾아야 했다. 그래서 찾은 일이 벌목작업이었다. 산마다 무진장으로 들어서 있는 나무를 베어 시스카(포로나이스크)역까지 운반해놓으면, 역에서 무개화차가 그것을 싣고 남으로 내려갔다. 펄프공장으로도 갔고, 탄광의 갱목으로도 쓰인다고 했다. 노임은 박했다. 하루하루 먹고 자면 남는 게 거의 없었으나 계약기간이 8월 말에 끝나므로, 그 기간만 채우면 고향으로 돌아갈 생각이었다. 그런데 8월로 접어들자 하루가 다르게 공기가 바뀌어 갔다.

8월 10일, 이날은 1년에 한 번 있는 축제일이었다. 이곳 원주민들인 길야크족과 오롯크족의 뱃놀이 경기가 호르나이스강에서 벌어지는 즐거운 날이었다. 따라서 시스카의 모든 주민들의 잔칫날이어서 아침부터 들떠 있었다. 그런데 느닷없이 나타난 폭격기가 포로나이스크의 일인 마을을 공습해서 모두 불타버렸다. 소련군의 비행기라고 했다. 그것만도 아니었다. 국경선에서 얼마 안 되는 이곳으로 소련군이 전차를 몰고 쳐내려오고 있다고 했다. 소련군 탱크에서 터져 나오는 은은한 포성이 점점 가까워지면서 이곳의 모든 사람들을 공포에 떨게 했다. 드디어 포성이 바로 곁에서 울려오기 시작했고, 포탄 터지는 소리에 가옥의 유리창이 한꺼번에 와장창 부서져 내리기도 했다. 사람들은 너도 나도 맨몸으로 피난을 떠나기 시작했다. 출도도 산으로 가는 대신 동료들과 기차역으로 나갔다.

동료들 중에는 그때 혼자 이곳으로 와 있던 일인 벌목감독 오스카(大塚)도 끼여 있었다. 그는 사람이 무척 좋아, 조선인 노무자와 항상 잘 어울리는 보기 드문 호인이었다. 그래서 정말 동포 동료라는 착각이 들 정도였다.

그러나 역에는 피난민들로 북새통을 이루고 있었다. 부모를 잃고 우는 아이에, 가족들의 버림을 받은 늙은 노인들은 그냥 아무데나 기대 앉아 있거나 드러누워 있었다. 입을 벌리고 있지 않으면 눈들을 감고 있었다.

이미 열차는 차량마다 피난민들로 꽉꽉 찼고, 차의 지붕에도 사람들로 넘쳐났다. 마지막 기차라고 했다. 기차는 막 출발하려고 목이 쉰 듯한 기적소리를 몇 번이고 울려대고 있었다. 그러다 이내 치익치익, 기관차 옆구리에서 하얀 김을 힘차게 뿜어내며 출발했다. 출도 일행은 그런 광경을 역의 플랫폼 멀찍이서 지켜보고 있었다. 기차에 올라탈 마음을 진작 포기한 채였다. 마지막 기차를 타지 못하는 안타까움이야 컸지만, 그렇다고 땅에 퍼질러 앉아 발버둥을 칠 수도 없는 노릇이었다.

그때였다. 20여 명의 여자들이 이제 막 출발한 기차를 향해 저만치서 뛰어오고 있었다. 여자들은 떼를 지어 기관차를 향해 달려오면서, 모자테를 내려 턱에다 걸고 있는 기관사에게 절망에 찬 소리로 울부짖었다. 기차를 세워 달라고 소리소리 지르고 있었다. 그러나 기차는 서서히 속력을 내어 달려올 뿐, 멈추지 않았다. 드디어 여자들이 기차를 따라잡아, 여름의 햇빛을 받아 빛나는 선로의 궤도 안으로 들어섰다. 기차가 요란하게 연속적으로 기적을 울렸다. 그러나 여자들은 기관차 앞에서, 기관차와 같은 방향으로 뛰면서 뒤를 돌아보고 필사적으로 세워 주세요! 하고 울부짖었다 그러다 지쳐서 선로에 쓰러지는 여자도 있었고, 선로 옆으로 퉁겨져 나온 여자도 있었다. 기차는 넘어진 여자들을 가르며 쏜살같이 달려나갔다. 무서운 단말마의 비명이 기차 소리 속에 섞여 들렸고, 피가 사방으로 튀었다. 선로 위에는 피로 범벅이 된 살덩어리가 흩어졌다. 잠깐 사이에 생긴 비극이었다.

살아남은 4, 5명의 여자들은 동료들의 시체들을 망연히 바라볼 뿐, 아무 소리도 하지 못하다가 그 자리에 풀썩풀썩 주저앉았다. 그때까지 조선인 노무자들은 그 여자들이 누구인지를 몰랐다. 알 까닭이 없었다. 출도는 이 엄청난 비극에 부르르 몸을 떨며 눈을 돌렸다. 그리고 혀를 끌끌 찼다. 그때야 숨을 죽이고 있던 오스카 감독이 죄인처럼 풀이 죽은 목소리로 말했다.

"시스카(포로나이스크) 거주 일본인들을 상대로 살아온 홍등가의 여자들입니다."

"홍등가의 여자들이라면?"

"몸을 팔아서 대일본제국의 생산에 봉사하던 데이신따이(정신대) 출신 여자들입니다."

"데이신따이 출신 여자들?"

"데이신따이로 이곳까지 끌려왔다, 운이 좋으면 민간인 경영의 홍등가로 빠져나올 수도 있지요."

"그럼 조선 여자란 말 아닙니까?"

그러나 그는 대답도 없이 돌아서 터덜터덜 걸어갔다.

이 여자들도 모두 조선에서 후한 임금을 준다는 날강도 놈들의 감언이설에 속아서 왔을 것이다…. 출도는 가슴 밑바닥에서 치밀어 오르는 분노를 짓씹으며 동료들과 함께 철로에 흩어진 살덩이를 수습하여 근처의 산에다 대강 묻어 주었다. 그러나 이런 선행 또한 크게 잘못한 일이었다.

이때부터 이곳 포로나이스크의 조선인들에게 위험이 몰아치고 있었다. 그것은 어쩌면 1923년 일본의 관동 대지진 때의 상황과 똑같은 것이었다.

소련의 타슈켄트에는 38만 명이나 되는 조선인이 살고 있었다, 이번에 국경을 넘어 침공한 소련군들의 상당수가 그 조선인의 2세이다, 따라서 이곳의 조선인과 소련군은 내통이 돼 있다…, 하는 유언비어가 자고 나면 눈덩이처럼 부풀어 온 일본인들을 들쑤시고 퍼져 나갔다. 인심은 흉흉해지고 조선 사람들을 보는 모든 일본 사람들의 눈빛에는 살기가 돌고 있었다. 이렇게 되자 처음엔 박출도 등, 조선 사람들과 함께 일하며 조선 사람들을 동정하던 오스카도 생명에 위험을 느꼈는지 아예 나타나지도 않았다.

관동 대지진 때, 조선 사람이 우물에 독약을 넣었다, 방화를 했다는 유언비어 때문에 일본 사람들이 자경단(自警團)을 조직하여 무고한 조선 사람들을 학살했듯이, 이곳도 바로 그런 분위기가 조성되어 갔다. 남하해 온 소련군과 호응하여 조선인이 폭동을 일으켜 일본 사람을 해친다고 한다….

이러한 유언비어는 국경인 북위 50도선을 넘어 남사할린을 침공한 소련군이 포로나이스크 가까이로 왔을 때는, 기정사실처럼 굳어졌다. 소련군이 일본 항복일인 8월 15일이 지나도 계속 전투를 멈추지 않고 남하해 오자 그 불안은 절정에 달하였다. 드디어 일본군 1개 중대가 특공대를 조직하여 소련군에 돌진, 모두 전멸했다는 소문과 함께 소련군이 포로나이스크의 바로 눈앞까지 밀고 내려왔을 때, 비극은 터졌다.

포로나이스크 경찰서에서는 소련군의 첩자를 제거한다는 명목으로 조선인 노무자 18명을 유치장으로 잡아들였다. 기관차에 치여 죽은 조선인 여자들의 시체를 수습, 묻어준 박출도 일행이 모두 그 일 하나로 첩자의 혐의를 받고 붙들렸던 것이다. 이들이 결코 첩자가 아니라는 사실을 알고 있는 오스카 감독 혼자만의 구명 운동은 계란으로 바위치기였다. 아무런 힘도 안 되었다.

8월 18일 오후, 일본 경찰은 소련군이 진주해 오기 직전 박출도 외 17

명을 유치장에 가둔 채 총살했다. 그러고는 증거인멸을 위해 유치장에 불을 질러 사체까지 태워버렸다.

이리하여 박출도는 한 많은 짧은 인생을 원한 속에 끝마쳤다. 그는 그때 29살이었다. 1945년 8월 18일이었다.

오스카는 자기가 데리고 있던 조선인 18명이 모두 총살당했다는 사실을 그 뒤에 알아내었고, 그는 종전 후에도 그의 조국으로 돌아가기를 거부했다. 그는 사할린에 남아 소련군 점령하에서 토목 감독관으로 20년을 일하다 1965년 9월에 귀국, '재일 사할린 억류 귀환 한국인회'에서 이런 사실을 회고했다.

26

학살 사건은 또 있었다. 포로나이스크의 사건이 사할린의 최북단이라면, 이번에는 사할린의 최남단, 바다에서 얼마 멀지 않은 곳에서 벌어졌고, 그것도 포로나이스크와 거의 같은 무렵인 8월 19일의 일이었다.

최해술(崔海述)은 1945년 8월 18일까지도 사할린 최남단 아니바(일본지명 루다카)에서 가스드로스카야(일본지명 고노토로)까지의 150km 도로 공사에 투입되어 일하고 있었다. 그의 조가 맡은 공구가 가장 공사 진척이 더디다고 일인 감독들은 호된 채찍을 가했다. 물론 노무자는 전원 조선 사람이었고, 최해술이 소속된 조의 공구에도 36명이 순전히 곡괭이와 삽으로만 바위를 들어내고 흙을 파내는 고된 작업을 하고 있었다. 미처 완공되지도 못한 형태만의 도로 위로 8월 16일부터 갑작스럽게 많은 차량들이 코르사코프 쪽으로 질주해 가기 시작했다. 이상스럽게도 트럭 위에는 일본 여자들과 아이들도 탔고, 더러는 키우던 개까지 실려 가고 있었다. 그러나 조선인 노무자들은 잠깐씩 그들을 부러운 눈초리로 바라봤고, 일본인 감독들은 그때마다 가죽 채찍을 휘둘렀다. 그러다 그날 18일 저녁에야 일본이 전쟁에서 손을 든 것을 알았다. 그런데도 일본인 감독들은 왜 죽자고 일을 시켰을까. 그것은 그 길이 일본 사람들이 본국으로 철수하기 위해 코르사코프 항구로 가는 요긴한 통로가 되었기 때문이다. 처음에는 코르사코프에서 새로 건설된 군용 비행장으로 통하게 하려는 도로였지만, 전쟁에 지자 일본인들의 피난 전용 도로처럼 되었기 때문에 그때까지도 죽자 살자 그 마지막 공구를 완공하려고 했던 것이다. 일본인 노무 감독들은 가죽 채찍을 든 5, 6명에 불과했다. 조선인 노무자들은 합숙소에서 비밀회의를 열었다. 내일 아침 공사장에 닿는 즉시 왜놈들을 처치해 버리고 우리도 코르사코프로 가자! 부모 형제가 기다리는 고향 땅으로 가자! 그러나 이 계획은 불행히도 일본인 감독들에게 사전에 탄로나고 말았다. 어떻게 그러한 극비 사항이 일본인들 귀에 들어갔는지는 아무도 모른다. 그 속에도 첩자가 있었을 거라고 짐작은 할 수 있지만 그 밖에는 그 어떤 것도 알 수 없다.

그들은 19일 아침, 공사 현장에 나가자마자 5, 6명이 한 패가 되어 일본인 감독 하나씩을 처치하자고 했던 것인데, 이상하게도 합숙소에서부터 공사 현장까지 무장을 한 일본 군인들이 보초를 서듯 길가에 도열해 있다가 그들과 함께 이동했다. 얼핏 보면 조선인 노무자들의 신변보호 같기도 했다. 이상한 낌새를 챈 최해술이 일본인 감독에게 물었다.

"오늘 무슨 일이 있습니까?"

"비행장 건설공사 완공을 둘러보기 위해 본토에서 직접 공군 소장이 와서, 이 도로의 최종 공구인 이곳도 보러 온다는군."

그 말을 듣고 일단 안심을 한 최해술은 얼른 그 공군 소장이 이 도로를 통과하기를 기다렸다. 그러나 온다던 공군 소장은 오지 않았다. 거의 완공된 도로 위로는 수많은 자동차만 사람들을 가득 싣고 오직 코르사코프 쪽으로만 달리고 있었다. 이날은 점심도 주지 않았다. 그때야 최해술은 자기들의 계획이 탄로났음을 알아차렸고, 눈앞이 캄캄해지기 시작했다. 36명의 조선인 노무자들은 점심도 굶은 데다 불안과 공포로 모두들 제 모습이 아니었다. 일을 하면서도 서로 눈짓으로 절망감을 교환했다. 그러나 그들은 이제 곧 일이 끝나면, 다른 곳으로 데려가 주동자를 색출하는 매질에다, 더 무서운 고문을 받게 될 것이라고만 짐작하고 있었다.

해가 졌다. 일을 끝낼 시간도 지났고 더 할 일도 없었다. 그러나 일인 감독들은 길바닥 위에 잔돌 하나 없이 줍게 하고는 그 일도 끝나자 5열 종대로 세워 길을 발로 다져라는 명령까지 했다. 차들은 계속 같은 방향으로 지나갔다. 이제 차들은 모두 전조등을 켜고 지나갔다. 캄캄하게 어두워져서 서로 옆 사람도 분간할 수 없게 되었을 때야 그들에게 동작을 멈추게 했다. 그러더니 이번에는 다시 연장인 곡괭이와 삽을 챙겨 들게 했다. 1열 종대로 세우더니 큰길에서 벗어나 산길로 몰아넣었다. 무장 군인들이 '앞에 총'의 자세로 조선인 노무자들을 앞뒤에서 에워싸고 따라갔다. 30분 이상을 걸어 올라갔다.

도로공사장이나 인가와는 거리가 아주 먼 외딴 곳이었다. 깊은 산골의 골짜기와 골짜기의 낮은 곳으로만 새 도로를 건설하다 보니 인가와는 멀지 않을 수 없었다. 그런데 이 산길을 걸어 올라와 고갯마루에 오르자, 먼 곳의 전등 불빛이 꿈속처럼 까마득하게 보였다. 저기는 어디쯤 되는 곳일까. 그러나 그렇게 오래 돌아보고 있을 여유도 없었다. 군인들이 총대로 쿡쿡 쥐어박으며 걸음을 재촉했기 때문이었다. 고개를 넘어 다시 골짜기로 내려갔다. 불빛이 안 보이게 된 대신 개울물 소리가 들려왔다

조선인 노무자들은 걷다가 걸핏하면 앞으로 고꾸라지기도 했다. 그것은 종일 굶어 기진맥진해서이기도 했지만, 다리가 무섭게 떨리고 있었기 때문이다. 아무래도 살아 나가기는 틀린 것만 같은 사태를 직감한 조선 사람들은 엄습하는 공포를 감당할 수 없었다.

이윽고 군인들은 산길을 벗어나 길도 없는 수풀 속으로 몰아넣었다. 어두워서 서로 손을 잡기도 하고 발로 땅바닥을 더듬듯이 걸었다. 조금 걸어 들어가니 물이 고인 커다란 웅덩이가 나타났다. 물 위에는 수많은 별들이 깜박거리고 있었다. 웅덩이는 지름이 6, 7m 정도는 되어 보였다. 흘러오는 개울물을 받아 모았다가 아래쪽 개울로 연결하고 있었다. 물빛이 광목처럼 희었다.

군인 중의 한 사람이 명령했다.

"자, 이 웅덩이 옆으로 새로운 개울을 만든다. 위쪽의 개울과 아래쪽의

개울을 직접 연결하는 작업이다. 작업 시작!"

조선 사람들은 새로운 작업 지시에 일말의 희망을 품기도 했다. 그럼 그렇지, 설마 죄 없는 우리를 몽땅 쏘아 죽이기야 하려고….

작업은 쉽게 끝났다. 이제 웅덩이는 개울물과는 상관없는 것이 되었다. 작업을 명령한 군인은 생각했다. 36명이 웅덩이 안에서 피를 쏟아도 이제 개울로 흘러내릴 염려는 없겠다. 그리고 물은 내일부턴 뜨거운 태양 아래 말라들 것이다. 조선놈들의 시체도 마르는 물과 함께 썩을 것이다. 나쁜 놈들, 대일본 국민 36명을 죽이려고 하다니!

그 군인은 다시 소리쳤다. 카랑카랑한 그의 음성은 개울물 소리와 어울려 캄캄한 밤공기 속을 휘저으며 퍼져 나갔다.

"자, 이제 모든 작업은 끝났다. 휴식을 취한다. 모두들 웅덩이 가로 둘러서라!"

최해술은 역시 죽이려는구나, 하고 직감하면서 군인의 다음 말을 기다렸다. 그러는 동안 무장 군인들은 두어 발씩 떨어져 조선 사람들을 에워쌌다. 찰가닥찰가닥, 총탄을 장전(裝塡)하는 금속성이 모든 조선 사람들의 넋을 빼었다. 군인이 다시 소리쳤다.

"내가 하나 둘 셋, 하고 헤아리면 바로 물속으로 뛰어든다. 땀투성이 몸을 식히는 것이다."

그때 다급한 목소리로 누가 항의했다. 최해술이 먼저 무슨 말인가 하려던 참이었는데, 기회를 그가 먼저 뺏은 것이다.

"대관절 우리들을 어떻게 하자고 이러는 겁니까?"

물론 정확한 일본어였다. 그러나 그 말이 떨어지기가 무섭게 탕! 총 소리가 나면서 그는 풍덩 물속으로 꼬꾸라졌다. 수많은 별들이 물속에서 한차례 자맥질하며 춤을 추었다. 명령했던 군인이 다시 말했다.

"하나 둘 셋 하면 물속으로 뛰어든다. 자아!"

그러나 그때 노무자들은 물속으로 뛰어드는 사람보다도 약속이라도 해둔 듯 잽싸게 도망치는 사람이 더 많았다. 이래 죽으나 저래 죽으나 죽기는 일반이다. 그렇다면 일단은 튀어보자, 하는 생각을 했던 것이다. 탕

탕탕, 무서운 총소리의 연발음을 들으면서 최해술도 마구 뛰었다. 그러나 발에 무엇인가가 걸려 이내 앞으로 엎어지고 말았다. 한동안 계속해서 총소리가 울렸다. 최해술은 까무룩히 정신을 잃고 말았다.

최해술이 정신을 잃은 뒤에도 총소리는 콩을 볶듯 울리다가 이윽고 잠잠해졌다. 총소리가 울리는 동안, 총소리에 섞여 여기저기에서 억, 앗, 하는 단말마의 비명이 처절하게 울렸다. 명령하던 군인이 아까보다 더 흥분한 소리로 고함쳤다. 마치 실성한 사람처럼 쉿소리를 내었다.

"한 놈이라도 살려 보냈다가는 너희들이 죽는 줄 알아!"

그러자 또 몇 방의 총소리가 산발적으로 탕! 탕! 밤공기를 찢으며 퍼져나갔다.

명령하던 군인이 다시 소리쳤다.

"이제 시체를 확인해 봐!"

잠시 동안의 시간이 지나자, 누군가가 말했다

"웅덩이 속에 8명입니다."

"그럼 28명의 시체를 확인해 봐!"

군인들은 총끝으로 주변을 돌면서 일일이 시체를 확인하며 세고 있었다.

"스물여섯, 스물일곱… 한 놈이 없는데요?"

"이 일대를 샅샅이 뒤져!"

최해술이 기절한 채 엎어져 있는 곳으로 구두 발자국 소리를 저벅 저벅 내며 군인 한 사람이 다가왔다. 최해술의 옆에까지 온 놈은 구둣발을 최해술의 배 밑으로 넣어, 해술을 뒤집었다. 놈이 회중전등이라도 가지고 있었더라면 최해술의 말짱한 몸둥이를 보고 확인 사살이라도 하고 말았을 것이다. 그러나 그는

"여기 한 놈 있습니다. 스물여덟 놈 맞습니다."

하고 돌아섰다.

"그래, 내려가자!"

그들이 산을 내려간 뒤에도 해술은 깨어나지 못했다.

1945년 8월 19일 밤 9시 반쯤의 시각, 조선인 노무자들 35명이 이날 학살되었던 것이다.

이윽고 눈을 뜬 해술은 자신이 살아 있음에 스스로 놀랐다. 캄캄한 어둠 속에서 맨 먼저 그의 귀에 들려온 것은 낭자한 풀벌레 소리였다. 아니 그는 풀벌레 소리 때문에 깨어났는지 모른다.

해술은 가만히 누운 채 하늘을 봤다. 별도 많았다. 그러나 해술의 가슴은 그때부터 펄쩍펄쩍 뛰기 시작했다. 뛰고 있는 가슴을 진정시킬 수가 없었다. 혹시 자기처럼 목숨을 구한 사람이 있는가를 살폈으나 풀벌레 소리만 요란했을 뿐, 주위는 적막하기만 했다.

최해술은 산에서 밤을 새우고는 이튿날 새벽에야 방향을 찾을 수 있었다. 그러고는 산으로 산으로만 걸어 코르사코프로 향했다. 목도 마르고 허기가 져 도무지 더 걸을 수가 없었지만 고향 산천과 가족들의 얼굴을 떠올리며 이를 악물고 걸었다. 마침 계곡을 만나 얼굴을 물에 담근 채 실컷 물을 마셨다. 물을 마시고 고개를 드니 개구리 한 마리가 바로 앞에서 눈을 디룩거리며 어디론가 뛸 채비를 하고 있었다. 그는 잽싸게 개구리를 잡았다. 뒷다리를 들어 태질을 하자 이내 죽었다. 그는 그런 식으로 계곡을 오르내리며 열 마리 이상의 개구리를 잡아 모았다. 성냥을 지니고 있었던 게 천만다행이었다. 마른 나뭇가지를 주워 모아 불을 지피고는 개구리를 구웠다. 구워진 개구리는 처음 배가 부풀다가 픽 하고 터졌고, 그는 개구리의 양 다리를 찢어 속만 훑어내고는 먹었다. 소금이 그럴 수없이 아쉬웠으나 그런 것을 찾을 계제가 아니었다.

그는 그때 나이 서른다섯이나 되었다. 경남 합천 출신이었다. 그런 그가 왜 붙들려 왔을까. 일제 말엽 합천 경찰서장 다케우라(竹浦)가 해인사 홍제암에 있는 사명대사의 비석을 뽑아 여섯 동강을 내어 버렸다. 이 비석이 승려들에게는 물론이고, 조선 백성들에게 독립 사상을 고취한다는 이유 때문이었다.

당시 해인사 출신의 승려들은 만해(萬海) 한용운(韓龍雲)의 영향을 받아 민족주의에 입각한 독립 사상을 강하게 지닌 이가 많았다. 그러한 승려들은 자연히 함께 모여 조국의 독립과 민족의 앞날에 대하여 많은 이야기를 나누곤 했다. 승려가 아닌 사람들과도 이번 일로 자주 만났다. 그러나 이런 일을 왜경에게 밀고, 투서를 한 조선 사람이 있었다. 그가 누구인지는 끝내 밝혀지지 않았다. 마침 그때 새로 합천 경찰서장으로 부임해 온 일본인 서장 다케우라는 이들 위험 분자들을 일망타진함으로써 상부로부터 자기의 공로를 인정받고 싶었다. 이래서 잡혀 고문을 당한 사람들은 최범술(崔凡述), 김법린(金法麟), 김범부(金凡夫), 임환경(林幻鏡), 이고경(李古鏡), 민동선(閔東禪), 이윤구(李允九), 박인봉(朴印峯), 최성관(崔性寬), 서봉(西峯) 등 11명이나 되었다. 뒤에 추가로 오제봉(吳濟峯)도 붙들려 들어갔다. 이들은 왜경으로부터 모진 고문을 받으면서 온갖 고통을 당했다. 한용운과는 무슨 모의를 했느냐는 등의 문초를 받았다. 그러나 실제로 무슨 모의를 한 사실은 없었으므로 답을 할 말이 없었다. 그러자 일본 서장은 너희놈들의 그 악질적인 불온사상이 모두 사명대사의 비석 때문이라면서 그 비석을 훼손해 버렸던 것이다. 최해술의 부친은 이때 직접 붙잡혀 가지는 않았다, 그러나 역시 같은 생각을 가지고 있었던 지사(志士)였다. 그래서 유치장에 갇혀 있는 동지들을 위해 밖에서 갖은 애를 다 썼다. 매일 사식을 넣어주는가 하면, 추운 겨울이어서 솜옷을 몇 벌씩이나 장만하여 들여 넣었다. 그러다 그의 부친마저 결국에는 왜경들의 의심을 받고는, 기어코 가택수색을 당하게 되었다. 불행히도 그의 아버지 방에서 위에 든 인물들과 주고받은 몇 통의 서찰들이 발견되었고, 그것이 문제가 되어 왜경들은 그의 부친마저 경찰서로 연행하려 하였다. 그러나 그의 부친은 특히 건강이 좋지 못했다. 언제나 감기를 달고 있었고, 신경통이 심하여 평소에도 좋다는 약을 최해술이 다 구해 드리곤 하던 판이었다. 그런 그의 부친이 경찰서로 끌려가 고문이라도 받게 되면 당장 목숨을 잃고 말 터였다. 당시 큰 물방앗간을 경영하던 최해술은 아는 사람을 사이에 넣어 아버지를 무사히 빼낼 수 있는 방법을 모색했다.

마침 그때 합천에 할당된 징용 인원이 아무리 모집해도 한 사람이 모자랐지만 더 뽑아낼 재주가 없다고 걱정하더라는 말을 그 아는 사람으로부터 전해 들었다. 온 고을의 청년들을 거의 징용으로 뽑아 갔기 때문에 더 데려갈 사람이 없었다. 최해술은, 경찰서를 오가며 일을 봐 주는 사람에게 제의했다.

"그러니까, 그 할당된 징용인원수만 채워주면 우리 가친께서는 무사하시겠다는 건가?"

"서장은 그런 뜻으로 말하더라마는 자네 집에 징용 갈 사람이 누가 있는가? 금년에 진주사범에 입학한 아들은 겨우 14살 아닌가?"

"그 아이를 보낼 수야 없지. 나이 좀 들기는 했지만 내가 떠나겠네. 그렇게 전해주게."

이래서 최해술은 아버지를 위해서 사할린까지 오게 되었다. 1945년 2월의 일이었다.

10장

떠난 사람, 남은 사람

27

1945년 8월 22일 코르사코프 부두.

망망한 바다는 끝이 보이지 않았다. 그 쪽빛의 바다는 배 한 척 없이 텅 비어 있었다. 그러나 바다를 제외한 온 코르사코프 땅은 일본으로 가기 위해 사할린 각지에서 모여든 피난민들로 와글거리고 있었다.

유즈노사할린스크에서 코르사코프로 들어오는 길이란 길은 모두 피난민들로 메워져 있었고, 코르사코프가 가까운 곳에서부터 피난민들은 길가나 야산 어디서든 진을 치고 눕거나 앉아 있었다. 소련군이 오기 전에 사할린을 떠나지 않으면 일본 사람은 모두 붙잡혀서 시베리아로 보내진다는 유언비어도 나돌았다. 조선 사람들은 그냥 두고, 특히 일본 사람들만 모두 시베리아로 끌려간다고 했다.

아마 일본 사람들을 먼저 승선시키려는 목적으로 이런 말을 퍼뜨렸는지 모른다. 조선 사람들도 일본까지는 책임지고 보내준다. 그러니 조선 사람들은 시베리아로 끌려가게 되어 있는 일본 사람들보다는 바쁘지 않다…. 조선 사람들 너무 서두르지 말아라….

사할린 각지에서 코르사코프로 들어오는 큰 길은 하나뿐이었다. 그러나 그 길은 코르사코프에 들어와서 두 갈래로 갈라진다. 부두로 내려가는 길과 비스듬하게 올라가는 경사진 길이었다. 이 경사진 길로 들어가면 코르사코프 번화가, 각 관청이나 민가가 있는 곳으로 통한다. 그런데 그 관청의 마당이나 민가마다 피난민들로 북적대었다.

번화가에서 좀 떨어진 곳에 널찍한 광장이 있었다. 잡초가 무성한 유휴지였다. 이 잡초 투성이의 광장은 바다를 한눈 아래로 내려다볼 수 있는 곳이었다. 이곳에도 피난민이 구더기처럼 들끓었다. 아니, 이곳이야말로 항구로 피난민 수송선이 들어오고 나가는 것을 지켜보기에 안성맞춤인 피난민 대기소였다. 모든 정보를 얻어 들을 수 있는 곳이기도 했다.

수평선까지 쪽배 한 척 없는 바다와는 달리 부두에는 커다란 배가 몇 척이나 정박해 있었다.

한 무리의 일본인들이 모여 통곡을 하고 있었다. 어제 떠난 다이토호와 오가사하라호가 북해도를 눈앞에 두고 소련 잠수함의 공격으로 파선했는데, 통곡하고 있는 사람들은 그 배에 가족을 먼저 태워 보낸 사람들이라고 했다.

최숙경과 김말숙은 다시 한 번 자신들이 그 배에 타지 않았음을 다행으로 여기면서 울고 있는 사람들의 모습을 보고 있었다. 최숙경이 말했다.

"남의 일 같지가 않아…."

김말숙이 받았다.

"아까도 니가 말했지만, 참말로 내가 잘 아팠다, 그자?"

"그렇다니까 글쎄."

그때 어떤 남자 하나가 끼어들었다. 조선 노무자들 치고 안 야윈 사람이 없었지만 그는 특히 중환자처럼 눈이 퀭하니 들어가 있었고, 피부도 무섭게 그을려 있었다. 단지 눈만은 빛이 살아 있었다.

"듣자 하니, 파선한 배를 탈라고 했다가 안 탄 모양이지예?"

숙경과 말숙이 동시에 그를 돌아봤다. 말숙이 반가운 듯 말했다.

"고향이 경상도인 모양이지예? 어뎁니꺼?"

"경남 합천입니다. 나도 그 배에 탔다가 조선 사람이라고 도로 쫓겨난 사람이지예."

숙경이 탄성을 질렀다.

"어마나, 어쩌면!"

그 남자는 옷만은 제법 말쑥한, 푸른색의 셔츠를 입고 있었다. 신발도 지까다비가 아닌 깨끗한 운동화였다. 남자가 다시 말했다.

"오늘 저녁에 배 한 척이 또 뜬답니다. 거기에 한 번 더 타보고 안 되면 포기해야지예."

최숙경이 눈을 빛내며 물었다.

"오늘 저녁에 배가 뜬다구요? 몇 신지 혹시…?"

"시간은 정확하게 모릅니다…."

남자의 말을 받아 말숙이 말했다.

"꼭 같이 가셔야 될 낀데예."

"그래 말입니다."

그러더니 남자가 호주머니에서 종이를 꺼내 뭣인가 썼다. 그러고는 쓴 것을 말숙에게 맡기며 말했다.

"저는 십중팔구 또 배에서 쫓겨날 겁니다. 그래서 조선으로 가시면 이 주소대로 편지라도 좀 해 주이소, 지가 잘 있더라고…."

말숙이 쪽지를 받았으나 순 한문으로 쓴 것이어서, 그것을 숙경에게 보였다.

慶南 陜川郡 伽倻面 治仁里 崔海述

이렇게 쓰여 있었다. 숙경이 물었다.

"최해술 씨는 그럼…?"

"예. 제 이름입니다."

"그러세요? 저도 최가거든요. 경주 최가예요."

"아이구, 그라모 일가네요. 반갑습니다."

최해술이 숙경과 말숙을 동시에 보면서 물었다. 혹시 정신대로 나온 여자들은 아닌가 하는 의문이 스쳤던 것이다.

"여성의 몸으로 우짜다가 이런 데꺼정 오셨습니까?"

말숙은 고개를 숙였고, 숙경이 한참 뜸을 들이다가 자기의 내력을 비교적 소상하게 말했다. 물론 남편의 이름이 이문근이란 것도 밝혔다. 그러자 최해술도 아버지를 구해내기 위해 지난 2월에 이리로 왔다고 했다. 최해술은 도로공사를 하던 일행 35명이 밤중에 산골짜기로 끌려가 웅덩이 근방에서 학살된 이야기는 하지 않았다. 그러나 그 끔찍한 일을 잠시 떠올렸다. 그는 개구리를 잡아 구워 먹고는 바로 산을 내려왔는데 피난가고 없는 일본 사람의 빈집을 발견, 마침 일본인들이 두고 간 옷을 갈아입고 신발도 바꿔 신었다. 그러나 먹을 것은 아무것도 없었다. 그는 굶은 채 유즈노사할린스크를 거쳐 어제 코르사코프에 닿았던 것이다. 최숙경이 말숙을 가리키며 말했다.

"얘는 고향이 경북 의성인데, 일본 방직공장에 다니다 여기가 돈이 잘 벌린다는 말을 듣고…."

"고생이 많았겠습니다. 아녀자는 승선이 허락된다니 다행입니다. 꼭 고향으로 잘 돌아가이소. 그리고 부군 되시는 이문근 씨한테도 언젠가 한 번 만나 뵙겠다고 전해 주이소. 함안이면 합천 갈 때 지나가는 길에 있습니다. 설마 우리 남자들도 이번에 못 간다 그 말이지, 평생 여게다 붙잡아 두겠습니까. 왜놈들이 송환 책임을 안 질라고 하면, 독립이 되는 조선 정부가 그냥 있겠습니까?"

"그럼요. 꼭 돌아가셔야죠."

그들은 저녁밥으로 숙경과 말숙이 준비해 온 주먹밥을 나누어 먹었다. 최해술은 몇 번이고 고맙다는 인사를 했다. 얼마 만에 먹어 보는 밥인가.

이윽고 그들은 커다란 배가 닿아 있는 부두로 내려갔다. 부두에는 '本土歸還準備委員'이란 가슴 띠를 두른 일본인들이 여기저기 눈에 불을 켜고 설치며 다녔다.

그들은 마분지로 나팔처럼 만든 것을 입에 대고 곳곳에서 소리 치고 있었다.

"이번 배는 노약자와 아녀자만 승선시킵니다. 그러므로 남자들은 다음

배를 이용하시기 바랍니다!"

그러나 승선 입구의 트랩에는 이러한 외침에 아랑곳없이 사람들이 몰려들어 아비규환의 수라장을 이루고 있었다. 숙경과 말숙은 그런 사람들 속을 비집고 들어갈 엄두도 못 내고 있었다. 그러나 최해술이 앞장서 사람들을 헤집고 그녀들을 데리고 트랩 쪽으로 다가갔다. 사람과 사람의 장벽으로 서로 밀고 밀리는 난장판이었다.

그때 또 한 사람의 젊은 남자가 최해술을 도와 사람들을 헤집고 길을 틔워 주었다. 숙경과 말숙이 그를 보고 반색을 했다. 그는 보국합숙소에서 다코베야로 보내졌던 허남보였다. 최숙경이 조선말로 소리쳤다.

"아이구, 살아 있었군요."

최숙경이 얼른 최해술에게 허남보를 소개했다. 최해술이 허남보에게 말했다.

"조선 어디가 고향이오?"

"경남 하동입니다."

"나는 합천이오."

그들은 일본 사람들 속에서 마음 놓고 큰 소리로 조선말을 했다. 최숙경이 허남보를 보고 말했다.

"무사하시니 다행이에요."

"고맙습니다. 그런데 이 배도 조선 남자들은 못 탄다고 하던데… 일본인 부부는 되고…."

"…."

최해술이 반문했다.

"일본인 부부는 된다고?"

그러자 남보가 배에다 사람을 태우고 있는 저쪽의 트랩을 가리키며 말했다.

"저기 보이소! 아녀자와 노약자를 보호하는 일본인 부부는 통과시키는 거."

과연 그런 것 같았다.

숙경이 말했다.

"우리 둘은 여자로 중환잡니다. 우리도 부부로 가장하십시다. 제가 최해술 선생님과 부부가 되고, 말숙이는 이분과…."

그들은 지체 없이 그렇게 하기로 합의했다. 밑져야 본전이었다. 무슨 꾀를 못 낼 것인가. 그러다 최숙경은 아무리 임시 부부라도 같은 최가 끼리란 게 마음에 걸렸다. 더군다나 말숙이는 자기보다 훨씬 나이가 들어보였으므로, 최해술과 말숙이가 부부가 되었으면 싶었으나, 그런 걸 설명하고 자시고 할 시간도 없었다.

말숙이 부부가 되기로 한 남보의 팔을 붙잡으며 물었다.

"박판도 감독님은 어데로 갔습니꺼?"

"그걸 내가 우째 알겠습니꺼?"

"참, 그렇지. 거기는 다코베야로 갔으니…."

가와카미 탄광의 다코베야에서 곧장 이곳으로 와 몇 번이나 승선에 실패한 허남보였다. 이윽고 그들 즉석 부부도 트랩까지 와서 '본토귀환준비위원' 앞에 섰다.

숙경이 죽는 시늉을 하며 유창한 일본말로 했다.

"저희들은 모두 간염환자입니다. 이분들은 저희들 남편이고요."

일본인이 날카로운 눈초리로 이들을 한참씩이나 훑어보더니 말했다.

"조선인들 아니오!"

숙경이 다시 애원했다.

"저희들은 중환자라서 남편의 보호가 있어야 합니다. 제발 편의를 좀 봐 주십시오."

"그것은 우리들 권한 밖의 일이오!"

그러면서 숙경과 말숙이만 들여보내고 최해술과 허남보의 승선을 완강히 막았다. 뒤에서는 연방 사람들의 고함 소리가 들려왔다. 모두 일본 사람들이었다.

"다음 배를 타면 되잖아! 이 배는 노약자나 아녀자들만 탄다는데도!"

허남보가 돌아보고 소리쳤다.

"당신들만 부부요? 우리도 부부란 말이오!"

본토귀환준비위원이 내뱉었다.

"부부면 같은 부분가? 조선인들은 기다리라는데 무슨 말이 그리 많아!"

그들은 끝내 본토귀환준비위원이란 일인으로부터 가슴을 맞고 뒤로 밀려나고 말았다. 숙경과 말숙은 안타까운 듯 뒤를 돌아보며 사람들에게 밀려 안으로 들어갔다.

1945년 8월 22일의 이 배가 사할린에서 일본으로 피난민을 수송한 배로는 당분간은 마지막 배였다. 이 배를 타지 못한 사람들은 다시 살던 곳으로 되돌아갔다. 일본 사람들도 모두 살던 곳으로 돌아가야 했다.

이 이후에는 1946년 12월에 다시 일본인들을 귀국시키기 시작했는데, 그것은 '미 · 소 귀환 협정'에 의한 것이었다. 이때부터 49년 7월까지 총 311,452명이 일본으로 귀환할 수 있었다. 이 중에는 일본인과 결혼한 조선인 여자나 남자 소수도 포함되어 있었다.

코르사코프에서 만난 최해술과 허남보는 동행이 되어 다시 유즈노사할린스크로 걸어 올라갔다. 일본 사람들은 살던 집이라도 있었지만 조선사람들은 갈 곳이 없었다. 허남보는 그 악몽 같은 다코베야를 벗어난 몸, 최해술은 35명이나 학살당한 그 산골짜기의 지옥에서 살아남은 사람….

그 무렵, 8월 22일에는 소련군과 일본군의 정전 교섭이 성립되었다. 일본왕이 항복성명을 했는데도, 그사이 소련군은 일본 군인들을 닥치는 대로 공격하고 있었던 것이다. 일본군부대의 막사나 관청에서는 모두들 백기를 하늘 높이 게양해서 소련공군의 저공비행에 의한 폭격을 피하려고 했다. 그러나 아무 소용이 없었다. 소련공군기는 닥치는 대로 폭격을 했다.

최해술과 허남보는 올 데 갈 데도 없었으므로 유즈노사할린스크 기차역 대합실 구석에 누워 있었다. 최숙경과 김말숙을 떠나보내고 바로 밤길을 걸었던 그들이다. 낮보다 시원해서 좋았다. 차도 없어 먼지도 일지 않았다. 그들은 걷다가 쉬고, 또 걷다가 쉬고 해서 이튿날 새벽녘에야 유즈노사할린스크의 기차역에 닿았고, 닿자마자 대합실에 쓰러졌다. 8월 23일이었다. 기차역사에도 백기를 내걸어 놓고 있었다. 두 사람은 단잠이 들었다.

얼마쯤 잤을까. 갑자기 주위가 소란스러워졌고 비명도 들렸다. 이내, 비행기 소리가 엄청나게 크게 들려오고 있었다. 후닥닥 일어난 그들은 미처 역사 밖으로 나갈 겨를도 없었다. 비행기는 무서운 기총소사와 함께 폭탄을 떨어뜨리며, 마치 스키장에서의 스키할강같이 매끄럽게 낮은 공중을 지나갔다.

역사 안팎의 사람들이 혼비백산해서 비명을 지르며 사방으로 달아났다. 그러나 두 대의 비행기는 다시 돌아와 똑같은 저공으로 기총소사와 함께 폭탄을 떨어뜨렸다. 최해술이나 허남보는 다 같이 비행기 공습을 처음 당했다. 두 사람은 그냥 역사의 구석 벽에다 몸을 붙인 채 납작하게 엎드려 있었다.

한바탕 하늘에서 불바람을 일으키던 비행기는 곧 사라져 갔고, 역사는 반쯤이나 허물어져 내려앉았다. 바깥의 광장에도 여기저기에 사람이 쓰러져 피를 흘리고 있었다. 이날 죽은 사람은 일본인 조선인을 합해 모두 100여 명이나 되었다.

최해술은 마침 허남보가 꽤 많은 돈을 지니고 있어, 끼니마다 밥은 굶지 않았다. 최해술은 몸에 돈 한 푼 지닌 게 없었지만, 허남보는 가와카미 광업소의 일인 노무과장으로부터 많은 돈을 뺏어 50여 명의 조선인 동료들에게 분배해 준 사람이었다.

그들은 조선으로 돌아가기 위해서는 가장 큰 도시인 이곳 유즈노사할린스크에 남아 있어야 한다고 생각했던 것이다.

28

8월 23일, 한바탕의 공습이 있은 후인 한낮, 처음으로 유지노사할린스트에 소련군이 진주해 왔다. 선발부대였다.

4일 뒤인 27일에는 유즈노사할린스크 시 경무사령관인 아리모푸 소장이 도착했다. 그는 일본인 오츠카 사할린청 장관과 회견하고, 각종 명령을 발표하기 시작했다. 최초의 명령은 28일에 발표됐는데 다음과 같았다.

사할린 소련군 최고사령관 명령

1. 광·공·농·임·수산업을 포함한 생산 사업은 종전보다 배 이상의 생산력을 높일 것.
2. 각 공장의 종업원으로서 현재 직장을 이탈한 자는 즉각 복귀하여 직장을 지킬 것. 특히 탄광에 있어서는 생산 증가에 노력하고, 각 공장은 원료와 연료를 확보할 것.
3. 노동임금은 종전대로 유지할 것.
4. 각 종합 배급소는 종전대로 계속할 것. 그 개소시간은 추후 다시 명령하겠지만 현재는 종전대로 낮 동안만 열 것.

이 명령이 발표되자 사람들은 한동안 다시 갈팡질팡하게 되었다. 왜냐하면 조선 사람들은 조선으로 돌아가기 위해 수도인 유즈노사할린스크에 남아 얼씬거리고 있었는데 다시 직장으로 복귀하라니!

그러나 명령은 무서웠다. 길거리에서 소련 군인들은 아무에게나 불심검문을 하였다. 말도 안 통했다, 만도린처럼 생긴 자동소총으로 가슴이나 배를 찔리기가 예사였다.

허남보는 죽어도 가와카미 탄광으로는 돌아가기 싫었다. 최해술은 동료가 몽땅 살해당했고, 자기도 이미 죽은 사람으로 돼 있기 때문에 본래의 합숙소로는 돌아갈 필요가 없었다. 그러나 다른 조선 사람들과 일본 사람들은 본래 있던 곳의 지구별로 모여 단체로 돌아가고 있었다. 하지만 허남보와 최해술은 유즈노사할린스크 변두리 빈집에 숨어서 정세를 관망하고 있었다.

9월 1일에는 경무사령관인 아리모푸 소장의 명령 제1호가 다시 발표되었다.

유즈노사할린스크 시민에게 고함

시 경무사령관은 시정(市政)에 관한 일체의 권한을 갖는다.

1. 각종 공장, 회사, 관청, 학교, 병원 등의 장급과 사무원은 속히 자기 직장에 복귀하여 고도의 사무능력을 발휘하라.
2. 시에 속한 모든 시설, 모든 기관은 직무 수행에 완벽을 기하라.
3. 시에 속한 각종 자동차(버스 오토바이, 3륜차, 트럭 포함)는 관·공·사용(私用)을 불문하고 9월 3일까지 경무사령관에게 보고하라.
4. 일반시민의 거리 통행은 오전 5시부터 오후 9시까지로 한다.
5. 근무자 및 일반시민의 식량은 모두 관가, 공장, 회사, 제기관의 요구에 따라 본관의 허가를 얻어 공급해야 한다.
6. 종래의 좌측통행을 개정하여 우측통행으로 한다.

모든 것이 무섭게 변해갔다. 정체(政體)는 우익에서 좌익으로 변했지만 도로 통행은 좌측에서 우측통행으로 변했다.

다음 날인 9월 2일에는 명령 제2호가 발표됐다.

유즈노사할린스크 시민에게 고함

질서 회복을 위해 다음과 같은 명령을 내린다.

1. 시(市) 및 시외 거주자는 9월 3일부터 5일 저녁까지 시의 복구작업을 실시하니 활동 가능자는 모두 참여해야 한다.
2. 폭행, 약탈 행위자가 있을 때는 현장을 그대로 보존해 두고, 즉각 시장에게 신고해야 한다.
3. 일반 시민으로서 일본 탈주병을 은닉시킨 자는 엄중 처벌한다.
4. 개인이 소유한 모든 라디오는 본관(本官)에게 보관시키고, 공공건

물의 라디오도 본관의 허락 없이는 청취를 금지한다.

그러나 약탈자는 소련 군인들이었고, 사실 조선 사람들은 약탈 당할 만한 아무것도 가지고 있지 않았다. 통금시간의 실시도 조선 사람들에게는 전혀 불편을 주지 않았고, 라디오 같은 것은 아예 그 누구도 가지고 있지 않았다.

9월 16일부터 23일 사이에는 프레포스카(신분증)를 교부한다고 모두 시청으로 출두하여 등록하라는 명령이 내렸다. 최해술과 허남보는 시청으로 등록을 하러 갔다. 거기에서 허남보는 박판도를 만났다. 박판도도 그 지긋지긋한 가와카미 탄광으로는 복귀하지 않고 있었다. 둘은 서로 얼싸안다시피 해서 반가워 어쩔 줄을 몰랐다. 특히 박판도는 허남보의 은인이라고 해도 틀린 말이 아니었다. 나가요란 일본인 노무계원이 자기 대신 박판도로 하여금 허남보를 때리게 했으나, 슬쩍 때렸다. 이에 화가 난 나가요는 목도로 박판도의 목을 때려 기절까지 시켰던 것이다. 순전히 탈출을 시도했던 허남보 때문에 빚어진 일이었다.

최해술과 허남보는 프레포스카의 기재란이 모두 소련어로 되어 있어 어리둥절해 있다가 박판도에게 물었다.

박판도는 진주 농림학교를 다녔기 때문에 좀 나으리라 생각해서였다. 그러나 박판도도 난생 처음 보는 글자들 앞에서는 속수무책이었다. 영어의 N자를 거꾸로 해 놓은 것, R자를 뒤집어 놓은 것, 한문의 中자처럼 생긴 것 등…. 우선 글자를 몰랐다. 결국 세 사람은 사무 취급을 하는 소련 군인에게 물어보고 싶었으나, 말 한 마디도 할 줄을 몰랐다. 그래서 다른 사람들이 쓰는 것을 보고 쓰기도 하고, 어림짐작으로 대강 써 넣었다. 그러나 애매한 난이 많았다. 어떤 난은 '민족'인지 '국적'인지 알 수 없어 그냥 '조선인'이라고 기입했다. 그러다 카드 뒷면을 보니까 일본어로 '조선인도 최종 국적은 일본이라 쓸 것'이라 해 두었다. 그래서 '조선인'이라 쓴 것을 지우고 다시 '일본'이라 고쳐 써 넣었다. 기분이 착잡했지만, 일본 국적이라 쓴 것이 조국으로의 송환에 있어서는 일본인과 조선인의 구별을 하지 않겠다는 암시 같기도 해서 착잡한 마음을 달래었다.

박판도는 가와카미 탄광으로 돌아갔다가 다시 떠나와 버렸다고 귀띔했다. 판도의 말에 의하면, 해방되던 날까지 가와카미 탄광의 각 합숙소에 수용돼 있던 조선인 노무자 수는 2000명이 넘었으나, 지금은 1000명도 안 남아 있을 거라고 했다. 모두들 다른 곳으로 흩어져 가버렸는데 다들 어디에서 어떻게 지내고 있는지 걱정이라고 했다. 판도는 말했다.

"그놈의 땅 밑 굴속으로 들어가는 거는 두 번 다시 생각도 하고 싶지 않거마는. 두지기(두더지) 생활 그만큼 했으면 됐지, 와 또 우리가 탄광에서 일해야 하노 말이다. 조선으로 돌아갈라몬 대처(大處)에 있어야만 되겠다 싶어 이리로 나왔지."

판도의 생각도 허남보나 최해술과 같았다. 판도가, 인사를 나눈 최해술에게 물었다. 그는 최해술을 대뜸 형님이라 불렀다.

"형님 계시는 데는 어떤 뎁니꺼?"

최해술이 웃으면서 허남보를 가리키며 말했다.

"허군한테 물어보라모."

판도가 다시 허남보를 돌아보자, 허남보가 말했다.

"박형, 있을 데가 마땅찮으몬 우리랑 같이 갑시더."

"아따, 다코베야 출신이 얼마나 좋은 데서 산다고 그러쌓노?"

판도가 솔깃하면서도 농담처럼 말하자,

"가와카미 탄광 다코베야 출신 치고 시방 돈푼 안 가진 사람은 아무도 없을 끼요."

"허형도 돈이 있다 이 말이가?"

"마, 시끄럽소! 우리캉 같이 갈라몬 가고, 말라몬 말 일이지, 멀끄딩이(머리카락) 홈 파듯 캐묻기는…."

이래서 판도는 미련 없이 허남보를 따라붙었다. 얼마나 잘 된 일인가.

그때 최해술은 35살, 박판도는 25살, 남보는 판도보다 더 어린 22살이었다. 허남보는 길을 걸으면서 다코베야 감독과 가와카미 광업소 노무과장, 보국합숙소의 노무계원 나가요들을 잡아다가 혼내 준 이야기며, 노무과장을 데리고 가서 광업소 사무실의 금고에서 돈을 털어 3개월치의 노임을 동료들에게 분배한 이야기들을 해 주었다. 박판도는 통쾌함을 금치 못해서 몇 번이나

"와! 그랬구나!"

하면서 탄성을 질렀다. 강신귀가 결국 다코베야의 감독 오가와를 때려 죽인 이야기도 했다. 그러나 박판도는 강신귀를 본 적이 없었다.

이렇게 이야기를 하고 있는 사이에 그들은 산 밑의 어떤 허름한 집에까지 닿았다. 집 앞에는 커다란 상수도 정수장이 있었고, 전기 변전소 같은 시설도 있었으나, 일본 사람들의 집은 모두 비어 있었다. 그중 가장 허름한 집이 있었는데, 그 집은 조선 사람의 집이었다. 된장, 간장독이 있었고, 고추장 단지도 있었다. 허남보와 최해술은 조선 사람의 집에 임시로 거처를 정해 있던 차에, 박판도를 이 집으로 데리고 온 것이다.

박판도는 가와카미 광업소의 자재창고를 털어 합숙소 동료들과 이별의 술파티를 열고, 새벽에는 모두들 제 갈 길로 쫓아 보냈다. 그리고 마지막으로 최숙경과 김말숙을 얼른 떠나라고 재촉하고는 총총히 걸어 나가, 그 길로 유즈노사할린스크까지 내려갔다. 그러나 거기에서 그는 조선인은 승선이 안 된다는 소문을 듣고, 그냥 유즈노사할린스크에서 어물거리고 있던 참이었다. 마땅히 있을 곳도 없어 기차역 대합실에서도 잤다고 했다. 따라서 소련기의 폭격 때도 죽을 뻔했노라고 말했다. 기차역의 역사가 공습으로 파괴되자, 그는 있을 곳이 없어 아는 사람을 만나려고 며칠을 두고 시내를 쏘다니던 중이라고 했다. 그런 말을 듣고 난 허남보가 판도를 놀리듯 말했다.

"그래도 보국합숙소의 지도자 박감독이 거지 신세가 됐다니!"

"그거야 안 잊어삐리지. 그건 그렇고…."

허남보가 의미심장한 얼굴로 판도를 바라봤다. 그러나 판도는 계속 장난으로 받았다.

"혹시 코르사코프까지 가가지고 배는 못 타고, 불알이라도 하나 널짜고(떨어뜨리고) 왔나?"

최해술은 나이도 훨씬 들었으므로 그들의 이야기를 듣고 싱긋이 웃고만 있었다. 허남보가 다시 말했다.

"김말숙 씨 알지요? 최숙경 씨하고 김말숙 씨를 부두에서 만나 배에 태워 주었는데, 우리도 같이 배에 타보겠다고 시바이(연극)한 것 생각하몬…."

"시바이랑이? 그리고 그 여자들이 무사히 배를 탔단 말이오? 아 참, 다행이다!"

"부부로 가장했지, 배를 타겠다고. 이 아재캉 최숙경 씨가 부부, 내캉 김말숙 씨가 부부…."

"재미있는데? 그래도 배를 못 타고 말았단 말이지, 조선 사람이라고…."

"그러나 내가 박형한테 하고 싶은 이야기는 그런 기 앙이고…."

"또 뭐라 말이고, 그라모?"

"김말숙 씨가 정색을 해 가지고 박형 행방을 묻는데, 내가 우째 아노 말이다. 참 딱해서…."

박판도는 입을 다물고 말았다. 위안부로 전락해 있는 말숙을 온갖 힘을 다 써서 구해낸 것이 판도였거니와, 며칠 전 가와카미 합숙소에서 헤어질 때를 생각하니 판도는 가슴이 찡해왔기 때문이다. 그러나 모두들 배를 탔다고 하니 정말 그렇게 반가울 수가 없었다.

이날 저녁에는 허남보가 나가서 일본 소주 몇 병을 사 왔다. 돈을 아껴야 했지만 한 잔 안 할 수가 없었다. 더군다나 최해술의, 죽다가 살아난 이야기를 듣고는, 더욱 술이라도 한 잔 해야만 분을 삭일 수 있을 것만 같아서였다.

28일부터는 프레포스카(신분증)를 휴대하고 다녀야 했다. 어디로 가든 이것을 지니고 다니지 않았다가는 면허증 없이 운전을 하다 들킨 것 만큼이나 호된 곤욕을 치러야만 했다.

다시 한 달쯤 지나자 그 프레포스카의 사진 부착 난에 증명사진을 붙이도록 해서 완전한 신분증 구실을 하게 했다. 엽서 크기의 카드여서 지니고 다니기에도 매우 불편했다.

곧이어 주거지(면 단위) 밖으로 나갈 때는 따로 여행 허가서도 받고 다녀야만 했고, 여행 허가서에는 여행 목적, 행선지, 기간 등을 써 가지고 경찰서에까지 가서 허가를 받아야 했다.

29

1945년 8월 15일 오후부터 브이코프(일본지명 나이부치) 탄광촌을 떠나기 시작한 일본인들은 8월 27일이 지나자 속속 돌아오기 시작했다. 유즈노사할린스크시 경무사령관인 아리모프 소장의 명령에 의해서였다.

돌아온 일본 사람들은 8월 15일 전과는 판이하게 조선 사람들을 대했다.

브이코프에는 탄광의 채탄 작업에 종사하면서 합숙소에서 군대생활처럼 살아온 독신 노무자만 약 3500명이 있었다. 그러나 조선에서의 강제연행이나 납치가 아닌, 그 이전의 자유 이주에 의한 조선인들(이들은 모두 가족과 함께 와서 살았음) 수를 모두 합치면 약 1만 명이 브이코프에서 살고 있었다. 하지만 8월 27일의 아리모프 소장의 명령이 있은 이후에도 탄광촌으로 돌아온 조선 사람은 5000명도 안 되었다. 모두들 코르사코프나 유즈노사할린스크로 흩어져 가서, 조선으로 돌아갈 기회만 엿보고 있었다. 하지만 그들은 단 한 사람도 조선으로 돌아가지 못했다.

앞에서도 잠시 언급했지만, '소련지구 거주 일본인 귀환에 관한 미 · 소 협정'(줄여서, 미소귀환협정)은 1946년 3월 16일 처음 나왔다. 그러다 두 달이 가까운 5월 7일에는 두 번째의 문서가 발표되었으나 그 진척은 지지부진했다. 11월 27일에야 '미 · 소 잠정 협정'이 성립되었다. 그리고 12월 19일에 본 협정으로 결실을 보았으니 무려 9개월이나 끌어왔다.

이것을 다시 구체적으로 살펴보면, 최초의 각서(SCAPIN 822)에 이미 다음과 같은 구절이 있었다.

> 구일본인 점령지의 일본인 귀환 및 일본으로부터의 비일본인 귀환, 소비에트 사회주의 공화국 연방 및 동국의 지배하에 있는 영토로부터의 일본인 포로 및 일반 일본인의 귀환과 더불어 북위 38도 이북의 북조선 재일 조선인의 귀환에 관하여 본 협정을 체결한다.

이러한 협정을 보면 사할린에 있는 조선인의 귀환은 처음부터 귀환대상에서 제외돼 있다. 게다가 소련 지배하의 사할린 여러 항구에서 일본 귀국선에 승선시키는 일체의 권한과 책임은 소련관헌에게 있었다. 일본의 강제연행에 의해 사할린까지 끌려온 수많은 조선인들은 당연히 일본 정부가 책임을 지고 조선에까지 귀국시켜야 함에도 일본은 이를 깨끗이 외면했다. 패전 전까지만 해도 조선인을 법적으로는 일본인과 같이 보았고, 국적은 말할 것도 없이 일본이었다. 그것뿐인가. 종전 직후 사할린의 조선인들은 연합군 총사령부로 부터 '일본 국적을 가진 비일본인'으로 취급되어 전범자로 처벌된 사례까지 있었다. 그러니 당시의 조선인은 이리 걸면 벌받아야 할 일본인이었고, 저리 걸면 절대로 귀국 대열에 끼지도 못하는 '특수 일본인'이었다.

종전 직후 일본 정부는 승전국인 연합군에 대하여 사할린에 억류돼 있는 조선인의 송환을 요구할 수도 없는 입장이라고, 백 보를 양보해서 생각해 보자. 그렇더라도 연합군이 당연히 검토해야 할 사할린의 조선인 관계 자료만은 연합군에게 제출했어야 했다. 그런데 일본은 그것을 감추어 두고 있었던 것이다. 따라서 그런 사료(史料)는 미군 당국에 전무했던 것이다. 이것이 미군이 사할린의 조선인을 팽개쳐 두게 된 중요한 원인이 되기도 했다.

당시 조선은 남북으로 분단되려는 찰나였고, 북은 북대로 남은 남대로 극도의 분열과 혼란에 빠져 있었다. 게다가 뜻있는 정치 지도자들은 우선 분단의 위기에 있는 조국을 분단으로부터 구해내려는 일에만 정신을 쏟고 있었다. 김구, 김규식, 여운형 등이 그들이었다. 자연히 사할린 동포 문제 따위는 생각할 겨를이 없었다.

정상봉과 이시무라가 다시 만난 것은 1945년 8월 그믐께였다. 브이코프 광업소 산하의 모든 일본인들이 일왕 항복 소식을 듣고 모두 탄광촌을 빠져나간 것은 8월 17일 밤이었다. 그러나 그들도 별 수 없이 브이코프로 돌아왔다. 하지만 역시 많은 일인들은 돌아오지 않았다. 특히 8월 16일 오전의 광업소 간부회의에서 조선인 노무자들을 탄광의 주광인 쌍굴에 가두자고 주장한 일본 사람들은 돌아올 수 없었다. 그냥 쌍굴에 가두고 말 계산이 아니었다. 다이나마이트로 갱의 입구를 폭파시킴으로써 조선인 노무자 3500여 명을 몰살시키고, 일본인들끼리 안전하게 도망칠 계획을 세웠던 도끼라는 별명 외의 몇몇 일본인들은 유즈노사할린스크의 소련군 경무사령관 아리모푸 소장의, '원 직장 귀환 명령'을 따를 수가 없었다. 브이코프로 돌아왔다가는 어떤 변을 당할지 몰랐기 때문이다.

8월 18일, 일본인 간부들이 밤사이에 거의 자취를 감추고 사라지자, 조선인 노무자들은 한때 어리둥절했었다. 하기는 쌍굴로 모이라는 연락을 받고도 아무도 거기에 가지 않았었고, 그래도 주동자 색출 같은 일은커녕 아무 일도 없었을 때부터 어리둥절했었다. 그러다 조선인 노무자들도 정신을 차리고는 대책을 강구하기 시작했다. 일본이 전쟁에 지고, 조선인들에게는 노임해결도, 귀국조치도 취해주지 않고 자기들끼리 사라져 버린 게 너무 괘씸한 나머지 조선인들은 모여서 눈앞에 없는 일본인들만 성토했다. 그러다가 이현기 등 합숙소마다 배치돼 있는 밀정을 색출하는 작업에 들어갔다. 그러나 이현기만 정체가 노출됐을 뿐 다른 합숙소의 밀정들은 찾아내지도 못했다. 그러는 사이 조선인들은 삼삼오오 떼를 지어, 혹은 개개인이 한 사람 씩 브이코프를 떠나기 시작했다. 말릴 수도 없었고 말릴 일도 아니었다. 그중 가장 먼저 사라진 사람이 김형개였다.

이현기는 그날 동료 노무자들 앞에 꿇어앉아 울고 있었다. 이미 많은 사람들이 그에게 한 차례씩 발길질도 하고 주먹질도 한 뒤였다. 어떤 사람은 주먹질 대신 현기의 얼굴에 침을 뱉고 눈만 무섭게 흘기기도 했다. 더러워서 말이 안 나온다는 뜻이었다.

현기가 이만 되고 만 것도 정상봉의 덕택이었다. 정상봉이 아니었으면 그는 어쩌면 그 자리에서 죽었을지도 몰랐다. 이현기 그 더러운 자식이 왜놈의 앞잡이가 되어 어제 오후에 우리가 쌍굴로 집합해야 하는 이유를 흘리고 다녔어. 알고 보니 그게 모두 악질 도끼 놈이 시킨 지령이었다는 거야!

정상봉의 입에서 나오지 않으면 아무도 모를 이러한 비밀이 온 합숙소 내에 좌악 퍼져 있었다. 그러나 정상봉은 끝내 그런 말을 한 적이 없었다. 다만 정상봉은, 사라지고 없는 김형개가 아마 이것을 퍼뜨린 게 아닌가 생각해 봤으나 본인이 없는 마당에 그것을 확인할 재주는 없었다. 설령 김형개가 그런 말을 퍼뜨리지 않았어도 이현기의 그런 비밀은 영원히 보장될 일도 아니었지만.

조선인 노무자들은 밀정행위를 완강히 부정하는 이현기를 우격다짐으로 끌고 와 사람들 앞에다 꿇어앉혔다. 그리고 묻기 시작했다.

"쌍굴을 개조해서 군수품 저장창고로 만든다고 니놈이 맨 먼저 말했는데, 누구한테서 들은 소리고?"

그러나 그는 당당하게 말했다.

"그런 기밀을 누가 내한테 말해 주겠소? 내가 '아매 그럴 끼라'고 한 기지!"

"좋다, 아매 그럴 끼라고 한 짐작은 우째 하게 됐노?

"모든 조선인 노무자들을 쌍굴에 다 모이라고 할 때는 그런 큰 공사가 있기 때민에 모이라고 한 거 아니겠소?"

그러자 한 사람이 번개처럼 뛰어나가 그의 얼굴을 걷어찼다. 그리고 말했다.

"이 더러운 놈의 종자야! 그기 말이나 되는 소리가? 끝까지 변명을 해?"

그러자 사람들은 다투어 나가서 그를 짓밟고 때렸다. 도무지 끓어오르는 분을 참을 수가 없었다. 대번에 그는 피투성이가 되어 쓰러졌다. 피를 본 사람들은

"저런 거는 없애버려야 한다!"

"동족을 배신한 쓸개도 오졸도 없는 쓰레기 같은 놈!"

하면서 이번에는 한 사람이 곡괭이 자루를 들고 나왔다. 거의 초죽음이 된 현기에게는 곡괭이 자루 한 대면 숨이 끊어지고 말 터였다. 합숙소 뒤쪽의 숲속에서였다.

이때, 여태까지의 광경을 지켜보고 있던 정상봉이 얼른 일어나 그 사람을 막아섰다. 바람 한 자락이 휙 불고 지나갔다. 그가 눈을 부라리며 상봉에게 쏘아 붙였다.

"니는 뭐꼬?"

"잠시만! 저놈이 죽어버리면 뒷감당은 어쩔 것인가? 나는 결코 저놈 편을 드는 게 아니고 우리 전체를 위해서 이러는 거야!"

그러고는 얼른 동료들을 둘러보면서 정상봉이 소리쳤다. 여태 한 번도 맨 앞에 나서 말을 한 적이 없는 상봉이었다. 그리고 모든 사람들은 그를 특이한 사람, 어떤 이는 도사라고 부르기도 했으므로, 일단 정상봉의 말에 귀를 기울였다.

"여러분, 저도 여러분과 똑같이 저놈을 미워합니다. 아니 죽여버리고 싶습니다. 그리고 저놈은 거의 죽어 있습니다. 그러나 마저 죽여 버려서는 안 됩니다. 저런 놈일수록 살려두었다가 고국에 가서 심판을 받게 하고 그 죗값으로 죽여야 합니다. 우리는 곧 조선으로 돌아갈 몸들입니다. 살인을 했다는 오명을 지니고 고향으로 가서는 안 됩니다!"

정상봉은 동료들의 험악한 공기를 알고 있었으므로 일부러 현기를 죽여 버리고 싶다, 죽여야 한다는 말을 강조했다. 그러자 누가 앉은 채 물었다.

"조선에 가서 누가 저놈이 왜놈의 앞잡이 노릇을 했다고 증언하나?"

정상봉이 자신 있게 말했다.

"우리 모두가 해야 합니다. 해야 할 의무가 있고 권리도 있습니다. 우리는 최소한도 그만한 정의감은 갖고 있습니다. 그 정의감 때문에 여러분은 오늘 이놈을 혼내 준 겁니다."

"조선에 가몬 뿔뿔이 흩어져 삘 낀데 우애(어찌) 단체 증언이 되노?"

정상봉이 받았다.

"흩어지다니요? 물론 각자의 고향으로는 일단 가야겠지요. 그러나 이 더러운 곳에서 생사고락을 함께 한 우리가 그냥 흩어져서야 되겠습니까? 저는 여러분들을 영원한 형제로 생각합니다. 따라서 우리는 친목회 같은 걸 조직해야 합니다. 그리고 이 배신자 놈은 그 친목회의 이름으로 고발하고 그 죄상을 증거해야 합니다."

그러자 또 한 사람이 정상봉의 가장 아픈 곳을 찔렀다. 정상봉은 이현기의 출생지가 조선이 아니고 일본임을 진작부터 알고 있었다. 그러나 그를 살려주려고 이런 말을 하고 있었던 것이다.

"저놈은 조선에 고향이 없어. 조선에 고향도 없는 놈을 데리고 가?"

정상봉이 받았다.

"죄인이 감옥에 가고 싶어 갑니까? 저놈은 죄인이기 때문에 우리가 조선으로 압송을 해 가야 합니다. 그게 여의찮으면 우리는 내일이라도 이놈을 소련군에 넘기면 됩니다."

"에나(차라리) 그게 낫지. 우리가 저놈을 쥑여 뒷감당이 에렵다몬(어렵다면) 저놈을 소련군한테 넘기자!"

정상봉이 쾌히 답했다.

"그럼, 그럽시다."

그러고는 이현기 앞으로 다가가 엄중하게 명령했다.

"일어나!"

현기가 겨우 쓰러졌던 몸을 일으켜 꿇어앉았다. 정상봉이 동료들을 보고 물었다.

"지금부터 이놈을 어떻게 하면 좋겠습니까?"

"다 죽어가는 놈 그냥 두지, 병원에 모시까(모셔야 할까)!"

이래서 이현기는 일단 위기를 모면하고 목숨을 건졌다.

그날 오후 늦게 소련군이 광업소 본부를 접수했고, 조선인 노무자들의 금족령를 내렸다.

열흘쯤 뒤 이시무라가 정상봉을 찾아왔던 것이다. 그도 코르사코프까지 갔다가 되돌아왔다고 했다. 그들은 상봉이 늘 혼자 가는 너럭바위로 갔다. 이시무라가 상봉에게 말했다.

"인사도 못하고 떠났다가 다시 와서 만나니 면목이 없습니다."

"아닙니다. 피차 경황이 없었으니까요."

"그날, 지난 18일 오후의 일은 참 잘 처리하셨습니다."

"무슨 말씀이신지요?"

"야마다 겐키(이현기) 군을 살린 일 말입니다."

"아니, 그걸 어떻게…?"

"실은 그날 제가 산에 숨어서 모든 걸 지켜보았지요."

그들이 현기를 끌고 가 매질을 하고 굿을 피운 곳이 바로 합숙소 뒤의 숲속이었으니 가능한 일일 터였다. 정상봉이 말했다.

"그가 한 행위야 밉지만 어쩝니까? 이시무라 선생님도 기억하시겠지요? 너희가 진심으로 형제들을 용서하지 않으면 하늘에 계신 내 아버지께서도 너희에게 이와 같이 하실 것이다…. 마태오복음 18장에 있는 말씀이던가요?"

"네, 35절이라고 생각됩니다. 그 말씀 앞에 이런 말씀도 있지 않습니까. 일곱 번뿐 아니라 일곱 번씩 일흔 번이라도 용서하여라, 라는 말씀은 마태오복음 18장 22절이지요."

그러고는 잠시 사이를 두었다가 이시무라가 정상봉의 손을 자기의 두 손으로 잡고는 눈물까지 글썽거리며 말했다.

"힝아시하라 씨. 일본이 조선에 행한 죄악을 용서하십시오."

정상봉은 처음으로 그에게 신부라고 부르며 말했다.

"신부님, 신부님 같은…."

그러는데 이시무라가 손으로 정상봉의 입을 막으며 말했다.

"저는 사제의 자격을 잃은 지 이미 오랩니다. 그렇게 부르지 마십시오. 그리고 선생이란 호칭도 과분합니다. 그냥 이시무라라고만 불러 주십시오."

"좋습니다. 이시무라 선생님, 제가 드리고 싶은 말씀은 일본에 이시무라 선생님 같은 양심을 가진 분이 계시는 한 하느님께서는 결코 일본을 영원히 버리시지 않을 거라는 것입니다. 반드시 오늘의 좌절을 딛고 다시 회생하리라 믿습니다."

이것은 정상봉의 진심이었다.

"고마운 말씀, 이 시점에서 일본인을 위로하는 조선인이 몇 분이나 될까요."

이시무라는 고개를 깊이 숙였다. 그러다 잠시 뒤 다시 말했다.

"오늘 제가 찾아온 것은, 일전의 그 일은 영원한 비밀로 감춰달라는 부탁을 하기 위해섭니다."

일전의 그 일이란 조선인들을 쌍굴에 모아 학살하려던 비밀을 형개를 통해 상봉에게 알려 준 일이다. 이시무라가 계속했다.

"일본인들이 지금 속속 돌아오고 있는 마당에, 조선인끼리에게라도 그게 밝혀지면, 결국 일본인들의 귀에도 들어갈 것입니다. 그렇게 되면 제 입장이 아주 난처해지니까요."

"알았습니다. 저는 틀림없이 약속을 지키겠습니다만 가네무라 게이가 이(김형개) 군이 알고 있지 않습니까?"

"아 참, 가네무라 군을 제가 도요하라(유즈노사할린스크)에서 만났습니다."

"그래요? 잘 떠났지요. 저는 어딜 갔나 했더니…."

이시무라가 잠시 망설이는 것 같더니 말했다.

"간부전용 휴게소에 있던 조선인 여자… 기야마 소훈 아가씨랑 같이 있는 걸 만났습니다. 그래서 가네무라 군에게도 같은 부탁을 했습니다만…"

"그래요? 그럼 안심하셔도 되겠군요."

말하고 나서 정상봉은 생각했다. 곧 조선으로 돌아가면 처녀가 얼마든지 있을 텐데….

이시무라가 다시 말했다.

"저의 이 말씀은 일본인으로서 조선인에게 드리는 말씀은 아닙니다. 성서의 구절을 기억하는 사람이, 그것을 이해하시는 다른 형제에게 드리는 말씀입니다. 기억이 확실치는 않지만 누가복음 6장이라고 생각됩니다…. 너희는 원수를 사랑하여라. 너희를 미워하는 사람들에게 잘 해주고 그들을 위해 축복해 주어라. 너희를 학대하는 사람들을 위해 기도해주어라. 누가 뺨을 치거든 다른 뺨마저 대주고 겉옷을 빼앗거든 속옷마저 내주어라. 달라는 사람에게는 주고…."

정상봉은 듣고만 있었다. 성서 구절이 기억나지 않았기 때문이다. 그러나 그러는 사이에 정상봉은 무슨 까닭인지 눈물이 나왔다.

이시무라도 흐느끼며 말했다.

"힝아시하라 형제님! 이스라엘 민족이 애굽을 탈출하여 하느님께서 약속하신 땅으로 가기 위해서 황야에서 40년을 방황하지 않았습니까? 하느님께서 이스라엘 백성을 사랑하셨기 때문에 내리신 시련이었습니다. 조선이 일본의 속박에서 신음한 것이 꼭 만 35년이지만 그 이전의 을사보호조약부터 치면 40년이 되지요. 성경에서는, 잘 아시겠지만 40년이란 숫자는 매우 뜻이 깊습니다. 그런데 그 뜻깊은 40년을 채우고 조선이 독립하게 되었으니 이것은 분명히 하느님의 섭리가 아니겠습니까. 조선의 발전과 번영을 위해 이 목숨이 다하는 날까지, 전 일본 국민을 대신해서 속죄하는 마음으로 기도하겠습니다. 힝아시하라 형제님도 고향으로 가시면 좋은 사제가 되십시오."

"고맙습니다. 신부님…."

이들은 그때까지만 해도 조선 사람이 곧 귀국하게 되리라 믿고 있었다. 숙사로 돌아온 정상봉은 맞아서 초죽음이 돼 있는 이현기를 몰래 찾아가 속삭였다.

"유서 같은 걸 써 놓고 내일 날이 새기 전에 도망치게나."

이튿날, 사람들은 이현기의 유서를 보고

"자식, 보기보다는 마음이 여린 놈이었네!"

"소련군에 넘겨지기 전에 잘 했지 뭐."

"백 번 죽어 싼 놈이야."

그러면서 한 마디씩 내뱉었다.

그는 홍등가를 운영하던 아버지와 함께 브이코프에서 자취를 감추었던 것이다.

정상봉과 이시무라는 그 뒤로도 자주 만나 서로 격려하면서 신앙을 다져갔다. 함께 기도하고, 오랜 시간 묵상도 함께했다. 두 사람은 깊은 형제애를 쌓았다. 그러다 이시무라는 47년 2월에 귀국했다. 그러고는 소식을 끊었다.

11장

해방이 가져다준 것

30

해방이 된 지도 2년이 지났다. 문근은 경성사범을 졸업하고 고향 함안으로 와서 교편을 잡고 있었다.

하지만 어수선한 시국 탓이 아니라도 문근의 마음은 기댈 데가 없었다. 화태(사할린)로 간 아내 숙경으로부터는 편지가 끊긴 지도 2년이 넘었다. 답답해서 먼저 주소대로 몇 번이나 소식을 보냈지만 통 회답이 없었다. 화태가 다시 소련 땅이 되면서 그곳의 일본인들은 모두 제 나라로 돌아오고 있다고 했다. 그런데 조선 사람은 왜 계속 억류돼 있어야 하나. 일본은 책임을 지기는커녕, 강제로 끌고 간 조선 사람들을 쳐다보지도 않고 자기네들만 제 나라로 돌아가고 있다니, 이런 법이 있는가. 문근은 몰염치하고 치사한 일본의 처사에 치가 떨렸다.

밤마다 문근은 아내가 그리워 몸부림치면서 아내의 환상을 안고 잠을 청하곤 했다. 그러나 아내가 보고 싶고 그리울수록 처가에 대한 죄스러움도 정비례했다.

처가라고는 했지만 아직 한 번도 가보지도, 장인 장모를 만나보지도 못한 처지였다.

해방 전 서울에서 학교에 다닐 때 문근은 학교로 오가는 길에서, 아침마다 같은 장소 같은 시간에 여학생 하나를 만나곤 했다.

많은 여학생을 봐왔지만 이 여학생한테서는 어쩐지 자신의 전부를 맡겨도 좋겠다는 생각이 무슨 계시처럼 마음속 깊은 곳에 자리 잡아가고 있었다. 그러나 그 마음이 일시적인 것인지 아닌지 자신이 없었다. 여자를 보고 생기는 마음에는 세 가지가 있다고 문근은 생각하고 있었다. 첫째, 보자마자 용솟음치는 성충동을 주는 여자, 둘째, 장난삼아 좀 데리고 놀면서 가까이했으면 싶다는 여자, 셋째, 평생을 함께 해도 좋다고 생각되는 여자….

보자마자 성충동을 강하게 느끼게 하는 여자라고 그 여자를 당장 성욕의 대상으로 삼을 수는 없을 것이다. 정 견디기 어려우면 하다못해 유곽에라도 가서 해소하면 될 것이다. 그러나 문근은 아직 그런 곳에는 가 본 일이 없었다. 좀 데리고 놀면서 가까이하고 싶은 여자라면 아마 요정이나 술집의 기생쯤 될 것이다. 꼭 그런 여자가 아니라도 그렇게 가까이하고 싶은 여자가 없지는 않을 것이다. 그러나 이 경우는 기혼자의 권태기에 일어나는 현상이 아닐까. 특히 물질적으로 어느 정도 여유가 있을 때 그것이 가능할 것이다. 축첩의 경우가 이에 속하기도 할 것이다. 그러나 미혼 남자가 미혼 여자를 보고 일으키는 성충동 같은 순간적인 것만으로써 그 여자를 결혼의 대상으로 봐서는 안 될 것이다. 성충동 같은 순간적인 것이 아니라고 해도, 유동적이고 모호한 마음이어서도 안 된다. 확고하고 신념적인, 변함없는 진실이 아니면 안 된다. 문근은 매일 아침 만나는 여학생에게 가지는 자신의 감정이 확고부동한 신념적인 것, 불변의 진실인지 아닌지 아직 자신이 없었던 것이다. 그렇게 만나기를 반년이나 지난 뒤에야 그는 제 마음이 진실임을 확신하고 그 여학생에게 운명적이라 할 장문의 편지를 썼다. 일주일 이상이 걸려 쓴 일생일대의 거사라고 생각되는 편지였다. 편지를 직접 전해 주던 날의 그 여학생의 표정을 지금도 잊을 수가 없다. 그녀는 문근이 불쑥 다가서자, 마치 얼굴이 익은 양순한 개가 어느 날 갑자기 허연 이빨을 드러내는 것을 보기라도 한 표정이었다. 그러나 그 놀라는 표정에서 문근은 다시 한 번, '맞아, 이런 여성이야!' 하는 생각을 했다. 그렇게 어색하게 편지를 전하고 문근은 일주일을 내내 마음 졸이며 같은 길을 다니다, 드디어 절망하고 말았다. 처음 한 이틀 정도야 그녀도 그 길을 피할 수 있었을 것이다.

그러나 일주일이 넘게 그 길에서 다시는 그녀를 만날 수 없었기 때문이다. 그러다 아흐레째 되는 날에야 그는 그 여학생을 다시 만날 수 있었고, 그리고 답장까지 받았던 것이다. 답장에는 다음과 같은 내용이 적혀 있었다.

저같이 보잘것없는 사람에게 그렇게 오랜 기간 자신의 감정을 시험하면서 어떤 확신 끝에 보내주신 편지는 솔직히 저를 감동시킨 바 있었습니다. 그러나 저는 저대로 일방적으로 당했다는 생각이 들지 않을 수가 없군요. 왜냐하면 저도 자신의 일생의 반려자에 대해서는 문근 씨만큼 깊이 생각해 봐야 하는데, 저는 문근 씨를 한 번도 그런 대상으로는 생각해 보지 않았기 때문입니다. 사실 저는 매일 아침 만나 뵙는 문근 씨에게 아주 성실하고 정직해 뵌다는 인상 때문에 호감을 가지고 있었기는 했습니다. 그러나 저에게 일생을 함께할 사람이라고 하신 말씀에는 당황하지 않을 수가 없습니다. 저는 아직 나이 어리기도 하지만, 그것보다는 문근 씨에게는 너무 부족한 여자라는 생각 때문입니다. 혹시 저의 이러한 말씀을 겸양이라고는 생각지 마시고, 더 널리 세상을 보시고 더 많은 여자를 찾아보시기 바랍니다.

그때는 틀림없이 문근 씨의 마음에 변화가 있을 겁니다. 그런 연후에도 현재의 마음이 움직이지 않는다면, 그때 가서는 이제 제 쪽에서 문근 씨에 대하여 생각해 볼 차례가 아니겠습니까.

외람되오나 열심히 공부하실 때이므로 학업에 전념하시기를 바라오며 이만 줄입니다.

그녀가 숙경이었다. 그게 숙경이 고등여학교 1학년 때였다. 문근은 이런 답장을 받은 지 보름쯤 지나고부터 하굣길에 숙경을 다시 만날 수 있었다. 숙경도 어떤 결심이 선 모양이었다. 그런 만남이 있은 다음부터 문근은 숙경을 드문드문 만나고 있었다. 주로 토요일 오후였다. 문근은 숙경과의 만남을 위해 엄청난 독서를 해서 만날 때마다 다른 화제로써 숙경을 사로잡으려 했고, 그의 그러한 피나는 노력은 조금씩 결실을 거두어 갔다. 돈이 없는 문근은 언제나 숙경을 데리고 남의 눈이 미치지 않는 서울 근교의 들판이나 산길을 거닐면서 끝없는 대화를 나누었다. 그럴 때면 문근과 숙경은 모두 학교의 배지를 떼어 버렸고, 문근은 교모를 벗어 버리기도 했다. 그러다 그녀가 고등여학교 2학년 때 문근은 대단히 조심스럽게, 그러나 어쩌면 너무나 당돌하게도 청혼을 했던 것이다. 그때 문근은 관립경성사범학교 예과 3학년이었다. 숙경은 고개를 들지 못하고 얼굴만 붉혔다. 아무 말도 하지 못했다. 그런데도 문근이 다시 확인하듯 물었다. 마치 기정사실을 재확인이라도 하는 것 같았다.

"결혼해 주시는 거죠?"

숙경이 조용히, 그리고 침착한 어조로 말했다.

"졸업도 아직 하지 않았고, 부모님의 승낙도 받지 못했는걸요? 너무 성급하신 게 아닌지 모르겠군요."

"고등여학교 2학년이면 됐지요. 꼭 졸업을 해야 합니까. 사실 실력을 얻으려고 학교에 다니지, 졸업장을 손에 쥐려고 학교에 다니는 건 아니잖습니까? 다만 부모님의 허락이 문젠데, 그건 시일을 두고 받아 보십시오."

숙경이 한참 동안 침묵을 지키다 어렵게 답했다.

"시일을 두고 노력은 해보겠지만, 결혼허락이 맡겨 놓은 물건이 아닌 이상… 그렇다고 제가 문근 씨를 싫어하는 건 아닙니다만."

생각하면 숙경의 말에는 틀린 대목이 하나도 없었다. 그런데도 문근은 기분이 상했다. 하지만 마음을 가라앉히고는 다시 차분하게 설득했다.

"그건 숙경 씨 말씀이 옳습니다. 어른들의 결혼 승낙이 그렇게 쉽지 않은 걸 제가 몰라서 그랬겠습니까? 어떤 시련과 난관이 있어도 숙경 씨와의 결혼은 꼭 하고 말겠다는 저의 의지를 그렇게 나타낸 것이니까 오해는 하지 마십시오."

숙경이 다시 어린애를 달래듯 부드럽게 타일렀다.

"그것도 알아요. 그래서 저도 최선의 노력을 다하겠습니다. 하지만 문근 씨의 말씀은 문근 씨의 혼자 생각이지, 문근 씨가 갖춘 객관적인 결혼 조건은 못 되거든요. 결혼을 흔히 인간 대사라고 하지 않아요? 결혼에는 당사자들의 사랑이 절대 조건이긴 하지만, 어른들 생각은 꼭 그렇지만은 않으니까요. 어른들은 흔히 당사자들의 사랑 같은 건 무시하시기 일쑤죠. 잘못하면 불순하다고 얼마나 나쁘게 보시기까지 합니까? 아마 앞으로 몇십 년이 더 지나면 결혼 당사자들의 사랑만으로 결혼이 가능한 시대가 오긴 올 겁니다만… 어쨌든, 자녀들의 결혼만큼 큰 대사가 없다고 어른들은 생각하시잖아요?"

문근이 투정부리듯 말했다.

"그 말씀도 알아요. 하지만 결혼 조건 결혼 조건, 하면 난 할 말이 없습니다. 시골 출신에 빈농의 아들에…. 다만 나는 숙경 씨를 이 세상에서 가장 사랑한다, 다른 누구보다도 내가 숙경 씨를 가장 아끼고 사랑한다는 것만이 나의 전붑니다."

그러고 고개를 돌렸다. 화가 난 표정이었다.

"알아요."

숙경이 짧게 말하면서 그러는 문근의 마음을 풀어주려는 듯 문근의 손을 꼭 잡아 주었다. 문근이 자신의 가정환경 같은 걸 내비치자 숙경은 갑자기 그런 소리를 하는 문근이 안타까웠던 것이다. 아무도 없는 산속, 가끔 산새 소리가 청아하게 허공을 수놓을 뿐이었다. 문근은 조용히 숙경을 옆으로 껴안았다. 숙경이 문근의 가슴에 얼굴을 묻으며 속삭였다.

"걱정 마세요. 우리의 사랑은 그 어떤 시련이나 난관도 극복할 수 있을 거예요. 틀림없이 문근 씨는 그럴 수 있는 분이라고 저는 믿어요."

"고마워, 고마워 숙경이!"

문근은 감격에 북받쳐 숙경의 볼에다 마구 자기의 볼을 비비다가 뜨거운 숨결을 그녀의 입술에 퍼부었다. 문근의 입에다 자기 입을 맡기고 있는 숙경은 눈을 꼭 감고 있었다. 잠시 뒤 감은 눈꼬리에서는 물기가 내비쳤다. 그 물기가 이내 굵은 방울이 되어 볼을 타고 흘러 내렸다. 문근이 한참 동안의 포옹을 풀어주면서 말했다.

"이제 내려갑시다."

숙경이 말없이 따라 일어나 문근의 엉덩이를 털어 주었다. 문근도 숙경의 옷에 묻은 티끌을 털어 주었다. 그들은 처음으로 입맞춤을 했고, 이제는 하늘이 무너져도 어쩔 수 없을 것이라는 생각들을 하고 있었다.

산을 내려오는 길에서 문근이 숙경의 손을 잡으며 장난삼아 말했다.

"숙경이 끝내 나의 청을 거절했다면 난 오늘 숙경이 앞에서 죽어버릴 생각을 했었지."

숙경이 문근을 말끄러미 바라봤다. 그런 눈길은 처음이었다.

"자살 흉내겠죠!"

"천만에. 그러나 동반 자살은 생각하지 않았어."

"왜요? 같이 죽어야죠."

숙경이 농담 섞어 말했다. 그러나 문근은

"아니지, 혼자 죽는 것도 실은 무서운 죄악인데…. 숙경 씨는 얼마든지 좋은 조건 갖춘 남자랑 살아야지, 내가 왜 데리고 같이 죽나."

조금은 자조적인 말투였다. 그래서 숙경이 뾰로통한 표정을 지으며 말했다.

"이제 조건조건, 하지 마세요!"

"그래, 다시는!"

그러나 숙경은 집으로 돌아와서도 좀처럼 문근의 얘기를 할 수가 없었다.

그 뒤 두고두고 아무리 기회를 엿보고 기다려도 아예 그럴 계제가 못되었다. 아버지가 워낙 완고하기도 했지만, 그는 술이 취해 기분만 거나해지면 숙경일 불러 앉히고는 이렇게 말하곤 했기 때문이다.

"우리 숙경이는 고등문관한테 시집을 보내야지. 고등문관 시험에 붙은 인재라야 내 사위가 될 수 있다구!"

숙경이 아버지를 떠보느라고 넌지시 말했다.

"고등문관이 다예요? 사람이 사람다워야죠."

“옳은 말이군. 그러나 사람다운 사람이 누구겠냐? 자고로 신언서판(身言書判)이 사람의 값어치를 결정하는 법이지만, 고등문관이면 신언서판에 있어서도 맨 윗자리가 되거든!”

실제로 조선 청년들 중에는 고등문관 시험에 합격한 사람이 많았고, 아버지는 그런 사람을 사위로 삼겠다고 벌써부터 벼르고 있었던 것이다. 그래서 생각다 못해 어머니에게 슬쩍 운을 떼 봤다.

“어머니, 제가 사귀는 남학생이 있는데요….”

“뭐라구! 네가 벌써 다 자랐구나! 어떤 남자냐!”

“경성사범에 다니는….”

“경성사범? 경성사범이라면 교육자가 될 사람이지, 고등문관 시험 칠 사람은 아니지 않니?”

“어머니두… 아버지의 그 말씀을 꼭 지켜야 해요?”

“아니야, 네 아버지의 고집을 꺾을 사람은 세상에 없어. 그리구 그건 네 아버지의 유일한 희망이기두 하구….”

“제가 뭐 꼭 아버지의 희망대로만 살아야 하나요?”

“그래도 네가 뭐가 부족하니? 우리 집이 남보다 못한 게 뭐가 있니? 그런 네가 고등문관한테 시집 못 갈 게 뭐냔 말이야!”

숙경이 괜히 말을 꺼냈다고 후회하며 말했다.

“어머니만 그냥 알고 계세요. 아버지껜 아직 말씀드리지 말구요.”

“그래, 알았다만 너 괜히 섣부른 언동일랑 주의해야 한다!”

숙경은 한숨이 나왔다. 어머니마저 이렇게 철저하게 아버지 편을 들 줄은 몰랐다. 문근과의 결합에는 파란이 있으리라. 그래도 하는 수 없지….

몇 달이 후딱 지났다. 그동안 문근은 시골 부모님들로부터 모든 허락을 다 받아놓고 있었다. 다만 문근의 부친은, 규수의 부모가 이쪽을 탐탁찮게 여기는 눈치가 좀 기분이 상하긴 했지만 그만한 가문의 규수를 며느리로 맞이하는 데야, 하면서 참고 넘겼다. 그러나 숙경은 전혀 진전이 없었다. 이제 오히려 숙경 쪽에서 이렇게 문근을 위로했다.

“제가 졸업만 하면 그냥 집을 나와 버릴게요.”

"졸업을 하자면 아직 2년 가까이나 남았어. 그동안 꾸준히 부모님을 설득시켜 봐요. 내가 한 번 가 뵐까?"

"아니, 그건 더 위험해요. 어머니까진 몰라두 아버진 저의 이런 행동을 아시면 당장 쫓아내신다구요."

"그것 잘됐잖아. 스스로 도망쳐 나올 결심까지 하는 판인데, 쫓아내면 얼마나 편하게 나올 수 있어?"

"아이, 농담이 아니라니까요."

그러면서 숙경이 밉지 않은 눈을 흘겼다.

숙경이 2학년에 진급한 3월의 토요일이었다. 양지바른 곳에서는 개나리가 노란 꽃잎을 내밀 준비를 하고 있었다. 아침부터 해가 구름 속으로 숨바꼭질을 하고 있었다. 이날도 학교를 마치자 숙경이 문근의 자취방으로 찾아왔다. 아니, 그녀는 자신의 하숙집으로 가서 아예 책가방도 두고, 옷도 사복으로 갈아입고 왔다. 문근이 2년 늦게 학교를 다닌 것과 마찬가지로 숙경도 2년 늦은 나이였다. 문근은 집안이 어려워 2년이나 늦게 학교에 들어갔지만, 숙경은 어릴 때 병치레를 하느라고 2년이나 늦었다고 했다. 그래서 고등여학교 2학년이라고 했지만 19살, 문근은 관립경성사범학교 예과 4학년으로 22살이었다. 숙경은 화사한 봄옷을 입고 있었다. 옅은 감색에 가로세로 빨간 줄이 쳐진 투피스, 그런 옷을 장만해 두고 있었다니! 그러나 처음 보는 그런 옷이 놀랍다기보다는 그런 옷을 입은 숙경이 너무 어른스러워 보여 놀라웠다. 그녀가 말했다.

"예고 없는 방문이어서 그러세요?"

"아니, 내가 어쨌기에?"

"왜 그렇게 놀란 눈으로 바라보세요?"

"숙경이 너무 어른스럽고 예쁘고 탐스러워서…."

"고맙군요. 그러나 탐스럽단 말씀은 조금 불순한데요."

"미안해. 그나저나 들어오든지, 나오라고 하든지 해야지!"

"어마! 누가 할 소리예요? 주인이 손님에게 들어오라시든지, 아님, 같이 나가시자든지 해야죠."

"누추하고 냄새나는 방에 이렇게 말쑥한 숙녀를 들어오시게 한다는 건 나의 무례한 과욕일 테고, 나갑시다."

그들은 밖으로 나와 천천히 걸었다. 하늘은 구름이 잔뜩 끼어 있었지만 숙경의 화사한 의상이 햇살보다 밝아 보였다. 둘 다 학생복이 아니어서 한결 덜 부담스러웠다. 구름 때문에 해가 어디쯤에 있는지를 몰랐다. 시계가 없는 문근은 숙경에게 물었다.

"지금 몇 시나 됐을까?"

"2시 20분이군요."

"그럼 우리 오늘도 산으로 갈까?"

"그러세요. 사람들이 많은 곳은 저도 싫어요."

"왜?"

"개성 사람들이 얼마나 많이 서울에 나다닌다구요. 혹시 아버지라도 불시에 만나 뵈면 어떻게 되죠? 아버지가 아니라도 아버지 친구 분들은 대개는 저를 어릴 때부터 알고 있다구요. 어디에서 어떤 분을 만날지 모른다니까요."

"난 그런 이유 때문에 산으로 가고 싶은 건 아닌데…."

"허긴 문근 씨는 남자니까요."

문근은 더 이상 말하지 않았다. 그가 산이나 들로 나가려는 것은 비용이 안 들어서였다. 그러나 그런 말을 어떻게 하랴.

31

그들은 천천히 걸어서 교외로 빠져나왔다. 아직은 바람 끝이 차가웠지만 길가에는 벌써 풀잎의 새싹이 돋아나고 대지에 새 생명이 약동하고 있었다. 그러나 새 생명이 약동하지 않아도 이들 남녀는 만나면 언제나 기뻤고 힘이 넘쳤고 마냥 희망에 가슴이 부풀었다. 이들은 나란히 손을 잡고 필요 이상으로 손을 흔들기도 하고, 군인들처럼 발을 맞춰 오른발 왼발 하면서 걷기도 했다. 보릿논 사이로 트인 오솔길과 밭 언덕길을 지나 산으로 들어섰다. 산에도 길이 나 있었다. 여기저기에 돌복숭아꽃인지 살구꽃인지가 화사하게 피어 있었다.

길은 도랑이 패인 곳으로도 나 있었고 도랑 뒤의 언덕으로도 나 있어 두 사람은 손을 잡았다 놓았다 하며 걸어야 했다. 언덕 위 길섶에는 새파란 쑥이 빼쭉빼쭉 돋고 있었다. 문근은 생각했다. 초봄의 쑥국이 얼마나 맛있는 것인가. 이 쑥을 캐어다가 국을 끓여 먹었으면. 그러나 그는 말도 안 되는 스스로의 생각에 고개를 흔들었다. 이 시간이, 이 길이 누구와 걷는 것인데 쑥을 캐다니. 또 캐어 간다 한들 쑥국에는 들깨가루 같은 것도 들어야 하는데 어떻게 혼자 국을 끓여 먹는단 말인가. 문근이 엉뚱한 생각을 잠시 한 것처럼 이번에는 숙경이 엉뚱한 말을 했다.

"우리 아버진 말이죠. 우리 앞에선 어머니에게 경어를 쓰시지만 우리만 없으면 어머니 이름을 부른다니까요. 맹순이 맹순이, 이런다니까요."

"재미있는데?"

"우리 아버지 재미있는 분이시죠?"

"아니!"

"그럼 뭐가 재미있다는 말씀이예요?"

"어머니 이름이."

"어머니 이름이 왜요?"

"사납고(猛)도 순(順)하니까. 그래서 어머니가 사나울 땐 겁이 나서 아버지가 여보, 그러다가 순해지면 마음 놓고 이름을 부르는 거겠지."

문근의 이러한 농담에 숙경이 되받았다.

"어머니의 이름자의 맹자는 사나울 맹이 아니고 맏맹(孟)이에요. 정말 우리 아버지 어머니의 금실은 온 대소가에서도 알아준다니까요. 그런데…."

"그런데?"

"막내둥이 동생은 지금도 꼭 아버지 어머니 사이에 끼어 자겠다고 밤마다 성화거든요."

"난 지금도 아버지 어머니 새에서 자는데? 내 방이 없거든…."

이래도 숙경은 진지하게 받는다.

"문근 씨 부모님은 연세가 드셨으니까 그래도 괜찮죠."

"부부가 나이 젊으면 왜 같은 방에 아이가 끼어 자는 게 귀찮을까?"

그제야 숙경이 얼굴을 붉히며 문근에게 눈을 흘긴다. 그러다 잊었다는 듯이 그녀가 말했다.

"저 바로 밑에 동생 인준이가 우리 사이를 눈치 챈 것 같아요."

"인준이라? 그런 남동생이 있었어요? 눈치 챘으면 어때요?"

"자꾸 저를 놀리잖아요."

"괜찮아요. 장래 어떤 일이든 우리들에게 도움이 될 가족인데."

문근은 예사롭게 말했지만 실제로 인준이가 훗날 문근에게 어떠한 도움을 줄지는 알 수 없었다. 맑던 하늘이 흐려지면서 짙은 구름이 끼고 있었다.

이런 가벼운 이야기를 하면서 길을 따라 산을 한참이나 오르자 작은 절이 하나 있었다. 그들은 대웅전 앞으로 가 문 밖에서 부처님께 합장하며 절을 했다. 절에도 활짝 핀 복숭아꽃 나무가 있었고, 그 옆에 석간수를 받아 마시는, 대[竹]로 된 홈통이 보였다. 석간수를 쪽박으로 받아서 교대로 마셨다. 물맛이 참 좋았다. 그러는데 석간수 받아 놓은 물통 위에 파문이 일었다. 하늘을 향해 손바닥을 펴봤다. 빗방울이었다. 이를 어쩌면 좋은가. 문근이 물었다.

"몇 시지?"

"5시 반이군요."

"비가 안 와도 바로 내려가야 할 시간인데."

그러는데 비는 금세 뚜둑뚜둑 제법 마당의 먼지를 일으키며 떨어졌다. 봄에 소나기가 오는 건가. 그들은 절 아래채의 처마 밑으로 갔다. 인기척에 아까부터 이들의 모양을 지켜보고 있던 노파 한 사람이 방 안에서 천천히 말했다.

"서 있지들 말구 마루에 앉아요. 신혼부부 같구려?"

문근은 그냥 웃었고, 숙경은 얼굴만 붉혔다. 비는 점점 거세어졌다. 하늘을 보니 구름이 아까보다 더 짙게 끼어 있어 쉽게 그칠 비가 아니었다. 문근과 숙경은 낭패스런 얼굴로 하늘만 멍하니 보고 있었다. 침묵이 길었다. 괜히 여기까지 왔구나. 문근은 이렇게 속으로 자신을 나무라고 있었다. 그때 노파가 또 말했다.

"추운데 밖에만 있지 말고 방으로 좀 들어오구려."

아닌 게 아니라 제법 춥기도 했다. 그러나 그들은 사양했고, 노파는 문을 닫으며 혼자 고시랑거렸다.

"금년 봄은 웬 비가 이리 흔한지, 원. 소 고삐 긴 것, 강담 배부른 것, 며느리 손 큰 것, 처녀 애 밴 것, 봄비 잦은 것 이런 건 모두 아무짝에두 쓸모가 없다는데…."

노파의 이런 소리가 우스워 숙경은 쿡쿡 웃었고, 문근은 그것을 다시 외어봤다. 소 고삐 긴 것, 강담 배부른 것, 며느리 손 큰 것, 봄비 잦은 것….

분명히 다섯 가지던데 뭐더라? 하나는 뭐더라?

사실 그랬다. 소의 고삐가 너무 길면 아무 데나 걸려 감기기 쉽고, 진흙이 묻어 엉망이 되는 것을, 농촌에서 소를 먹이러 다닌 문근은 잘 알고 있었다. 강담 배부른 것. 순전히 돌로만 쌓은 담이 강담인데, 배가 부르다는 것은 무너질 징조이니 위험할 것이다. 며느리 손 큰 것도 마찬가지다. 없는 살림이든 있는 살림이든 며느리로 들어온 여자는 어쨌든 모든 것을 아낄 줄 알고 요령껏 써야지, 손이 커서 풍덩 풍덩 함부로 축내버리면 가산을 지탱하지 못한다. 문근이 그 형편에 서울까지 와서 공부를 할 수 있는 것도 솔직히 어머니의 그 절약과 또 절약, 모든 것을 아낄 줄 아는 솜씨 덕분이 아닌가. 봄비는 자주 올 필요가 전혀 없다. 농사 준비에도 막대한 지장을 줄 뿐 아니라, 잘못하면 보리나 밀 등의 농작물에 피해도 입힌다. 농작물이 녹아버리기 때문이다.

그런데 한 가지가 더 있었는데….

비는 점점 더 세차게 쏟아졌고, 이제 비가 그친다고 해도 돌아가기는 틀렸다.

비구름 때문이기도 했지만 벌써 사방이 어두워지고 있었다. 그때까지도 그들은 마루에 걸터앉아 있었다. 그사이 문을 닫고 있던 노파가 다시 문을 열고는 말했다.

“어떻게 하시겠수? 젊은 부부?”

“예?”

문근이 돌아보며 되물었다.

“지금이라두 비어 있는 방에 불을 지필까? 어차피 하산하시긴 글렀구, 공양 시간이 가까워 오니 준비두 해야 한다우.”

문근은 얼른 숙경을 봤다.

숙경은 고개를 숙이고 있었다. 그런 그녀의 귓볼이며 목덜미까지가 분홍색으로 물들어 있었다. 숙경의 얼굴 전체가 복사꽃 빛이었다. 문근이 노파를 돌아보며 말했다.

“보살님, 이거 죄송해서….”

“아니우, 죄송허긴…. 절간에도 사람이 살지 부처님만 계신 건 아닌데 뭘.”

그러면서 방을 나와, 그 아래채의 뒤를 돌아갔다. 그는 노파를 따라가며 말했다.

“보살님, 제가 군불을 넣겠습니다. 공양 준비 하시지요.”

“그래 주시겠수? 고마워라. 복 받을 양반이우. 색시도 어쩜 그리 고운 사람을 얻었는지….”

그러면서 장작을 한 아름 안아다 주었다. 불쏘시개가 될 나무는 아궁이 앞에 있었다. 노파가 한 손을 뒤로 하고 허리를 톡톡 두드리며 다시 말했다.

“방을 닦아야 할 텐데. 그건 색시가 좀 해 주실까. 아이구, 이놈의 허리 신경통 때문에 비만 오면 죽는다우, 허리가 아파서….”

그러면서 문근을 바라본다.

“그럼요, 방청소 그런 건 걱정 마십시오, 보살님.”

그러자 노파가 이가 빠진 입을 오물거리며 돌아나갔다.

숙경이 방을 쓸고 닦았다. 장작불을 지핀 방은 구들목부터 따뜻해지더니 이내 온방으로 온기가 퍼져 나갔다.

시렁 위에는 비교적 정결한 요이불도 얌전히 개켜져 있었다.

그러나 베개는 하나뿐이었다. 방 한쪽 구석에 하얀 사기 호롱불이 얹힌 등잔이 있었고, 그 밑에 염주와 목탁이 가지런히 놓여 있었다. 나그네 스님이 오면 거처하는 방인 것 같았다.

방 안이 어두웠으므로 문근이 호롱불에 불을 밝혔다.

숙경은 두 무릎을 세운 불안한 자세로 벽에 기대 앉아 있었다. 문근도 벽에 기대어 두 다리를 뻗고 눈을 감았다 떴다 하면서 무엇인가 골똘한 생각을 하고 있었다. 그러다 문근이 낮은 소리로 말했다.

"숙경이, 미안해."

"제가 미안해요."

"숙경이가 어쨌기에?"

"문근씨 자취방으로 찾아온 것두, 그리고 나오라고 한 것두 저였으니까요."

"어쨌든, 이렇게 비가 오시는 건 우리들 뜻이 아니잖아."

"그럼요, 어쩜 대자대비하신 부처님께서 우리들 앞길을 열어 주시려는 축복 같은데요."

숙경은 오래전부터 문근과의 결혼을 결심하고 있었다. 그러나 아버지에게는 그 의견조차 꺼내지 못하고 있었던 터였다. 어머니에게 슬쩍 비쳤다가 어머니마저도 철저히 아버지 편임을 깨달은 순간부터 그녀는 문근과의 결합에는 일대 파란이 있을 것임을 예견했었다. 파란이란 정상적인 결혼 방법이 아닌, 비정상적인 방법으로 결혼하는 것이라고 그녀는 오래전부터 생각하고 있었다. 비정상적인 결혼 방법이란 어떤 것일까. 어차피 집을 뛰쳐나오는 불효를 생각하지 않을 수 없었다. 그렇게 해서 어떻게 할 것인가. 또 언제 그렇게 할 것인가. 그 방법과 시기는 도무지 구체적이거나 명확할 수가 없었다. 그저 막연히 그런 수단밖에 없을 거라는 생각을 가슴속에 간직하면서 오늘에 이르렀던 것인데, 그게 바로 이날임을 그녀는 생각하고 있었다. 그런데도 문근은 오히려 대죄나 지은 사람처럼 기어드는 소리로 미안하다니, 착한 남자…. 문근은 방금 숙경의, 부처님께서 우리들의 앞길을 열어 주시려는 축복 같다는 말에 안심한 듯 숙경을 보고 말했다. 좀 전과는 다르게 큰소리였다.

"그래, 숙경이도 그런 생각을 하고 있었구나. 실은 나도…."

문근이 이 방으로 들어와 벽에 기댄 채 무엇인가 골똘히 생각하고 있었던 것도 바로 이 문제였다. 어차피 숙경이 부모님들로부터 결혼 승낙을 얻어내지 못할 것은 뻔하다. 그렇다고 언제까지나 무작정 그 승낙이 떨어지기를 기다린다는 건 어리석은 노릇이다. 숙경의 마음이 아무리 굳다 해도 좋은 자리가 나서면 부모님들은 강제로 결혼을 시켜 버릴 수도 있는 법.

그러나 그렇더라도 결코 숙경을 빼앗길 수는 없다. 그렇다면 이쪽에서 선수를 치는 수뿐. 그냥 당사자들끼리 식을 올려버리는 방법밖에 없지 않을까. 내일 당장 이 절에서 스님을 모시고….

그러나 숙경이가 여기에 동의할까. 그게 의문이었던 것인데, 오히려 숙경이 먼저 그런 뜻을 내비치다니.

문근은 호롱불빛의 침침한 방 안이 일시에 대낮같이 밝아지는 환희와 감격에 몸이 공중으로 부웅 뜨는 것 같았다.

그는 숙경의 곁으로 다가가 숙경의 두 손을 마주잡고 앞으로 끌어당겼다. 그러고는 뜨겁게 끌어안았다. 아무 말도 하지 않은 채. 말이 필요 없었다.

숙경이가 없는 세상이라면 나는 살고 싶지도 않아. 이런 말을 속으로만 뇌었다. 숙경도 말없이 문근의 가슴에 안겼다가 잠시 뒤 두 팔을 뻗어 문근의 목에다 둘렀다.

문 밖에서는 비가 얼마나 거세게 내리는지 처마 끝에서 빗방울 떨어지는 소리가 마치 아주 빠른 속도로 소고를 치는 것처럼 들려오고 있었다. 처마 밑으로는 빙 둘러가며 빗방울이 떨어지면서 마당이 파이는 것을 막느라고 좁고 긴 판자를 받쳐 놓았던 것이다.

숙경은 오랫동안 그렇게 문근의 가슴에 얼굴을 대고 있다가 나직나직한 소리로 말했다.

"사랑을 위해 자신의 전부를 던지려는 저를 부처님은 어떻게 보실까요?"

"축복하실 거라고 숙경이 말했잖아?"

"그래도…."

그녀는 말을 잇지 못했다. 목이 멘 듯했다. 이내 커다란 두 눈에 눈물이 가득 고였다가 주루룩 흘렀다.

그때 밖에서 인기척이 났다. 노파였다.

"저녁 공양하러 오시구려!"

"네."

그들은 동시에 답하면서 밖으로 나왔다.

노파를 따라 대웅전에 딸린 옆방으로 올라갔다.

밥상이 차려져 있었고, 60이 넘어 뵈는 깨끗하고 맑은 얼굴의 스님이 밥상머리에 앉아 있었다.

"어서들 오시오."

스님이 미소를 띠며 말했다.

그들은 합장을 하며 공손히 허리를 굽혔다.

스님이 다시 말했다.

"자, 절 음식이 본시 이런 거니까… 드시오."

"스님, 말씀을 낮추십시오."

"허허허, 불자는 누구에게나 말씀을 함부로 하지 않는 법."

그들은 조심스럽게 스님과 한상에서 밥을 먹었다.

보리쌀과 쌀이 반반으로 섞인 밥, 오이장아찌, 고춧가루가 거의 안든 김치, 된장국, 미역구이, 도라지나물 이런 반찬이 정갈했다. 노파는 음식 솜씨가 깨끗했다.

식사를 끝내자 스님이 말했다.

"좋은 사이군. 아주 좋은…."

노파가 끼어들었다.

"스님, 신혼부분데 그럼 좀 좋은 때겠어요?"

"허허허."

스님은 껄껄 웃기만 했다.

그들은 스님께 다시 공손히 절하고 방을 물러나와 아까 그 방으로 내려왔다.

숙경이 말했다.

"스님은 우리가 부부가 아닌 줄 아시는 것 같던데요?"

"곧 부부가 된다는 것도 아시겠지."

한참 뒤 다시 문근이 무겁게 입을 열었다.

"숙경 씨, 우리 집은 시골의 가난한 집이오. 사실 숙경 씨 같은 사람은 우리 동네, 우리 집에서는 좀 버거운 사람이지. 그러나 난 자신이 있어. 절대로 숙경 씨를 실망시키지 않을 거요. 숙경 씨를 내 생애의 훌륭한 동반자로, 영원한 친구로, 냉엄한 충고와 조언자로 생각하고 함께 한 세상 깨끗하고 아름답게 살아가고 싶어. 신께서 축복해 주실 수 있는 그런 모습으로 깨끗하고 아름답게…."

"그래서 저도 문근 씨의 그런 삶에 동참하려는 거죠. 누가 어디에 안 어울린다, 버겁다는 말씀은 듣기가 거북해요. 전 문근 씨를 위해 우리 부모님도 형제자매도 얼마 동안은 모두 잊어버리기로 했으니까요."

"고마워…."

32

밤이 깊었다. 그렇게 세차게 내리던 빗소리도 어느새 멈추었다.

문근은 이불을 걷어낸 채 누워 있었다.

숙경이 그러한 문근의 온몸에 밴 땀을 닦아주고 있었다. 몸과 몸의 접합이 아닌, 영혼과 영혼의 결합이었다. 땀을 닦아 주고 있는 숙경을 문근이 다시 세차게 끌어안으며 말했다. 오랫동안 생각해온 말이었다.

"날이 밝으면 스님을 모시고…."

숙경이 문근의 말을 맺었다.

"식을 올려요. 저도 벌써부터 그런 생각을 해 왔어요."

"그래, 숙경은 우리가 결혼식도 올리기 전에…."

"결혼식도 올리기 전에 몸을 허락했다구요?"

"무슨 말을 그렇게 해? 숙경이 몸을 허락하기 전에 내가 뺏었는데…."

잠시 문근의 품속에 안겨 숨결을 고르던 숙경이 다시 물었다.

"그럼, 결혼식도 올리기 전에 뭔가요?"

"내 말을 숙경이 너무 잘 알아듣고 따른다고나 할까. '내가 스님을 모시고' 하니까 숙경이 '식을 올려요' 했으니 말이야. 부창부수도 이쯤 되면 최상급인데…."

그러나 숙경이 말했다.

"지아비 부자와 지어미 부자의 순서를 바꾸어 부창부수(婦唱夫隨)로도 해석하고 싶군요."

문근이 숙경을 더욱 힘주어 안으며 말했다.

"좋아, 좋고말고. 난 숙경의 말이라면 뭐든지 믿고 따를 거야."

"정말요? 뭐든지 믿고 따른다고 하셨어요!"

"그럼, 정말이지 않고…."

"그럼 됐어요. 그 첫 번째 약속, 이제 우리 자요!"

"그래, 자야지. 자기 위해서…."

문근은 다시 숙경을 바로 눕혔다.

날이 새고 아침이 됐다. 어제 비온 뒤끝의 하늘은 쾌청했다. 식사 후 문근과 숙경은 스님 앞에 꿇어앉았다. 문근이 스님께 조심스럽게 입을 열었다.

"스님, 한 가지 어려운 청이 있사온데 말씀을 드려도 될는지…."

"어려운 청이라니, 얼마나 어려운 청인지 걱정이 되오만 산중 노승에게도 혹시 도울 수 있는 힘이 있을지 모르니 말씀해 보오."

"네, 저희들 오늘 스님을 모시고…."

문근이 스님을 잠시 우러러보다가 고개를 숙였다.

"혼례식을 거행하겠다는 말이로군!"

문근과 숙경은 놀라지 않을 수 없었다, 어쩌면 이렇게 알아맞혀 버릴까. 스님이 다시 말했다.

"그래야지, 나는 어제부터 그대들을 보고 사연을 알았지. 허나…."

말끝을 흐리며 상체를 좌우로 천천히 흔들었다. 한참을 그러더니 '나무관세음…' 하면서 일어섰다. 얼마 뒤 스님은 법의를 갈아입고 법당으로 나왔다.

부처님 앞에서 부처님을 등지고 서더니 문근과 숙경을 자기 앞에다 나란히 세웠다.

스님이 먼저 목탁을 치면서 삼귀의례(三歸依禮)를 외었다.

귀의불, 귀의법, 귀의승, 그 음성이 낭랑했고 목탁소리는 쾌청한 날씨만큼 청아했다. 그런 다음 부처님께로 돌아서서는 고유문(告由文)을 낭독했다. 부처님께, 이들 남녀가 어떠어떠한 인연으로써 오늘 부부가 된다는 것을 고해 올리는 의례인 것 같았는데, 순한문을 염불처럼 수욱수욱 빼어 고했다. 그러더니 이번에는 그 고유문의 내용인 듯한 말을 스님 뒤에 서 있는 문근과 숙경에게로 돌아서서 일러주었다.

"지금 비록 어른들의 허락을 받지 않고 부부의 연을 맺지만 차후 반드시 부모님을 찾아뵙고, 부모님의 상한 마음을 풀어 드리도록 하시오. 그리고 서로 참고 양보하면서 살아야 하는 법."

스님은 어쩌면 그렇게 문근과 숙경의 환경이며 처지를 꿰뚫고 있었는지 탄복을 넘어 두려울 지경이었다.

이윽고 스님은, 이번에는 두 사람의 맞절을 시켰다. 법당 바닥에 엎드려 큰절을 한 번씩만 하라고 명령했다.

"이 절은 평생에 한 번밖에 하지 않는 것, 서로 믿고 존경한다… 그렇게 믿고 존경하는 마음으로 지극히 사랑한다… 이런 생각으로 절을 하는 법…."

절을 하고 나자 스님은

"헌화나 신물(信物) 교환도 있었으면 좋겠으나 그대들 지극한 마음으로 헌화와 신물 교환을 대신하기로 하고."

하더니 이번에는 문근의 눈을 똑바로 바라보면서 물었다. 혼인서약이었다.

"자처지족하야, 불구타녀부아(自妻知足 不求他女否)? 즉, 자기 아내에게 만족하고 다른 여자를 탐하지 않겠는가?"

이렇게 해석까지 해 주었다. 문근이 그만한 말을 못 알아들을 리는 없었겠지만 스님은 친절히 그렇게 풀어서 물었다.

문근이 조용히 예! 하고 답했다.

문근의 답을 들은 스님은 이내 숙경에게 해당되는 똑같은 질문을 했다.

다음은 숙경과 문근 모두에게 해당되는 질문인데도 문근만 보고 물었다.

"승순부모하야 불역기지부아(承順父母 不逆其旨否)? 즉 부모님 뜻에 순종하여 그 뜻을 거역치 않겠는가?"

그러더니 숙경을 보고는 낮은 소리로 속삭이듯 말했다.

"때가 되면 부모님을 뵙고 늦게라도 승낙을 얻어야 될 터!"

이 말은 조금 전에도 한 것이었다.

이번에는 남녀를 모두 번갈아 보면서

"형제 화목하고 가범정결부아(兄弟和睦 家範貞潔否)? 즉 형제끼리 화목하게 지내고 가정의 규범을 정결하게 하겠는가?"

했다. 그러고는 또

"근검저축하야 불핍의식부아(勤儉貯蓄 不乏衣食否)? 즉 근검저축하여 의식주를 궁핍하지 않게 하겠는가?"

하고 물었다.

그런 다음 주례사에 해당하는 법어를 했다. 주로 화엄경 십지품(華嚴經十地品)에 의지한 부부의 인연, 부부가 지킬 도리들을 말했는데, 문근과 숙경에게는 이런 말이 특히 인상 깊었다.

"백년지약(百年之約)을 일일견고(日日堅固)히 하고, 불타사견(不墮邪見)하며, 제악막작(諸惡莫作)할지어다, 즉 한 평생을 같이할 약속을 날마다 굳게 하고 사악한 생각에 떨어지지 말 것이며, 그 어떤 죄악도 짓지 말라란 뜻이렸다."

그러나 문근과 숙경은 스님이 가장 강조한 말… 혹시 어떤 시련이나 불행이 있어도 굳은 마음으로 참고 견뎌야 한다는 말의 뜻을 현실적 시련쯤으로만 해석하고 있었다. 그러나 스님은 이들의 이별을 예견하고 있었던 듯했다.

결혼식을 끝내자 그들은 스님을 하직하고 산을 내려왔다. 그들의 뒷모습을 한참 동안이나 바라보면서 말 없는 배웅을 하고 있던 스님이 돌아서면서 혀를 끌끌 찼다. 그리고 나무관세음… 하고 혼자 중얼거렸다.

노파가 그런 스님을 보고 말했다.

"스님, 참 잘생긴 부부지요?"

스님이 말했다.

"그러나 10년을 함께 살지 못할 연(緣)인걸…."

노파가 놀라면서 물었다.

"아니, 스님 저 젊은 사람들이 10년을 함께 못 산다구요?"

"글쎄, 그렇게 보이는 걸 난들 어떡하오?"

노파는 스님을 따라 혼자 외었다.

"쯧쯧, 나무관세음 보살…."

이날 숙경은 하숙집으로 가서 가벼운 짐과 일기장 같은 중요한 책 몇 권만 대강 챙겨 문근과 함께 경남 함안의 오석골로 내려와 버렸던 것이다.

1937년의 일이었다. 문근이 지금 와서 생각하니 참으로 무모한 짓이었다. 그러나 문근은 그때까지만 해도 자신의 그러한 행위를 결코 후회하지 않았다. 언젠가는 떳떳한 남편이 되어 개선장군처럼 개성의 처가로 가리라고 생각했기 때문이다. 금의환향이 아닌, 당당거보 처가행(堂堂巨步妻家行)이란 말을 생각하고 있었다. 그럴 자신이 있었고 패기가 있었다. 사실 뭐가 그리 크게 부족했던가.

그런데 일이 이렇게 꼬이고 뒤틀어지고 말다니! 정말 뵙지도 못한 장인 장모에게 죄스런 마음을 주체할 수가 없었다. 어찌 이 엄청난 잘못을 용서받을 수 있을 것인가.

해방이란 말을 처음 들었을 때는 모든 일이 잘 풀리리라 믿었다. 숙경이 말대로, 숙경은 손에 돈도 쥘 만큼은 쥐고 돌아오리라 믿었다. 그런데 돈을 벌어 오기는커녕 소식조차 끊어지고 말았으니, 이런 변이 도대체 어찌 있을 수 있는가. 이게, 이 꼬락서니가 뭔가. 이내 독립국이 되리라고 기대했던 것은 소견 없는 성급함이라 치더라도, 어째서 외지에 끌려간 동포들은 누구 하나 데려오려고도, 그런 노력도 하지 않는가. 일본의 부도덕을 나무라기에 앞서 정권 다툼이나 하고 있는 믿었던 정치 지도자들에 대한 실망과 환멸이 너무나 컸다.

생각하면, 자신의 불행은 혼자만의 불행이 아님에도 문근은 우리 민족 전체의 불운과 불행을 자기 혼자만의 것인 양 분해하고 개탄하면서, 가슴을 앓고 있었다. 아니 젊은 가슴에 한이 맺혀가고 있었다.

12장

혼돈의 계절

33

문근은 32살의 젊은 나이에 총각도 아니고 홀아비도 아니면서, 그렇다고 정상적으로 아내와 같이 살고 있는 생활도 아닌 나날을 보내고 있었다.

지금도 옛날 숙경과 같이 쓰던 방인 아버지의 사랑채에서 먹고 자고는 했으나, 요즘은 형과 형수의 눈치까지 살펴지는 걸 어쩔 수가 없었다.

그의 형은 숙경이 떠나던 날 잽싸게 뒷산으로 몸을 피해서 강제연행을 피하고 그 뒤에도 몇 번이나 그런 위기를 모면하면서 끝까지 징용을 피했던 것이다.

숙경과 헤어진 게 몇 년째인가. 새삼스럽게 손가락을 꼽으며 헤아려 보니 벌써 5년이나 되었다. 아내도 29살이다. 아내의 덕택으로 그 흉하고 괴상한 피부병은 씻은 듯이 나았지만 자기의 건강과 아내를 바꾼 꼴이 되었으니, 두고두고 자신이 역겹고 한심스러웠다. 여름방학이어서 학교에는 나가 봐야 일도 없었다. 그러나 사랑채의 골방에 죽치고 있어 봐야 땀만 죽어라고 흘릴 것이 뻔해서 학교로 나왔다.

마침 동료 강화중(姜和中) 선생이 나와 있었다. 그는 담배를 문 채 신문을 보고 있었다. 산간벽지여서 신문도 이틀이나 뒤에야 들어왔다.

“이거 살인강도가 이렇게 설쳐대서야 겁이 나서 온….”

강화중이 신문에다 눈을 둔 채 말했다. 살인강도 사건이 사흘이 멀다 하고 일어나고 있었다. 문근이 제자리로 가 앉으며 받았다.

"나라가 무주공산(無主空山)이니까."

"글쎄 말이야. 주인이 있어도 시끄러울 판에 주인마저 없는 세상이니, 아니지, 나라의 주인이야 이제 우리 국민 아니겠소? 다만 정해진 치자(治者)가 없어서 탈이지."

"좌우간, 주인이나 치자나 그게 그거지, 왜냐하면 치자를 주인인 국민이 뽑을 테니까. 그런데 어쨌든 산에 호랑이가 없고 보니 너구리, 야시, 살쾡이 이런 게 모두 설쳐대는 세상이지 뭐요.

"다른 소식은 없소?"

"있지. 장택상 수도청장이 좌익분자를 전국적으로 검거하겠다고 하는데…."

"좌익분자를 검거하는 거야 좋지만 누가 좌익인지 어찌 구별할까? 나 좌익이요, 하고 이마나 가슴패기에 써 붙이고 다니는 것도 아니고…."

"글쎄, 애매한 백성이 또 많이 다치겠지. 아무튼 주의합시다, 우리."

1946년 5월 '조선정판사 위폐사건'이 공산당 자금조달의 방편으로 야기된 것이 드러나면서 서울의 소련 영사관이 철수했다. 이때부터 반공정책이 시작되었다고 볼 수 있다. 아니, 사실은 1945년 세모에서부터 이듬해 봄까지 내내 끌었던 신탁통치반대운동 때부터 반공정책은 두드러지기 시작했다.

1945년 12월 28일 AP통신은 모스크바에서 열렸던 미 · 영 · 소 3국 외상 회의에서 조선은 미 · 영 · 소 · 중 4개국의 신탁통치를 앞으로 5년 동안 받게 된다고 보도했다.

이 소식은 일제의 사슬에서 막 풀려나 자주독립의 희망에 부풀었던 온 겨레의 가슴에 노여움의 불을 질러 놓았다. 이러한 소식이 전해진 그날 조선공산당은 신탁통치는 절대 반대한다는 공식성명을 발표했다. 그런 조선공산당이 그 며칠 뒤에는 입장을 돌변했다. 많은 사람들이 공산당의 급선회의 저의를 몰라 고개를 갸우뚱했다.

그해 섣달 그믐날, 서울 시내는 신탁통치반대의 시위행렬로 넘쳤고 상가는 자진 철시했다. 여기까지는 남북의 뜻이 맞았다. 그런데 새해 1월 2일 조선공산당 중앙위는 '흥분만 한다고 해결될 수 없다'는 애매한 태도를 보이더니, 3일에는 박헌영을 통해 '신탁통치는 옳은 일이다'라면서 찬탁을 표명함으로써 처음의 뜻을 뒤집었던 것이다. 물론 소련의 입김에 의한 것이었다.

이러한 사실을 알고 있는 문근은 좌익에 대하여 처음부터 좋은 생각을 갖고 있지 않았다. 그러나 그 이상도 그 이하도 아니었다. 다만 어제까지도 일제의 앞잡이로서 수많은 동족의 가슴에다 한의 못을 박고, 돌이킬 수 없는 죄를 저질렀던 친일파들이 날이 갈수록 당당히 얼굴을 들고 행세하고 있는 일에 대해서는 참을 수가 없었다. 그런데 이상한 일은 이러한 친일파 분자들에 대하여 적개심을 가진 사람들을 모두 좌익이라고 의심하는 당국의 눈빛이었다. 방금 강화중이 '조심합시다, 우리.'라고 한 것도 다 그러한 공기를 염두에 두고 한 말인 것을 문근이 모를 리 없었다.

문근은 잠시 2년 전 해방의 소식에 접하던 날을 떠올렸다.

그날도 문근은 학교에 나와 있다가 강화중과 같이 해방의 소식을 들었다. 너무 감격한 나머지 이들 두 사람은 한참이나 서로 마주보다가 누가 먼저랄 것도 없이 와락 얼싸안고는 뜨거운 눈물을 흘렸다. 그리고 서툴게나마 태극기를 여러 장 그려 싸릿대 가지에다 붙였다. 그것을 학교로 모여든 동네 사람들에게 나누어 주며 조선독립만세를 마음껏 불렀다. 나라의 독립도 반갑지만, 화태에 가 있는 아내가 돌아오게 되었다는 게 더할 수 없이 기뻤던 것이다. 그런데 그날 오후부터 동네 사람들은, 아이고 어른이고 모두 무서운 사람들로 돌변해서 우선 학교의 토마토 밭을 결딴내었다. 허리 높이의 울타리를 짓밟고 탐스럽게 가꾸어 둔 토마토를 따먹는 굶주린 사람들을 어떻게 말릴 수 있으랴. 아이들은 노상 점심을 굶으면서도 토마토 밭으로 들어갔다가는 3일 동안 벌청소를 해야 했고, 동네 사람들도 아예 그것을 손대 볼 마음은 꿈에도 꿀 수 없는 일이었다. 그만큼 무서운 어제였다.

시골까지도 공출을 어떻게나 독하게 받아 가던지 언제나 배급으로 받은 썩은 콩깻묵과 초근목피로 연명하던 사람들이었다. 그래서 해방이 되었다고 함부로 남의 과일이나 채소 곡식에 손을 대는 건 옳은 일이 못 됨을 알면서도 말릴 수가 없었던 것이다.

그런데 동네 사람들은 그 길로 주재소로 몰려갔다. 그러나 일본 패전의 소식을 들은 순사들은 모두 피하고 없었다. 동네 사람들은 주재소의 유리창과 책상을 박살내고는 미친 듯이 '쾌지나 칭칭'을 부르다가 사이사이에 조선독립만세를 후렴처럼 외쳤다. 그러다 해거름이 돼서는 순사의 집과 면사무소의 징용계('조오요 가가리'라고 했다) 직원의 집으로 몰려갔다. 사람들은 눈에 불을 켜고 설쳤다. 그날 동네 사람들이 찾아간 면서기의 집은 문근의 아내 숙경이와 동네 남자 셋이 붙잡혀 갈 때도 몽둥이를 휘두르며 일행을 지휘했던 사람의 집이었다. 박재규의 집으로도 가려다가, 딸 소분이 정신대로 끌려 나간 피해자라고 해서 참았다.

"내 동생을 화태로 보낸 원수 놈 나오이라!"

"우리 아들을 몽둥이로 때려 끌고 나간 놈을 그냥 둬?"

"안 갈라고 그렇금이나 발버둥치는 남편을 잡아다 억지로 차에 태운 놈들 오데 갔노! 간을 빼서 씹어 묵을란다!"

이때 문근이 나섰다.

"여러분 진정하십시오. 우리가 이런 짓으로 보복해서는 조국광복의 진정한 뜻을 그르치게 됩니다."

그러자 화가 난 오석골의 한 노인이 고함쳤다.

"시끄럽다! 니 안사람은 제 발로 떠났다!"

그러나 문근은 물러서지 않았다.

"옳은 말씀입니다. 그러나 저도 피해자임에는 마찬가집니다."

그러자 강화중이 대신 나섰다.

"여러분, 여러분의 심정을 저희들인들 왜 모르겠습니까. 그러나 이런 식으로 사형(私刑)을 가하고 폭행을 해서는 우선 당장은 속이 시원할지 몰라도 이웃끼리 두고두고 마음 편치 못한 사이가 되고 원수가 됩니다."

“친일파하고는 이모(이미) 원수가 돼 있는 기 앙이고 뭐꼬?”

“아닙니다. 순사나 면서기도 크게 보면 피해자입니다. 그 사람들은 벌을 받아도 법으로 받아야지, 이런 식으로 사형(私刑)으로 벌을 주어서는 안 됩니다.”

노인은 다시 삿대질을 하면서 앞으로 나섰다.

“느그가 시방 미쳤나, 걸쳤나? 죽은 사람 옆에 두고, 산 놈 염을 해도 분수가 있지. 이런 놈들을 그냥 두라 말이가?”

강화중이 물러서지 않고 설득했다.

“어르신, 안 그렇습니다. 반드시 죄지은 사람들은 벌을 받게 됩니다. 벌은 법이 내려야 합니다. 그러한 법이 곧 나올 겁니다. 그래서 사필귀정이란 말도 있고 인과응보란 말도 있지 않습니까?”

그러자 누군가 또 한 마디 했다.

“앗따, 배운 사람들 하는 말을 우리가 안 들으몬 우찌 되노? 이 선상(선생)들 말이 옳네. 법이 벌을 줘야제. 우리가 패 쥑이서는 우리가 도로 벌을 받게 되네. 문딩이 쥑이고 살인죄 받는다 안 쿠더나. 백지(백주에) 설치지 마세.”

이렇게 해서 자칫하면 터질 뻔했던 그날의 불상사는 무마가 된 셈이었다.

그런데 아무 일도 없어 보이던 박재규의 집이 밤 사이에 원인 모를 불이 나 타버렸다. 동네 사람들은 무슨 일이냐고 쑥덕거렸다. 그러나 그 이상 별 말썽 없이 지나가 버렸다. 화재의 원인을 밝힌다고 법석을 떠는 일도 없었던 것이다.

그러나 날이 갈수록 해괴하고도 한심한 일만 생겼다. 법이 벌을 줄 거라고 친일파들에게 가하려는 사형(私刑)을 말렸는데, 법은 친일파들을 벌주기는 커녕 상을 주고 있었다. 있던 자리에서 모가지가 떨어지는 게 아니고 한 계급씩 더 승진이 되었다. 법은 제자리 승진이 아니면 더 좋은 자리로 등용하는, 도무지 이해 못할 짓을 하고 있었다.

당연히, 집이 불타는 불행은 당했지만 박재규는 당장 부면장이 되었고,

거꾸로 신용갑은 이유 없이 소사직에서도 해직이 되고 말았다. 그러나 사람들은 신용갑이 박재규의 집에다 불을 지른 일도 몰랐고, 박재규가 신용갑을 해직시킨 사실도 몰랐다. 세상은 이렇게 옳고 바른 것도 없었고, 죄악이 벌 받는 일도 없이 비빔밥처럼 두루뭉수리로 변해갔다. 고상한 표현으로 하면 그냥 어수선하게 돌아가고 있었다. 지난봄에는 전직 순사와 면서기, 군서기 등이 대거 학교 선생이 되겠다고 서류를 내어 도청에서 그 심사를 한다는 소문이 들리기도 했다. 교육자가 아무리 귀하기로서니, 어찌 왜정 때의 순사가 교육계로 들어온단 말인가. 일제의 앞잡이이던 면서기나 군서기가 도대체 어떤 신념으로 무엇을 가르치겠다는 것인가! 이번에도 문근과 화중이 앞장서서 그것은 천만부당한 처사라고 강경한 항의문을 작성하여, 같은 학교에 근무하는 여섯 사람의 교사가 연명으로 날인, 도(道)에다 올렸다. 물론 그때는 반민특위가 구성되기 전이었다. 그랬더니 엉뚱하게도 경찰서에서 그 학교 선생을 몽땅 불러들이는 소동이 벌어졌다. 그러자 누구보다도, 갓 교장이 돼 부임해 온 작자의 태도가 수상쩍었다. 그 교장은 과거에 국어(일어) 상용을 준수한다고, 집에서 제사를 모실 때 축문도 일본말로 읽었다고 소문이 난 철저한 친일파였다. 그런데 그 교장이 경찰서로 와서 여섯 명 교사의 변호나 구명운동은 하지 않고 서장실에서 장시간 박장대소를 하거나 귀엣말로 소곤거리기도 하다가 끝내는 붙잡혀 있는 선생들의 면회도 하지 않고 가버렸다. 교장이 왔다는 말을 유치장 안에서 들은 6명의 선생들은 모두들 보통 수상한 일이 아니라고 생각했다.

경찰서에서는 당연히 주동자를 먼저 가려내었다. 그래서 다른 선생들은 풀어주고 문근과 화중에게만 며칠을 붙잡아 놓고 배후를 대라고 했다. 어처구니가 없어 문근이 말했다.

"배후가 어디 있어요, 배후가? 생각해 보십시오. 민족의 정기와 정통성을 바로잡아 새로운 민족의식을 고취하고 민족의 새 역사를 창조하려는 이때에 아무나 신성한 교직으로 뛰어들어야 되겠습니까?"

그러자 신문하던 형사가 눈을 부라리며 따졌다.

"아무라니? 면서기 군서기 순사가 아무냐야?"

"교육은 지식만 가지고 하는 게 아니라 그 말입니다."

"아니라면 뭐야?"

"그 민족의 정기, 즉 얼을 바로 심어서 그 나라 사람답게 가르치는 것이 참 교육입니다. 영국 사람은 영국 사람답게, 프랑스 사람은 프랑스 사람답게, 독일 사람은 독일 사람답게, 중국 사람도 중국 사람답게 가르치고 있습니다. 그런데 우리는 36년 동안이나 조선 사람이면서 일본 사람처럼 가르쳤고 배웠습니다. 엄청난 잘못을 저질러 온 겁니다. 이 오랜 기간에 길들여진 잘못을 시급히 바로 잡기 위해서는 옳은 교육자가 있어야 한다 이겁니다. 이런 사명감이 없으면 교단에 설 수 없단 말입니다. 이 시점이야말로 참 교육자가 진실로 필요하다 이겁니다. 즉…."

그렇게 말하는데 형사가 무섭게 눈을 부라리며 책상을 탕 쳤다.

"시끄러! 이 자식이? 누가 널 보고 지금 연설하라고 했어? 내가 니놈 설교 듣게 돼 있냐고?"

그러나 문근은 하려던 말을 마저 했다.

"조선 사람은 조선 사람답게 키우고 가르쳐야 합니다. 그게 저의 분명한 교육관입니다."

"교육과안? 보자보자 하니 이 자식 웃기는 놈 아냐? 아니지. 웃기는 놈이 아니고, 위험천만한 놈이군 그래. 니놈은 이제 보니 순전히 좌익분자란 말이야. 좌익이 늘 조선민족 조선민족 하지 누가 그런 말 하더냐?"

이 말에는 답할 수가 없었다. 무서운 선입관이고 엄청난 오해이며 말도 못하게 무식한 사람이 아닌가. 민족을 찾는데 왜 사상적 용어인 좌·우익이 나오는가. 하기는 해방 직후인 1946년 평양에 다녀온 바 있었던 여운형 선생이나, 또 본래부터 골수 공산주의자인 김두봉 같은 이가 민족을 강조하긴 했지만 문근이 보기엔 여운형 선생 같은 분은 결코 공산주의자가 아닌 것 같았다. 아니 민족주의자로 둘째가라면 서러워할 김구 선생이 민족을 강조한다고 공산주의자인가. 해방 직후 서울에서 조선공산당을 조직한 박헌영 같은 이는 오히려 민족보다도 공산주의 자체를 강조하지 않았던가. 문근은 정말 말이 통하지 않는 이 형사가 무서워졌다. 무식하다는 게 이렇게 무서울 줄이야! 그러나 형사가 이번에는 태도를 누그러뜨리며 부드러운 소리로 말했다.

"새로운 세상에 지난날의 원한은 깨끗이 잊어버리고 서로 화해하는 것도 좋은 거요. 이승만 박사께서도 뭉치면 살고 흩어지면 죽는다고 대동단결을 강조하시지 않았소? 이런 판국에 과거에 순사를 했으면 어떻고 면서기를 했으면 어떻소? 모두 시운에 떠밀려 본의 아니게 그런 직장을 잡은 게 탈이지, 목구멍이 포도청이란 말도 있지 않소? 그러니 본심이야 동포들을 괴롭히고 싶어서 괴롭혔겠소? 그나마 모두 개과천선해서 새 마음으로 서로 손잡고 새 출발을 해야 하는 이 마당에 너는 순사했으니 선생질 못한다아, 니는 면서기했으니 선생질 못한다아, 이런 생각이야 말로 너무 경직되고 편협한 사고방식이 아니겠소."

문근은 입을 닫고 있었다. 더 말하고 싶지 않아서였다. 그러나 속으로 말하고 있었다. 그것은 경직이나 편협이 아니라 시비곡직을 바로 가려 우리 역사에 다시는 그런 과오가 생겨나지 않도록 하기 위함이며, 교육자는 단순한 생업, 즉 일반 직업과는 구별되어야 할 천직이고, 천직에 종사하는 이는 과거에도 현재에도 미래에도 한 점 티끌도 없이 청정해야 되기 때문이라고.

어쨌든, 그때 다른 선생들은 모두 풀려나갔는데 이문근과 강화중만 주모자로 몰려 경찰서에서 며칠이고 붙잡혀 좌익이란 의심까지 받으면서 고초를 당했던 것이다.

34

세상은 어수선을 지나 날로 뒤숭숭해져 갔다. 시골에서도 살인강도가 곳곳에서 일어났고 도시에서는 은행강도, 자동차강도 같은 강력사건이 꼬리를 물었다. 사람들은 모두들 밤이고 낮이고 공포에 질려 있었다. 게다가 정치테러 사건도 백주에 활개를 쳤다. 자질구레한 사건은 아예 거론

할 겨를이 없을 만큼 굵직굵직한 사건이 연일 터져 나왔다. 그야말로 세상이 어떻게 돌아가고 있는지 정신을 차릴 수가 없었다.

정치적으로도 한 치 앞을 예측할 수 없는 상황이었다.

1946년 8월, 여운형, 장건상(張建相), 김규식(金圭植) 등과 박헌영 일파가 대좌한 좌우 합작은 쌍방의 요구조건이 상충하여 결국 파탄을 불러왔다.

좌우합작을 하겠다고 나섰던 박헌영의 남조선노동당은 합작회의를 하는 일변, 뒤에서 파업을 부채질했다. 그래서 그해 9월 24일에 철도노조가 전국적 파업을 시작했고, 26일에는 인쇄노조, 29일에는 대구의 40개 공장 노동자들이 파업에 돌입했다. 10월 1일에는 서울의 전기노동자가 모두 파업에 들어가 직장을 이탈했다. 같은 날 급기야는 대구의 10 · 1 폭동의 유혈사태까지 발생했던 것이다.

연쇄파업의 배후조종의 주모자로 체포 영장이 발부된 박헌영은 10월에 해주로 도주했다. 그러나 그는 나중에 조선민주주의인민공화국의 초대 부수상 겸, 외상으로 임명되었다.

이때 이문근의 고향 일가 형뻘이 되는 이준근(李準根)도 박헌영과 함께 월북했다가 좀 뒤에는 평양에서 농림부의 높은 직책을 맡았다. 문근은 훨씬 뒤에 이 소식을 들었다.

이준근은 조선에서 소학교를 졸업하자 어린 나이에 단신 도일, 교토에서 고학으로 교토제국대학을 졸업한 수재였다.

해방 전이었지만 방학 때 귀국한 이준근은 문근에게 말했던 것이다. 문근의 아내 숙경을 처음 대하고서였다.

"종수 씨가 훌륭하구만."

문근은 쑥스러워 뒤통수를 긁적이며 얼굴을 붉혔다. 문근의 비정상적인 결혼소식을 들어 알고 있는 준근이 다시 말했다.

"자네의 그 집념과 의지와 용기가 참 가상하네."

이때까지도 문근은 어려움을 이겨내고 결혼을 쟁취한 일에 대한 찬사인 줄 알았다. 그러나 그것은 터무니없는 문근의 착각이었다. 준근이 다시 말했다.

"사랑도 중요하지만, 자네 같은 인재는 사랑을 위한 투쟁보다는 조국 독립을 위한 투쟁이나, 공산주의 운동에 헌신했어야 하는데…."

참으로 애석하다는 투로 말했다. 그다음의 말이 결정적으로 문근의 기분을 상하게 했다.

"사랑 놀음은 부르주아지나 행할 일이 아니던가. 하지만 자네의 결혼을 진심으로 축하하네."

문근은 아무 말도 하지 않았다. 결혼을 축하한다는 말이 역겨워 견딜 수가 없었다. 그 뒤로 문근은 그를 의식적으로 기피해 왔던 것이다.

그 당시에는 상당수의 남쪽 지식인들이 좌익에 속해 있었다. 많은 작가, 음악가 등 예술인들과 과학자, 법률가, 교육자, 언론인들이 '조선문화단체총연맹'에 가입하고 있었다. 시골구석에서 국민학교 교편을 잡고 있었지만, 이문근은 이 연맹을 좋게 보지 않았다. 완전히 공산주의자에 의해 지배되고 있는 단체는 아니라 하더라도, 공산당이 이용하고 조종할 수 있는 조직임이 분명했기 때문이다. 그런데도 남쪽에서 가장 명망이 높은 예술가, 지식인 인사들의 다수가 가입하고 있어 문근은 그 귀추를 주목하고 있었다.

46년 12월 4일에는 좌우 합작위원회의 대표로 일하던 여운형 선생이, '자기 비판문'을 발표하면서 좌우 합작활동을 중단한다고 했고, 그런지 3일 뒤인 7일에는 남조선 과도입법의원(南朝鮮過度立法議院)이 구성되었다. 거기에는 남북합작위원이던 김규식, 여운형, 안재홍 등이 주도적인 역할을 했다.

47년 7월에야 이 과도 입법 의원에서 민족 반역자와 부일협력자(附日協力者)를 규정하여 공표하였다. 그때 이문근은 얼마나 쾌재를 불렀던가. 진작 그럴 일이지!

민족 반역자로는 ①한 · 일 보호조약, 한 · 일 합병조약 등에 조인하거나 모의한 자, ②일본정부로부터 작(爵)을 받은 자, ③일본 제국 의회의

의원이 된 자, ④다중 폭동으로 살인 또는 방화하여 자주독립을 방해한 자, ⑤독립운동에서 변절하여 부일 협력한 자, ⑥독립운동가 및 그 가족을 학대 살상 처벌한 자 또는 이를 지휘한 자 등으로 되어 있었다.

부일협력자로서는 일본 세력에 아부하여 동료에게 해를 가한자로서 ①수작자(受爵者), ②중추원부의장, 고문 및 참모, ③칙임관(勅任官) 이상의 관리였던 자, ④일제 때 밀정행위로서 독립운동을 저해한 자, ⑤독립운동을 저해할 목적으로 조직된 정치단체의 대표 간부, ⑥ 일본의 군수공장을 대규모로 경영한 책임자, ⑦개인으로 일본군에 10만 원 이상의 현금 또는 동가치의 군수품을 자진하여 제공한 자로 규정하고, 이밖에도 일본 통치의 주임관(奏任官), 판임관(判任官) 및 고등계에 재직하였던 자도 해당된다고 하였다.

이러한 민족반역자나 부일협력자의 규정을 보면 사실 면서기를 했거나 순사를 했던 사람들은 먹고살기 위해 밥벌이를 했다고 볼 수밖에 없었다. 그런 사람에게까지 가혹한 벌을 줄 필요는 없다고 보고 있었다. 그러나 비록 그러한 면서기, 순사일지라도 교육자가 되어서는 안 된다고 판단한 나머지, 이문근은 그 훨씬 이전에 연판장을 도(道)의 학무과로 내었던 것이다. 그러나 이 연판장은 아무 쓸모없는 것이 되었다. 이승만 박사가 인재의 부족을 이유로 친일파의 중용을 주장했기 때문이다. 그래서 심지어는 그런 친일 앞잡이들이 중학교(6년제)의 교유(教諭)로 발령을 받아 문근과 같은 고을[郡]의 학교에 근무하고 있었다. 비록 일제의 식민지 교육이지만 정통 사범교육을 받은 문근으로서는 심경이 편할 수가 없었다. 그런데 이런 사람들이 근신하고 뉘우치기는커녕, 교육계에서는 교육계대로, 관청에서는 관청대로 더욱 기세등등하게 설쳐대면서 승진도 남보다 빠른 현실에 대해서는 참을 수가 없었다. 이승만 대통령이 그렇게 만들었던 것이다. 이승만 대통령이 뒤에 반민특위를 싹 쓸어버렸기 때문이다.

문근은 기회 있을 때마다 민족정기의 확립을 주장하면서 교육자의 사명을 강조했고 교육계의 정화를 주장했다. 일개 국민학교 교사인 문근의 이러한 언동은 좁은 군내에서 많은 사람들의 미움을 샀다. 말할 것도 없이 일제시대의 관리가 그대로 새 나라의 관리가 되었으니, 문근은 그들의 공동의 적이 된 셈이다. 이러한 중에서도 사회는 점점 더 안정과는 거리가 멀어지고 있었다.

아까운 정치 지도자들이 정체를 알 수 없는 사람들에 의해 거푸 희생되었다.

47년 7월 19일에는 여운형이 19세 소년에 의해 저격되었으나 그 배후를 밝히지 못했다. 그해 12월에는 설산(雪山) 장덕수(張德秀)가 자택에서 사살되었다. 이문근은 설산을 존경하고 있었다. 그는 1920년 동아일보 부사장 겸 주필이 되어 정치 경제에 관한 많은 글을 썼고, 그것을 문근은 구해 읽은 일이 있었다. 설산은 미국 컬럼비아 대학에서 철학박사 학위를 받기도 해서 문근은 그의 명망을 잘 알고 있었는데 그런 인재가 암살되었다.

이렇게 어수선한 가운데 또 한 해가 새로 시작되었다. 1948년, 문근의 나이 33살, 그동안 아들의 눈치만 보고 있던 어머니 대실댁이 새해 들자 부쩍 문근의 마음에 부담을 주었다. 그것은 결혼을 다시 하라는 성화였다. 더 기다려 봐도 헛일이니 '새장개'를 들라는 것이었다.

"어머니도! 말씀 같은 소리를 좀 하셔야지예. 그 사람이 누구 때문에 화태로 갔습니꺼? 제가 누구 덕택에 그 더러운 병을 잡았습니꺼? 자식 생각하는 어머니 마음도 알겠습니더마는 눈이 시퍼렇게 살아 있을 며느리도 생각하셔야지예."

"그래서 내가 이때꺼정 지다리고 있은 거 앙이가?"

"어머니, 좀 더 기다려 보입시더. 제 생각에는 꼭 돌아올 것 같습니더."

"그라몬 니는 새장개 몬 가고 만다!"

"아, 사내가 헌 사낸데, 어째 새장개만 자꾸 찾고 계십니꺼?"

"뭣이라? 니가 와 헌 사내라 말이고? 누가 니 보고 헌 사내라 쿠더노? 말도 앙인 소리 다시는 하지 말아라."

"제가 그럼 헌 사내가 아니고 뭣입니꺼?"

"야이 머스마야! 남자가 헌갓 쓰고 똥누기 예사라 캤다. 니가 니 안을 데리고 10년을 살았나 20년을 살았나. 제구(겨우) 7년 남짓빼끼(밖에) 안 살았다. 그것도 니가 니 안을 집 밖으로 쫓아내서 눈앞에 두고 있나? 천리만리 밖에 있다. 그리고 주렁주렁 새끼들이 달렸나? 그것도 아니모, 나이가 많아쌓나? 하나도 헌 사나 겉은 거 없는데, 니가 와 새 사나가 앙이라 말이고?"

"그래도 제가 총각이 아니라고 하는 것은 세상이 다 알고 있습니더."

"그래, 니가 헌 사내라 치자, 그라모 새장개 앙인 헌장개라도 가야 될 거 앙이가?"

"글쎄, 좀 두고 보입시더. 누가 홀애비 생활이 좋아서 이라고 있습니꺼?"

"아이구, 답답해라. 그래, 니 그 추리한 꼴 뵈기 싫어서 에미가 이란다. 과부는 깨가 서 말이고, 홀애비는 이가 서 말이란다."

"속 타는 거는 어머니보다 내가 더 합니더. 마음대로 되기만 하몬…."

마음대로 되기만 하면 문근이 직접 아내를 찾아 화태로 가 보고 싶은 것이다. 그러나 소문에 의하면 화태에는 소련 사람 외에는 들어가지 못한다고 했다. 나오는 사람도 일본 사람이거나 일본 사람과 결혼한 조선 사람만 나올 수 있다고 했다.

문근이 자신도 가끔씩 생각해 보지 않는 바는 아니었다. 영원히 아내를 못 만나게 되면 어떻게 되나? 38선은 점점 더 굳어지고, 이제 마음대로 드나들 수도 없게 되었다. 일본과는 더욱 관계가 악화되고 있었다. 이승만 박사의 영향이었다. 이박사는 대 일본정책에 강경일변도였다. 이박사의 그런 면은 문근에게도 이해가 안 되는 건 아니었지만, 숙경을 생각하면 그것이 반드시 나쁜 영향을 줄 것 같았다. 아내 숙경이 설령 화태에서 요행히 빠져나올 수 있다 한들 일본과의 관계가 이렇게 악화되어서야 어떻게 무사히 고향에까지 찾아올 수 있을까. 하기는 조선과 일본으로 몰래 다니는 밀선이 없지 않으나, 무슨 재주로 숙경이 일본에까지 올 수 있을 것인가. 조선 사람이라도 일본인과 결혼을 한 사람은 일본으로 돌아올 수 있다 했으니, 일본 남자와 결혼을 한다? 그러나 새삼스럽게 조선 여자와 결혼할 골 빈 일본 사내도 없을 것이다. 설령 있다고 해도 숙경은 그렇게 할 사람은 아니라고 생각되었다. 자기도 이렇게 고독을 견디며 혼자 살고 있지 않은가? 자처지족 불구타녀(自妻知足不求他女) 하겠는가? 라고 다짐하던, 십여 년 전의 그 암자에서 올린 결혼식 때의 주례 스님 말씀이 늘 생각되는 문근이 었다.

아내 숙경에 대한 그리움이나 어머니의 재혼 성화가 문근의 마음을 어둡게 했지만, 그보다는 걷잡을 수 없는 정세의 변환이 더욱 그를 우울하게 만들었다.

1948년 정초인 1월 3일에는 남조선경무부장 조병옥이, 경찰 내의 공산분자를 포함한 불순분자들이 남조선에다 인민해방군을 창설하려는 걸 사전에 적발, 부산 및 그 인근 지역에서 혐의자를 약 400명이나 체포했다고 발표했다.

체포된 사람들은 동래 범어사 부근의 산에서 특수 군사훈련을 받았다고 자백했다는 것이다. 문근의 동네에서도 좌익이 되어 집에는 붙어 있지 않고 산에서만 살다 거지꼴로 가끔씩 밤중에나 집으로 찾아오는 사람이 한둘이 아니었다.

그해 2월 8일에는 실제로 북조선에 조선 인민군이 공식적으로 창설되었다는 소식도 들었다.

유엔의 소총회에서는 남조선만의 총선거를 가결했다고 했으나, 남조선 단독정부의 수립에 반대하는 김구 선생과 김규식 박사가 4월 19일부터 23일까지 평양에서 개최된 '남북조선 제정당 사회단체 대표자 연석회의'에 참석하기 위해 평양으로 갔다고 했다. 이 소식은 시골에서도 많은 사람을 들뜨게 했다. 하지만 그 긴 이름의 회의는 유엔 감시하에 남한에서 실시될 선거에 반대하기 위해 김일성이 마련한 정치집회 연극이었다고 했고, 결국 김구 선생과 김규식 박사는 아무 소득도 없이 5월 4일 남쪽으로 돌아왔다. 그리고 엿새 뒤인 10일에 남한만의 총선거가 있었지만, 시국은 어수선하기 짝이 없었다. 총선 전인 지난 4월 3일에는 제주도에서 폭동이 일어나 수많은 양민이 공산주의자와 혼동된 채 집단적으로 처형되었다고 했다. 이미 지난 일이지만 재작년 46년에는 여수와 순천에서 연이어 폭동이 일어나 사람들은 여수(麗水)가 탁수(濁水)로, 순천(順天)이 역천(逆天)되었다고 하지 않았던가.

35

48년 5·10선거를 끝낸 남조선은 국호를 대한민국이라 하여 8월 15일 정부를 수립하였다. 북조선은 이미 47년 6월에 국가(國歌)를 제정 공포했고, 48년 2월에 인민군 창설을 완료해 두었다가, 남조선이 정부 수립을 한, 한 달도 못 된 9월 9일에 기다렸다는 듯이 '조선민주주의인민공화국' 수립을 선포하였다. 그 이전에 이미 북쪽에서는 남쪽에 송전(送電)을 단절함으로써 모든 것이 끝장난 줄 알았지만, 남북의 정부 수립은 뜻있는 많은 사람들의 마음을 아프게 했던 것이다.

다만 더욱 안타깝고 한심스러운 일은 혁혁한 독립투사들이 왜 모두들 반쪽 정부의 고위직을 사양도 망설임도 없이 척척 맡아 앉느냐 하는 것이었다. 대통령인 이승만, 부통령인 이시영, 국무총리인 이범석, 국회의장인 신익희, 대법원장인 김병노…. 이런 지사(志士), 투사들이 어쩌자고 끝까지 남북단일정부 수립에 목숨을 걸지 않고 반쪽 정부의 높은 자리를 차지하느냐가 안타깝고 서글펐다.

하지만 이것은 북쪽 김일성을 조종하는 소련 공산당의 책동, 북조선 내부에 복잡하게 얽혀 있는 소련파와 연안파의 권력투쟁 등, 북쪽의 자세한 사정을 잘 모르는 순진한 시골 청년 이문근의 생각이었다.

시간이 흐를수록 정세는 날로 문근에게 불리한 쪽으로 흘러가고 있었다. 그것은 같은 학교의 동료 교사인 강화중이 밤중에 집에서 테러를 당한 사건에서도 짐작할 수 있었다. 강화중은 정의감이 강하고 사리를 분별하는 힘이 있었다. 그래서 그는 문근과는 항상 좋은 동반자요, 의논의 상대가 되어온 친구였다. 결혼을 해서 애도 둘이나 있었고, 부인도 여학교를 나온 인텔리였다.

1948년도 저물어가는 어느 날 문근이 학교로 가자, 평소와 달리 교장이 벌써 출근해 있었다. 6명뿐인 교사 중 가장 먼저 출근을 하는 사람은 강화중 선생이었는데, 그날은 강화중은 안 보이고 뜻밖에 교장이 나와 있었다. 교장은, 교장이면서도 언제나 지각을 하기가 예사였던 것이다.

"이문근 선생, 좀 봅시다."

교장이 심상치 않은 얼굴로 말했다.

"날씨가 갑자기 춥군요."

문근이 그러면서 교장을 바라봤다. 그러나 교장은 아무 말도 없이 두 손을 바지 주머니에 찌른 채 교장실로 앞장서 걸어갔다. 문근은 기분이 찜찜한 게 어떤 불길한 예감을 느끼며 교장실로 따라 들어갔다. 교장실에는 난로가 벌겋게 달아 있었다. 온 실내가 후끈했다. 초겨울이 시작되면서 학생들을 날마다 산에다 솔방울 줍기로 내모는 교장은 언제나 이렇게 난로를 피워놓고 지냈다. 이런 것부터가 강화중이나 이문근의 눈에는 거슬렸던 것이다. 어린이의 교실에 언제 난로 걱정을 했던가. 비록 교사 6명뿐인 교무실이지만 언제 교무실에 난로를 설치해 봤던가. 문근이 교장 앞으로 다가서자 교장이 전혀 예상 밖의 말을 대뜸 꺼냈다.

"좀 전에 경찰이 다녀갔어요."

"경찰이 무슨 일로요?"

"강화중 선생이 밤에 테러를 맞았다는군."

이문근이 다급하게 물었다.

"그래서요?"

교장은 눈을 다른 데로 돌린 채 심드렁하게 말했다.

"이문근 선생을 뭐 참고인으로 출두시키라고…."

무슨 소린지 얼른 알아들을 수가 없었다. 강화중 선생이 테러를 맞은 일도 놀랍거니와, 그렇다고 경찰이 자기를 참고인으로 부른다는 교장의 말이 수상쩍기만 했다.

문근은 크게 한 번 심호흡을 하고는 교장에게 물었다.

"아니, 강 선생이 테러를 맞다니요?"

"글쎄, 나도 경찰이 와, 알려주어서야 알았소."

"언제 어디서 당했는데요?"

"어젯밤 집에서 그랬다는군."

"그런데 저는 왜 오라고 합니까, 경찰이?"

"아, 그거야 이 선생이 평소 강 선생과 친했으니까 뭘 좀 알아보자는 거 아니겠소? 참고인이란 게 그런 거 아니겠소?"

"오늘 수업은 어떻게 하고요?"

"아따, 매일 하는 수업인데 하루쯤 빠지면 어때서 그래? 마침 솔방울이 다 떨어져가니까 아이들은 산에나 보내지 뭐."

문근은 기분이 영 꺼림칙했다.

"그래, 지금 강 선생은 어디에 있습니까?"

"집에 누워 있겠지."

"아니, 병원에 가보지 않고요?"

"글쎄, 병원에 가야 할 만큼 다치지는 않은 모양이오. 그만 되기 다행이지."

이게 무슨 소린가. 교장은 점점 알 수 없는 소리만 하고 있었다. 그것도 마치 자기와는 전혀 상관없는 사람의 이야기를 하는 것처럼 무덤덤한 얼굴로.

문근은 교장실을 나와 바로 교실로 들어갔다. 이미 학생들은 교실에 모여 왁자하니 떠들고들 있었다. 어느 집에 빨치산이 와서 무엇을 가져갔다, 누구 아버지가 빨치산에 붙들려 갔다… 하는 이야기는 아침마다 아이들의 가장 큰 소식이요 중요한 화제였다. 문근은 교단에 올라서서 아이들을 향해서 말했다.

"자아, 이리로 봐요! 오늘은 선생님이 중요한 일로 어디에 좀 가야 할 곳이 있어요. 그러니 여러분은 모두들 집으로 가서 선생님이 내주는 숙제를 해요."

그러자 아이들은 한꺼번에 환호성을 지르며 손뼉을 쳤다. 문근은 돌아서서 칠판에다 숙제를 냈다. 그러고는 잠시 기다렸다가 다시 아이들을 향해 바로 집으로 가라고, 교실에서 모두 나가게 했다. 잘못하다가는 또 교장이 솔방울을 주워 오라고 산으로 보낼 것이기 때문이었다.

아이들을 돌려보내고는 그대로 자전거를 타고 교문을 나와 페달을 힘껏 밟았다.

햇살이 퍼지려면 아직도 이른 시간이어서 몹시 추웠다. 신작로의 양 가장자리의 흙이 얼어서 허연 성에를 뒤집어쓰고 푸석푸석 들솟아 있었다. 신작로 양쪽의 보릿논에는 보리가 추위에 꽁꽁 얼어붙은 듯 푸른색을 거의 잃고 있었다. 문근은 자기 동네 앞을 지나 강화중의 집으로 곧장 갔다. 무슨 일인가. 무슨 일을 강화중이 당했다는 말인가. 테러범은 누구인가. 어째서 경찰이 교장한테 이런 사실을 먼저 알렸는가. 교장은 어떻게 경찰이 찾아올 줄 미리 알고 학교에 일찍 나와 있었는가. 그리고 문근 자신을 경찰이 왜 부르는가. 부른다면 바로 문근에게 연락을 해도 될 텐데, 무엇 때문에 문근이 집을 지나 학교에까지 가서 교장에게 그것을 전달하는가.

이건 분명히 무슨 음모가 틀림없다는 생각이 들었다. 그 음모에 교장이 깊숙하게 관련하고 있다는 생각이 들었다. 그렇게 생각하자 자전거의 페달을 밟는 다리가 떨리기 시작했다.

순간, 어젯밤의 꿈자리가 생각났다. 평소에도 꿈을 더러 꾸는 그였지만 지난밤의 꿈자리는 몹시 기분이 나빴다. 선반에 얹어 둔 조선 백자라고 했다. 백자는 한 쌍이었다. 두 개 다 실팍한 병이었다. 그 백자 두 개가 쥐 때문에 떨어져 박살이 났다. 백자를 떨어뜨린 쥐를 잡으려고 문근은 온 방을 설치다가 쥐가 다락으로 쪼르르 올라가는 바람에 문근도 다락으로 올라갔다. 그러나 올라가서 보니 그것은 다락이 아니고, 높은 건물의 이층이었다. 쥐는 없고 쥐 대신 형체를 분간할 수 없는 흉물스런 맹수가 쭈그리고 앉아 있었다. 문근이 도무지 상대할 수 없는 그 맹수는 세파드라고도 했고, 늑대라고도 했다. 그는 도로 내려오려고 했으나 계단이 없었다. 그때 그 맹수가 으르렁거리며 자기를 덮쳤던 것이다. 그는 아악! 비명을 지르며 눈을 떴다. 휴우! 꿈이었구나. 꿈이어서 천만다행이다! 그러나 그 꿈은 오랫동안 기분을 나쁘게 했다. 그는 그 악몽 때문에 잠을 깨어 한 시간 이상을 이리 저리 뒤척거리다 겨우 다시 잠들었고, 아침에 깨어서는 꿈을 감쪽같이 잊어버리고 있었던 것이다. 그런데 그 꿈이 자전거를 타고 화중의 집으로 가는 도중에 언뜻 떠오른 것이다. 그것도 무슨 음모가 틀림없다는 불길한 예감과 함께 불현듯 떠오른 것이다.

문근은 이윽고 강화중의 집 앞에 닿았다. 몇 번이나 와 본 집이었다. 그래서 강화중이 좋아하는 커다란 수캐마저도 꼬리를 저으며 다가왔다. 마당에는 닭들이 평화롭게 모이를 줍고 있었고, 불어오는 바람에 공중으로 치켜진 닭의 꼬리가 부채처럼 펼쳐지고 있었다. 그는 목청을 가다듬어 안을 향해 강화중을 불렀다.

"강 선생 계시오?"

그러자 3칸 초가의 부엌에서 그의 아내가 물 묻은 손을 앞치마로 닦으며 나왔다. 언제 봐도 상냥하고 고상한 인상의 부인이었다.

"어떻게 된 겁니까? 강 선생은 계십니까?"

그러자 화중의 아내가 뜻밖의 내방객을 반갑게 맞이했다.

"어찌 아시고 이렇게 일찍이…. 좀 올라오시지예."

그러자 방문이 열리며 강화중이 얼굴을 내밀었다.

"추운데 어서 들오시오. 바람이 심하지요?"

교장의 말대로 그는 별로 다친 것 같지도 않아 보였다. 머리에 붕대를 감고 누워 있을 그를 상상했던 것인데, 붕대는커녕 그는 멀쩡하게 목소리도 평소대로 우렁찼기 때문이다. 문근은 방문을 닫고 앉으며 물었다.

"다친 데는 없소?"

그의 답이 재미있었다.

"빰따귀를 몇 차례 맞고 불두덩을 좀 채인 것뿐이오. 까딱했으면 큰일 날 뻔했소."

문근이 웃으며 받았다.

"부인을 생과부로 만들 뻔했네. 왜 하필이면 그런 데를 찼을꼬."

"글쎄, 그만 되기 다행이지요."

"범인은 누군지 알고 있소?"

"그걸 알려고 연구하다가 지금은 고민 중이오. 그런데 이 선생은 어떻게 알고 이렇게 일찍이…?"

"출근하니까 그 지각대장 너구리가 와 있더라니까."

너구리는 교장의 별명이었다. 인간이 하도 음흉하고 능글능글해서 이문근과 강화중 둘이서만 부르는 별명이었다.

먼젓번 연판장 사건 때 6명의 교사 전원이 도장을 찍었다가 모두들 혼이 나고는 이문근, 강화중을 제외한 다른 교사들 4명은 그새 하나같이 전향(?)하여 교장의 수족이 되어 있었기 때문이다. 강화중이 물었다.

"그래서?"

"다짜고짜 좀 보자면서 교장실로 앞장서잖아. 따라 들어갔더니 당신이 테러 맞았다면서 날 보고 경찰서로 가 보래."

"당신을 왜?"

"경찰이 와서, 날 참고인으로 부른다면서."

"경찰이 와서? 아니, 경찰이 학교로 갔더란 말이오?"

"당신이 경찰에 알렸으니까 경찰은 나를 참고인으로 찾는 모양인데, 왜 경찰이 나에게 직접 오라고 하지 않고 학교에까지 가 교장을 통해 부르느냐가 의문이오."

강화중이 놀라며 물었다.

"지금 무슨 소릴 하는 거요? 나는 경찰에 알리지도 않았단 말이오!"

"뭐라고요? 강 선생은 경찰에 알리지도 않았단 말이오? 그럼, 이게 어떻게 된 거지?"

강화중이 눈을 크게 뜨며 말했다.

"글쎄, 이게 무슨 일이지? 가만 있자."

그러면서 화중이 두 손으로 다리 사이를 싸잡으며 엉거주춤 일어서더니 책장에서 뭔가를 꺼내 와서 제자리에 앉았다. 거동이 몹시 불편해 보였다. 문근이 그러한 화중에게 걱정스러운 얼굴로 물었다.

"아니, 강 선생 중요 부위를 채여도 많이 채인 모양인데 괜찮겠소?"

"그놈들도 일부러 여길 찬 것 같지는 않구만. 걷기가 좀 거북해서 오늘은 학교에 못 나갔지만 곧 풀릴 거요."

문근이, 화중이가 꺼내 놓은 서류를 가리키며 물었다.

"이건 뭐요?"

"김구 선생의 남한 단독정부 수립 반대 성명서요. 지난 2월 10일(1948년) 자 신문에서 오려둔 거요."

그러면서 공책 속에 간수해둔 스크랩을 꺼내었다. 이문근이 말했다.

"그건 나도 읽은 적이 있지."

"좀 있다가 한 번 더 읽어 보기로 하고 우선 내 이야기부터 먼저 들어 보라니까."

화중의 이러한 말에 문근은 화중의 눈을 똑바로 쳐다보았다. 자세히 보니 그의 얼굴에는 그때까지도 맞은 손바닥자국이 주룩주룩 도장처럼 찍혀 있었다. 문근은 분노로 잠시 입을 앙물었다가 말했다.

"자세히 보니 뺨도 많이 맞은 모양인데?"

"미친개한테 물린 셈 치지 어쩌겠소."

그때 밖에서 문이 열리며 화중의 아내가 홍시를 쟁반에 담아 들어왔다.

"아무것도 대접할 게 없어서…."

화중의 부인이 이렇게 말하고는 조용히 방을 나갔다. 문근은 문득, 생과부 안 되기 천만 다행입니다, 하는 말을 혼자 떠올리고는 빙긋이 웃었다. 화중이 아무것도 모르고 말했다.

"홍시라도 대접하니 기분이 좋은 모양이지? 이거라도 들면서 이야기합시다."

문근이 홍시를 집어 들면서 말했다.

"홍시 대접이 반갑기도 하지만 내가 웃은 것은, 당신이 부인한테 남자 구실을 계속할 수 있어 보여, 그게 다행스러워 웃은 거요. 번지수나 옳게 알고 말해야지…. 그건 그렇고, 당신 이야기나 들어 봅시다."

강화중이 당한 이야기를 꺼냈다.

"아, 밤중에 자고 있는데 갑자기 구둣발이 하필 여길 걷어차면서 소리치는 거요, 일어나라고. 아닌 밤중에 홍두깨라더니 깜짝 놀라 일어나서 호롱불에 불부터 켜려고 했지. 범한테 물려가도 정신은 차리라고 했기에 말이오. 그랬더니 다짜고짜 빰따귀를 후려치면서 이 새끼, 뭐 잘났다고 불 켜서 낯짝까지 보이려 하느냐고, 니놈의 생긴 상판 다 알고 있으니 그만두라고 하잖아."

"그래서?"

문근이 침을 삼키면서 다그쳤다.

"이번에는 다른 놈이, 이 새끼 주둥아리 조심하지 않으면 다음번에 와서는 아가리를 확 찢어 놓겠다고 을러대더군."

"도대체 그놈들이 누구요?"

"그래서 말인데, 아무리 생각해 봐도 짚이는 데가 없단 말이오. 그런데 조금 전에 이 선생이, 경찰에 알린 게 내가 아니냐고 하니까 생각나는 게 있었단 말이오. 그래 이걸 꺼내 왔지."

"그렇더라도 김구 선생의 남한 단독정부 수립반대 성명서가 도대체 어쨌다는 거요? 그 성명서 문안을 우리가 쓰기라도 했단 말이요?"

문근이 다소 흥분하여 말하자 화중은 흥분할 것 없다는 듯이 조용히 말했다.

"그렇게 화만 낸다고 될 일이 아니오. 이제 생각하니, 이 성명서 내용은 나중에 보기로 하고 이 선생은 일단 경찰서부터 다녀오는 게 좋겠소."

"글쎄, 가기는 가 봐야겠는데."

"참고인으로 부르건 용의자로 부르건 한 번 부르면 안 가고는 못 배길 테니 일단 다녀오소. 통시(변소) 앉아 개 부르듯 걸핏하면 사람 불러놓고 딴청만 부리는 이놈의 관청, 해방이 되면 좀 나아져야 할 텐데, 나아지기는커녕 한 술 더 뜨니 더어러워서…."

문근이 다시, 아무래도 이상하다는 듯 혼잣말처럼 중얼거렸다.

"그런데 강 선생이 테러 당했는데 나를 왜 부르지…?"

"아마 이 선생과 나를 이 기회에 한꺼번에 욕 좀 보이자는 속셈일 거요. 생각해 보면 우리 둘의 언동이 경찰 당국의 눈에 잘 보일 일이란 아무것도 없지 않소."

"그래도 무슨 꼬투리가 있어야 욕을 보이든 곳을 보이든 할 거 아니오."

"딱한 소리! 귀에 걸면 귀걸이, 코에 걸면 코걸이가 현재의 법이오. 꼬투리가 아니라 꼬투리 할애비라도 만들어 낼 수 있는 사람들인 줄 모르오? 그래서 내가 전부터 우리 조심하자고 그러지 않았소. 우리는 이 좁은 바닥에서 벌써 찍힌, 찍혀도 야무지게 콱 찍힌 불온분자거든. 재수 없으면 좌익으로 몰려 더 큰 불행을 당할지도 모르지."

"택도 없는 소리 하고 있네!"

문근은, 화중의 세태를 꿰뚫어보는 안목과 정확한 판단력을 인정하고 있었으므로, 택도 없는 소리 하고 있다고 쏘아붙였지만, 화중의 말을 들으니 기분이 아주 좋지 않았다. 아니 기분이 좋지 않은 정도가 아니고, 울화통이 터질 지경이었다.

"이따가 봅시다."

13장

미늘 혹은 올가미

36

문근은 화중의 집을 나와 다시 자전거를 타고 읍내로 가지 않을 수 없었다. 화중의 집 개가 혀를 빼물고는 1km가 넘게 자전거를 따라 달려오다가 되돌아갔다. 자전거의 속도를 내자 맞바람에 얼굴, 특히 귀가 견딜 수 없이 시렸으나 이마에서는 진땀이 배어나고 있었다. 긴장과 불안 때문이었다.

경찰서는 이미 낯이 익은 곳이었다. 지난번 연판장 사건 때, 며칠 동안이나 잡혀 있었기 때문이다. 그러나 낯이 익었다고 결코 정다울 수 없는 곳이었다. 언제 와도 기분이 좋지 않은 곳이 경찰서였고, 연판장 사건 뒤로는 경찰서 정문 앞을 지나기도 꺼려졌다. 특히 총을 들고 보초를 서있는 경찰관을 보면 괜히 가슴까지 두근거려지는 문근이었다.

그는 먼젓번 사건으로 낯이 익은 형사를 찾았다. 마침 그는 자리에 있었다. 형사는 반가움의 미소인지 비웃음인지 분간 못할 묘한 표정을 지으며 말했다. 눈에는 핏발이 서 있었다.

"어, 오셨군. 이 찬 날씨에 오시라고 해서 미안합니다."

그러면서 빈 의자를 가리켰다. 그의 입에서는 썩은 냄새가 풍기고 있었다. 지독한 술 냄새였다.

문근은 자리에 앉으며 침착하게 물었다.

"오늘 아침, 학교로 오셨던가요? 교장 선생님을 만나 뵈었던가요?"

문근은 교장을 만난 게 이 사람인지 아니면 누구인지 궁금해 물었던 것이다. 형사가 사람을 어찌 보느냐는 듯이 좀 퉁명스럽게 답했다.

"학교야 젊은 사람을 보냈지, 내가 갈 수 있어요?"

"무슨 이유로 나를 보자고 하셨는지…?"

"아, 별건 아니고 강화중 선생이 지난밤에 봉변을 당하셨는데 혹시 이 선생 말씀을 들으면 범인을 잡는 데 무슨 참고라도 될까 해서요."

문근은 그렇게 말하는 형사의 얼굴을 말없이 주시했다. 형사의 이 이상한 말을 더 들어 봐야 할 말이 생각나겠기 때문이었다. 형사가 이었다.

"혹시 범인을 잡는 데 도움이 될 말씀 좀…."

이건 말도 안 되는 소리였다. 무슨 사건이 터지면 흔히 전과자를 불러 조사한다는 말은 들었어도, 오밤중에 당한, 그것도 모르는 사람으로부터 당한 폭행사건에, 직장 동료를 범인 잡는 참고인으로 부르다니! 내가 평소에 깡패 노릇이라도 하고 다닌단 말인가. 아니, 소문난 깡패 두목이라도 되어, 밤중에 남의 집에 침입해 사람 패는 일을 예사로 하는 졸개라도 거느리고 있단 말인가. 그야말로 번지를 잘못 짚어도 한참 잘못 짚고 있는 형사의 수작이 우둔에 의한 실수인지 고의에 의한 흉계인지부터가 의심스러웠다. 아니다. 고의에 의한 흉계가 분명했다.

그러나 문근은 꾹 참고 좋게 말했다. 자신의 생각대로 따져 이로울 것이라고는 하나도 없겠기 때문이었다.

"범인을 잡는 데 내가 도움이 된다면 다행이겠습니다만…."

그러자 형사는 뱀같이 섬뜩한 눈을 치떠 노려보면서 전혀 엉뚱한 말을 했다. 그의 눈에는 지난밤의 과음으로 인한 핏발이 잔 거미줄같이 얽혀 있었고, 입에서는 말을 할 때마다 지독한 술 냄새가 풀풀 풍겨 나왔다.

"당신 아내는 가라후토로 갔었지?"

"그렇습니다."

무슨 꼬투리를 잡으려고 이런 엉뚱한 소리를 하고 있는지 의심스러웠지만 그는 일단 사실대로 순순히 답했다. 형사가 이번에는 시선을 떨어뜨려 서류를 뒤적거리며 물었다.

"제 발로 갔었지?"

강제모집을 하면서도 징용지원을 대환영한 일제였고, 이자도 틀림없이 일제 때에는 노무자 강제 징집이나 납치에 앞장섰을 것이 아닌가. 계급이 좀 높다고 초등학교 교장을 만나는 일도 아랫사람을 시킬 정도면 일제 때부터 경찰에 투신한 자가 분명했다. 그런데도 아내 숙경이 화태로 자원해 간 것을 무슨 큰 흠이나 되듯 따지다니! 그래서 문근은 이번에는 아니꼽다는 감정을 노골적으로 섞어 반문했던 것이다.

"그런데요?"

그러자 서류에 시선을 떨어뜨리고 있던 그가 독사처럼 머리를 발딱 들더니 고함치기 시작했다.

"그런데요오? 비이겁한 놈의 새끼, 지 계집 하나를 못 거느려서 먼 타향에다 팔아먹은 못난 주제에 무엇이 어쩌고 어째애?"

이러고는 다시 서류에다 눈을 주고 읊어나갔다.

"뭐, 친일파가 국민 앞에 군림을 하고, 친일파가 교육자가 되어 교육을 망치고, 이승만 대통령의 단독정부 수립은 삼천만 민족을 배신하는 행위이고, 외력(外力)에 아첨하는 자가 정권을 잡아 그 상전인 미국 사람들의 귀여움을 받고, 미군 주둔의 연장은 무지몽매한 정상도배들의 생명 연장의 수단이고, 박테리아가 태양을 싫어하듯 현재의 집권자는 남북 통일정부 수립을 두려워한다고오?"

여기까지는 서류를 보고 읽으면서 고함을 쳤다. 그러더니 다시 고개를 들고,

"이 새끼, 죽을 동 살 동 천지분간을 못 차리고 말이면 다 하는 줄 알아?"

하면서 책상 위의 재떨이를 들었다 놓았다 했다. 그러나 문근은 딱하기만 했다. 형사가 방금 뇌까린 그 기나긴 죄목(?)이 도무지 무슨 소린지 알 수 없었기 때문이었다. 그래서 말했다.

"나는 도무지 무슨 말씀인지 모르겠습니다. 혹시 무슨 착오가 생겼거

나 오해를 하고 있는 건 아닙니까?"

그러자 형사가 펄펄 뛰는 시늉을 하며 이빨을 드러내고 짖었다.

"착오오? 오해애? 착오 같은 말 하고 있네. 오해 같은 말 좋아하네. 어제 테러 당한 강화중이한테 물어봐! 그러면 무슨 소린지 알 거야."

"강화중 선생이 그런 말을?"

"강화중이만 그랬다면 미쳤다고 내가 당신을 부르겠어?"

"아니, 그럼 내가 그런 말을 했다는 뜻입니까?"

그는 정말 딱해서 물었다. 그런데 형사는 도리어 경멸의 눈초리로 문근을 흘겨보며 다시 욕설을 퍼부었다. 조금 전의 당신이란 말이 흔적도 없이 사라져 버렸다.

"이 새끼, 정말 더러운 놈이네! 벌레도 니놈처럼 비겁하지는 않을 거야. 니 같은 기회주의자야말로 신성한 교육계에서 사라져야 해. 아니, 싹 쓸어내야 해. 쓸어내는 것만으론 부족해. 일망타진 소탕을 해 버려야 돼!"

문근은 마치 도깨비에 홀린 사람처럼 멍청한 꼴이 되어 일방적으로 당하고 있었다. 이 새끼야, 내가 어째서 벌레만도 못한 비겁자란 말이냐? 내가 왜 소탕돼야 하느냔 말이다! 하고 멱살이라도 잡고 따져보고 싶었으나 그럴 계제는 못 되었다. 형사가 다시 무섭게 을러대었다. 아까처럼 고함을 치지는 않았지만 뱀처럼 섬뜩한 눈길을 문근의 눈에다 꽂은 채 지껄였던 것이다.

"일언이폐지하고 똑똑히 말해두겠는데, 또 친일파 운운하면서 잡음 일으키고 엉뚱한 소리 계속하면 그때는 강화중이와 함께 골로 가는 줄 알어!"

문근은 아무래도 풀리지 않는 의문에 대해 물었다.

"강 선생을 테러한 범인은 그럼?"

"방금 내가 준 주의에 당신의 결심이나 밝히지, 무슨 엉뚱한 질문이야. 건방지게! 그리고 범인 범인, 하지 마! 지금 열심히 찾고 있는 중이니까."

"…."

이문근은 끝내 앞으로 조심하겠노라는 말은 하지 않았다. 그리고 여태

한 번도 형사 앞에서 '제'란 말을 쓰지 않고 꼭꼭 '나'라고만 했다. 그런데 방금, 범인 범인 하지마! 라고 신경질을 부리는 형사의 태도에서 강화중의 테러범은 바로 경찰임을 직감했다.

형사는 이문근이, 사과를 하거나, 앞으로 조심하겠다는 말을 하지 않았는데도, 끝에 가서는 제풀에 좋은 말로 돌아와 반은 훈계조, 반은 협상조로 말했다.

"이문근 선생, 당신 학벌도 좋은데 무엇이 부족해서 항상 비판만 합니까? 학벌이 없어 교육계에 발을 붙이고서도 속 썩이는 교사가 얼마나 많은데? 그런 사람에 비하면 이 선생 같은 분이야 떳떳하지 않습니까. 앞으로는 그러지 말고 좀 잘해 봅시다. 그리고 모시고 있는 박충진 교장 선생님도 좀 잘 도와드려요. 나이를 보아도 한참 위 아닙니까?"

이러면서 담배까지 권했다. 이문근은 평소 담배를 안 피웠지만 홧김에 담배를 받아 힘껏 빨았다. 눈앞이 핑그르르 돌았다. 그러자 형사가 다시 낮은 소리로 말했다.

"돌아가도 좋습니다. 오늘 좀 지나친 말 미안합니다."

이문근은 부들부들 떨면서 경찰서를 나왔다. 강화중의 말마따나 미친 개한테 물렸으면 병원에라도 가볼 수 있을 것이다. 그런데 이건 뭔가. 그러나 다음 순간, 문근은 피식 쓴 웃음이 나왔다. '좀 지나친 말 미안하다?' 교육자가 형사한테 이렇게 당하는 풍속이 이 땅에 오래 계속된다면 정말 우리 교육은 낭패라는 생각과 함께, 자신이 지극히 비참하게 느껴졌다.

결국 오늘 자기를 호출한 것은 강화중의 테러 사건 해결을 위한 참고인으로서가 아닌, 앞으로 입조심하라는 주의를 주기 위해서였다. 그런데 박충진 교장, 그 너구리를 잘 도우라고 한 말이 심히 미심쩍었다.

그는 집으로 돌아오는 길에 다시 강화중의 집에 들러 저녁밥까지 먹으면서 오래도록 이야기를 나누었다.

두 사람은, 장택상 경찰청장의 좌익세력 발본색원 선언에 발맞추어, 이 기회에 비판세력을 견제, 혹은 제거함으로써 새 정부의 기틀을 튼튼히 하려는 속셈일 거라는 이야기에 의견의 일치를 보았다.

강화중이 담배를 물고 심각한 얼굴로 눈을 지그시 감고 있었다. 그러다 무겁게 말했다.

"조심합시다, 우리. 우리 둘은 이미 요주의 인물로 감시의 대상이 돼 있어요. 당신 말대로 어젯밤 나를 폭행한 놈들도 바로 경찰임이 틀림없소. 얼굴을 안 보이려고 호롱불도 못 켜게 했으니까."

이문근이 보충했다.

"너구리가 정보 제공자이고! 우리 둘은 너구리에게는 눈엣가시니까."

이문근의 이러한 추측도 정확했다. 잠시 침묵이 흘렀다. 강화중이 물고 있던 담배를 재떨이에 비벼 끄면서 생각난 듯 말했다.

"지난번 운동회 마치고, 구장 집에서 저녁 먹던 날의 일 기억해요?"

이문근이 생각난 듯 웃으며 답했다.

"그날 내가 좀 취했었지."

"좀 취한 정도가 아니고 대취했었소."

이문근이 이번엔 좀 놀라며 물었다.

"그랬던가요? 그래서 내가 무슨 못할 소리라도 했소? 난 기분 좋게 술 마신 것만 생각나고, 무슨 말을 했는지는 도무지 모르겠는데?"

강화중이 놀랐다는 표정으로 말했다.

"당신 그날 청산유수같이 말 잘했었지!"

"그래, 그 말에 무슨 못할 소리라도 있었소?"

강화중이 조금은 심각해진 얼굴로 아침에 책장에서 꺼내 두었던 신문 스크랩을 펼쳐 보였다.

48년 2월 10일자 신문의 '南朝鮮單獨政府樹立에 대한 反對聲明'이란 제목의 김구 선생의 글이었다.

'친애하는 삼천만 자매 형제여!'로 시작되는 장문의 성명서였다. 그 글 속에는 노(老)독립투사의 애국 충정이 글자 한 자 한 자에 짙게 어려 있었다. 그런데 그걸 읽어나가다가 다음과 같은 대목에서 눈이 확 뜨였다. 오늘 오전 그 형사의 뱀눈이 눈앞을 스쳐 지나갔다.

문근은 숨을 한 번 가다듬고 천천히 읽어 나갔다.

현재 우리나라에 있어서도 외력에 아부하는 자만은 혹왈 남침 혹왈 북벌하면서 막연하게 전쟁을 숙망하고 있지만 (중략) 그들은 전쟁이 난다 할지라도 저희들의 자질(子姪)만은 징병도 면제될 것으로 믿을 것이다. 왜 그러냐 하면 왜정하에서도 그들에게는 그러한 은전이 있었던 까닭이다. (중략) 미군주둔 연장을 자기네의 생명연장으로 인식하는 무지몰각한 도배들은 국가 민족의 이익을 염두에 두지도 않고, 박테리아가 태양을 싫어함이나 다름없이 통일정부 수립을 두려워하는 것이다. 그리하여 그들은 음으로 양으로 유언비어를 조출하며 단선 국정의 노선으로 민정을 선동하며 유엔 위원단을 미혹케 하기에 전심전력을 경주하고 있다. (중략) 시비가 없는 사회에는 개량이 없고 진보가 없는 법이니 여론이 환기됨을 방지할 바 아니나, 천재일우의 호기를 만나서 일체 내부 투쟁을 정지하자. (중략) 암살과 파괴와 파업은 외군의 철퇴를 지연시키며 조국의 독립을 방해하는 결과를 조출할 뿐이다. 계속한 투쟁을 중지하고 관대한 온정으로 임해 보자. 마음속의 38선이 무너지고야 땅위의 38선도 철폐될 수 있다. 내가 불초하나 일생을 독립운동에 희생하였다. 나의 연령이 이제 칠십이삼인바, 나에게 남은 것은 금일 금일 하는 여생이 있을 뿐이다. (중략) 3천만 동포 자매 형제여! 붓이 이에 이르매 가슴이 억색하고 눈물이 앞을 가리어 말을 더 잇지 못하겠다. 바라건대 나의 애달픈 고통을 명찰하고 명일의 건전한 조국을 위하여 한번 더 심사하라.

37

하도 긴 글이어서 읽는 데 시간이 걸리긴 했지만 문근은 전에 한 번 읽은 적이 있는 이 글을 다시 끝까지 읽어보지 않을 수 없었다. 왜냐하면 오늘 오전 경찰서에서 그 형사가 뱀눈으로 흘겨보며 협박조로 비꼬던 내용이 전부 이 글 속에 나타나 있었기 때문이다.

문근은 그제야 어렴풋이 짐작되는 일이 있었지만 그래도 확실한 기억은 나지 않았다. 그는 심각한 얼굴이 되어 화중에게 말했다.

"오늘 경찰서에서 나를 취조한 형사는 우선 엉뚱한 말로 내 기를 죽이려고 했소. 즉 내 아내가 화태로 자원해 간 것을 꼬집어, 제 계집 하나 못 거느려 팔아먹은 놈이 무엇이 어쩌고 어째? 이래 놓고, 문서를 보고 줄줄이 읽어 나가면서 고함질렀단 말이요. 그런데, 그 문서에 담긴 내용이 바로 이 성명서 속에 다 있으니 뭐가 어떻게 된 거요?"

"당신 그날 구장 집에서 대취했다는 건 내가 아까 말하지 않았소. 그런데 대취한 당신이 김구 선생의 말씀을 잘도 기억하고 있다가 마치 당신의 의견인 것처럼 열을 올려 일장 연설을 했거든. 그때 너구리 교장은 시종 얼굴을 잔뜩 찌푸린 채 눈을 감고 있었소. 듣기가 거북하다는 뜻 아니었겠소?"

"그래요? 내가 그런 말을 핏대를 올려 했다 이거요?"

"이 선생이 그날 초장부터 두꺼비 파리 챙기듯, 주는 술잔마다 넙적넙적 받아 마실 때 알아 봤지. 그러더니 결국 화태로 간 우리 동포, 징용 가서 억류되어 있는 미귀환 동포에 대하여 일본을 규탄했소. 현 정부의 무성의도 규탄했고. 그러나 당신 부인 말은 한 마디도 하지 않았지. 그래서 나는 당신의 이성을 믿고 일단 안심했던 거요."

"그러면 이 성명서의 말은 언제부터 내가 했단 말이오?"

"좌중이 모두 당신 말에 동조를 표하면서 부도덕한 왜놈들에 대하여 한 마디씩 내뱉었지. 그러자 당신이 왜놈들만 나무랄 문제가 아니라면서, 쓸개도 혼도 다 빠져버린 게 우리의 정치 지도자가 아니냐, 우리가 믿고 있었던 사람들이 지금 어떤 처신을 하고 있느냐면서 시작한 말이, 김구 선생 성명서 내용이었소. 나야 이 성명서를 오려두기까지 했으니 그 내용을 잘 알고 있었지만, 다른 사람들은 거의 이러한 성명서를 읽어 보지도 못한 사람들이었지. 그러니 순전히 당신 말인 줄로만 알고 당신을 오해할 수밖에."

"그랬던가? 나는 전혀 모르겠는데."

문근이 고개를 갸우뚱거리며 말하자 화중이 받았다.

"그런 당신을 내가 제지하느라고 얼마나 애쓴 줄 아오? 너구리는 눈을 감고 상판을 온통 찌푸리고 있지, 당신은 기고만장해서 떠들지…."

시골의 운동회란 온 동네의 잔칫날이어서 운동회를 마치고도 곧잘 동네의 유지가 학교 선생들을 초대하곤 했다. 그날도 학교 동네의 구장이, 집에서 저녁 식사를 초청해서 간 자리였다. 문근은 처음부터 권하는 잔마다 사양 없이 벌컥벌컥 받아 마시는 통에 술이 많이 취하기는 했으나, 그가 쏟아놓는 말의 논리는 정연했고, 그래서 독판을 치며 좌중을 완전히 압도했던 것이다. 문근이 한동안 심각한 얼굴로 입을 닫고 있다가 이제 알겠다는 듯 말했다.

"그래서 그 형사라는 작자는 내가 무슨 소린지 모르겠다니까 강화중에게 물어봐, 하고 고함을 질렀구나아! 게다가 내가 끝내 그런 말 한 적이 없다고 잡아떼니까, 비겁한 놈이라느니, 벌레만도 못한 놈이라느니, 기회주의자라느니 하면서 온갖 악담을 퍼부었구나아!"

강화중이 이문근의 말을 듣고 한편 놀라는 표정, 또 한편으로는 재미있다는 표정까지 섞어가면서 물었다.

"아니, 그 작자가 내 이름을 들먹였소?"

이문근이 설명했다.

"왜, 이런 말이 있지 않소? 때리는 시어미보다 말리는 시누이가 더 밉다고. 나와 당신은 한통속인 걸 알고 있는 너구리에게, 그날 나는 시어미였고, 강 선생은 시누이였던 셈이오. 그래서 나의 그런 소리를, 자기 눈치를 슬금슬금 보면서 말린 당신은 너구리한테 더 미운 존재였을 거요."

"당신이 그런 것까지 어떻게 알아?"

"사람 차암 우둔하기는! 나는 괜찮은데, 당신은 테러까지 당하지 않았소. 그게 증거 아니고 뭐요?"

"그게 그렇게 되나? 그러니까 내가 테러를 당한 것은 결국 너구리의 사주가 있었다아, 이 이야기 아니오?"

"그야 두말하면 잔소리고, 세 말 하면 숨 가쁘지."

강화중이 다시 한 번 세상 참 무섭다는 눈으로 혼잣말저럼 했다.

"명색이 교장인 너구리가 손아래 교사들을 경찰에 밀고를 했다?"

이문근이 보충했다.

"바로 그거요. 그런데 너구리는 역시 너구리 수준을 넘어서지 못했거든."

강화중은 대강 알고 있으면서 넌지시 물었다.

"그건 또 무슨 소리오?"

"너구리는 여우보다도 우둔해. 그 작자, 오늘 새벽에 학교에 나와 경찰을 기다리지만 않았어도 들통은 한참 뒤에 났을 텐데 말이오."

이문근이 말하자 강화중이 보충했다.

"약은 고양이 밤눈 어둡다고, 자기가 경찰을 시켜 나를 폭행하도록 해두고 그 사실을 당신에게까지 알림으로써 당신도 혼 좀 나게 하느라고 한 수작인데, 역시 서툴렀군. 너구리란 놈은 음흉한 데는 있어도 본래 약은 데는 없지. 이래서 우리가 별명을 아주 잘 붙인 거요. 허허헛."

통쾌하게 웃던 강화중이 웃음을 멈추고 화제를 바꾸었다.

"이 선생, 오늘 저녁 당신이 시누이 시누이 하니까, 나도 내 누이 이야기 좀 합시다."

"강 선생 매씨가 어쨌단 말이오?"

"내 누이가 어쨌다는 게 아니고, 당신이 언제까지나 홀애비로 늙을 작정인지 그게 궁금하다 보니까 내 누이가 생각난 거요."

"아시다시피 나는 지금 아내를 기다리고 있지 않소?"

"글쎄, 그 기다리는 것도 한정이 있지, 부지하세월로 무작정 기다리면서 아까운 청춘 다 보내버릴 거요?"

"오늘 그 형사 말마따나 나는 아내를 팔아먹은 몸이니, 나같이 못난 놈이 어디 있겠소. 따라서 아까울 것도 없는 청춘이거니와, 그럭저럭 청춘은 이미 다 간 것 아니오."

"그런 소리 하지 마시오. 자학은 타학(他虐)보다 훨씬 무서운 거요. 그리고 이제 서른 조금 넘었는데 청춘이 다 가다니?"

그러자 문근이 가볍게 한숨을 쉬면서 여태까지의 톤과는 달리 낮은 소리로 말했다.

"강 선생이니까 말하지만 사실 솔직히 말하면… 나도 여자가 필요한 나이 아니오."

"그러니까 더 늦기 전에 결혼을 해요."

화중은 이문근을 알고서부터 줄곧 자신의 누이를 생각하고 있었다. 나이 차이가 좀 나긴 하지만 누이가 이문근에게는 필요한 아이일 것 같았고, 누이에게도 이문근은 같은 남자라면 오히려 과분할 것 같았다. 그러나 그러한 말을 할 기회를 얻지 못하고 있었던 것이다.

두 사람 다 잠시 입을 닫고 침묵을 지키고 있었다. 화중은 문근의 반응을 기다렸다.

그러나 문근은 눈을 감고 숙경을 떠올리고 있었다. 꿈같은 신혼 시절은 학교에 다니느라고, 그리고 못된 부스럼이 전신으로 퍼지는 바람에 어이없이 놓친 숙경과의 짧은 결혼생활. 거기다 다시 숙경이 화태로 가는 바람에 문근은 오늘까지 무슨 틈만 생기면 '새장개 새장개' 노래처럼 되뇌는 어머니의 간청도 떠올랐다.

문근이 눈을 감은 채 계속 침묵을 지키자 화중이 다시 말했다.

"아까, 내 누이 말을 꺼내다 말았지만 내 누이가 결혼 적령긴데…."

"강 선생이 내 중매를 직접 선다고? 아니, 강 선생이 나의 처남이 되겠다는 말씀이오?"

강화중이 천천히 답했다.

"내 생각만 가지고 되는 건 아니니까. 시간을 두고 생각해 봐요."

"강 선생의 이 깊은 우정 잊지 않겠소."

"그거야 이 선생이 나에게 그보다 몇 배 더한 우정을 보여주고 있기 때문이 아니겠소."

그들은 밤늦도록 같이 놀다가 헤어졌다. 밤이 늦었으니 그만 자고 가라는 걸 뿌리치고 문근은 돌아갔다.

이즈음 들어와서 밤만 되면 부쩍 공비, 빨치산, 야산대라고 불리는 사람들의 출몰이 심해 혼자 밤길을 내보내기가 불안한 화중이었다. 문근을 보내고 화중은, 같은 남자지만 저만한 사람도 드물 거라고 생각했다. 두뇌야 수재가 아니면 입학을 할 수 없는 경성사범을 나왔으니 말할 것도 없다. 그러나 재승덕박(才勝德薄)이란 말처럼 재주가 뛰어난 사람은 대개 덕망이 없는 편인데, 문근은 그렇지도 않았다. 진취적이면서 예절에 밝았고, 특히 참을성이 있으면서도 해야 할 말을 꼭 하는 것이 화중의 마음에 들었던 것이다. 때로 아무것도 아닌 일에 지나치게 신경을 쓰는 소심성이 엿보이기도 했으나, 의지와 집념, 실천력도 강했고, 무엇보다도 시국을 보는 안목에 있어서 문근이 언제나 자기와 같은 입장에 서주는 것이 더할 수 없이 마음에 들었던 것이다.

문근은 캄캄한 신작로를 자전거로 달리면서 이렇게 암담한 상황에 강화중 같은 지기(知己)가 옆에 있다는 것이 정말 다행스럽다고 생각했다. 기다리는 대상만 없었다면 강화중만 보고서도 그의 누이를 아내로 맞이할 수도 있을 것이라는 생각을 하며 힘껏 자전거의 페달을 밟고 있었다.

오전에 경찰서에서 당한 수모가 저녁때 강화중과의 대화로 눈에 보이지 않는 쇠사슬이 철거덕거리며 자전거 뒤를 따라오고 있는 것 같았다. 전신에 칭칭 감겨드는 듯하는 일말의 불안은 떨칠 수가 없었다.

이튿날 문근은 출근 하자마자 다시 교장실로 불려가서, 왜 어제는 학생들을 마음대로 귀가 시켰느냐고, 또 된통 당했다. 그러나 경찰서에서의 형사의 말도 떠오르고 게다가 조심하자고 신신당부하는 강화중의 충고도 있어 입을 꾹 다물고 있었다. 이문근이 입을 다물고 있는 것조차 교장은 마음에 거슬렸다. 잘못했으면 잘못했다고 사과를 하든지, 하다못해 그냥 앞으로는 조심하겠다는 말이라도 해야 할 것이 아닌가. 그래서 교장은 얼굴이 난로처럼 벌겋게 달아올라 신경질을 부렸다.

"학급 담임은 학생들의 제왕이 아니고, 그 학급은 담임의 왕국이 아니란 말이야, 건방지게…."

문근은 속으로 외치고 있었다. 교장이야말로 교사들의 폭군일 수 없어, 교장의 지시가 신성불가침일 수는 더군다나 없어, 하고.

38

1949년 신학기에 박충진 교장은 이문근과 강화중을 모두 다른 학교로 전출시켜 버렸다. 같은 함안군 내의 학교였다. 그러나 문근은 군의 동쪽 끝인 덕곡국민학교였고, 화중은 서쪽 끝인 신촌국민학교였다. 덕곡에서 신촌까지는 60여 리나 되었다. 두 사람은 같은 날 정든 학교에서 헤어지는 것이 아쉬웠으나, 음흉스러운 교장 곁을 떠나는 건 오히려 홀가분했다.

그런데 묘하게 된 것은 이문근이 가는 덕곡은 바로 강화중의 고향마을이란 점이었다. 화중은 이문근의 동네에 있던 오석국민학교를 떠나 가족과 함께 신촌국민학교가 있는 마을로 이사를 했지만, 문근은 자기 동네를 떠나 조카 철환을 데리고 덕곡으로 가 학교 옆에서 자취를 하기로 했다. 철환은 그때 국민학교 5학년이었지만 형인 경환보다도 훨씬 공부를 잘해서, 평소 문근의 귀여움을 받고 있었다. 하지만 문근이 철환을 데려간 이유는 또 있었다. 그것은 문근이 중등학교 교사 자격증을 얻기 위해 공부를 하고 있었기 때문이다. 그러자면 손수 밥을 해 먹기보다는 여러 가지로 시중을 드는 사람이 필요했던 것이다. 철환이 아직 국민학교 5학년밖에 안 됐지만 아이가 싹싹하고 영리했다. 게다가 삼촌인 자기를 유별나게 따르는 것도 문근은 서로에게 좋다고 생각되었기 때문에 철환을 데리고 갔다.

철환도 마찬가지였다. 자나새나 쇠꼴이나 베어 나르고 농사를 거들거나, 겨울만 되면 지게를 지고 산으로 가 나무를 해 날라야 하는 집보다는 삼촌을 따라가는 것이 훨씬 좋았다. 할아버지는 철환의 나뭇짐을 보고 언제나 꽁알(꿩알)만 하다고 웃었고, 할머니는 그것도 엄첩다(대견하다)고 두둔하곤 했다. 어쨌든 삼촌을 따라 집을 떠나는 것은 신나는 노릇이었다. 선생님인 삼촌과 함께 있는 것이 공부에도 훨씬 도움이 된다고 생각하니 더욱 신이 났다. 그래서 삼촌을 따라 오석국민학교에서 덕곡국민학교로 전학을 해 왔던 것이다.

삼시 세 끼 밥하고 방청소 하는 것쯤은 집에서 하는 일에 비하면 아무것도 아니었다. 어쩌다가 동네 어른들이, 삼촌 밥해댄다고 욕보제? 하면 그는 아니예, 라고 했지만 속으로는, 소분지애시이고 호로뺑뺑이다, 하곤 했다. 소분지애시란 말이나 호로뺑뺑이란 말은 아무것도 아니고 아주 쉽다는 뜻의 오석골 사투리였다.

철환은 세상에 태어난 뒤, 처음으로 사는 보람을 느꼈다. 학교에서도 이문근 선생님이 친삼촌이라니까 아이들도 모두 부러운 듯이 바라보았다. 철환은 절로 어깨가 으쓱거려지면서 공부를 더 열심히 해, 삼촌을 전보다 훨씬 기쁘게 해드려야겠다고 생각하기도 했다. 왜냐하면 삼촌은 언제나 밝지 못한 얼굴에다 술도 자주, 그리고 엄청나게 많이 마시고 들어오는 것이 마음에 걸려서였다.

이곳으로 전학 온 지도 석 달이 지난 6월 말께였다. 김구 선생이 총에 맞아 별세했다고 했다. 학교에서는 아이들도 괜히 이 구석 저 구석에서 웅성거렸고, 이승만 대통령카마(보다) 김구 선생이 언충(훨씬) 더 애국자라고, 그래서 별호도 백범, 그냥 호랑이가 아니고 하얀 호랑이가 아니냐고, 아는 척하는 아이도 있었다. 안상길(安商吉)이었다. 그러나 철환은 이승만 대통령과 김구 선생 두 사람 중 누가 더 애국자인지 몰랐기 때문에 입을 닫고 있다가 자취방으로 돌아와서 삼촌에게 물었다. 그러나 삼촌은 조금 귀찮다는 투로 말했다.

"너는 아직 몰라도 된다. 그리고 어른들도 지금은 함부로 말할 수가 없단다."

그래도 철환은 또,

"학교에서 동무들이 그라는데, 김구 선생님이 더 애국자인 때민(때문)에 별호도 백범이라 카던데예."

하면서 삼촌을 바라봤다.

삼촌은 웃으면서 그건 별호(別號)가 아니고 아호(雅號)라고 한다면서, 별호와 아호를 구분해서 설명해 주셨다. 그러나 철환은 결정적으로 삼촌을 웃기는 말을 했다.

"말도 보통 말보다 백마가 더 좋듯이 범도 보통 범보다 백범이 더 좋은데, 그것도 김구 선생님이 이승만 대통령보다 더 훌륭해서 그렇다던데예?"

그러자 삼촌이 철환의 머리에 알밤을 먹이면서 큰 소리로 웃었다. 비록 머리에 알밤을 먹기는 했지만 삼촌이 그렇게 웃는 것이 기분 좋았다. 삼촌이 말했다.

"임마, 누가 니한테 그런 소리를 다 하더노? 백범(白凡)이란 그런 뜻이 아니야, 즉 흰 호랑이란 뜻이 아니란 말이다."

철환은 무안했다. 안상길이 그 자식, 항상 학교에만 오면 누구 집에 빨치산이 들어와서 무엇을 어떻게 했다, 누구 아버지는 남양에 징용 갔다가 돌아오다가 죽었다고 하는 등의 소식을 전해주었고, 그것이 항상 들어맞았기 때문에 김구 선생님에 관한 이야기도 그대로 믿었던 것인데, 순전히 엉터리가 아닌가. 그는 속으로 중얼거렸다. 똥강아지 같은 자식, 겉똑똑이 안축구(바보), 안다니(아는 척하는 사람) 똥구멍에 유리창 박은 놈….

그날, 삼촌한테 무안당한 날 저녁에는 신촌국민학교로 전근 간 강화중 선생님도 삼촌한테로 왔다. 강화중 선생님은 자기 집에서 여동생이라고 제법 예쁜 아가씨 한 사람을 데리고 와서 부득부득 철환을 부엌에서 밀어내고 저녁을 짓게 했다. 아가씨는 철환에게 간장이 어디 있느냐, 고춧가루가 어디 있느냐 정도만 묻고, 아무 말도 하지 않았다. 그러나 철환은 몰래몰래 아가씨를 요모조모 자세히 뜯어보았다. 그러다 방으로 들어갔다. 아가씨는 곧 저녁상을 차려 안으로 들여놓고 얼굴이 홍당무처럼 되어 돌아 나갔다. 강화중 선생님이 철환을 슬쩍 한 번 바라보더니 삼촌에게 물었다.

"어떻소? 내 누이라고 하는 소리가 아니라, 사람은 될 대로 된 애지. 물론 공부는 국민학교 고등과까지밖에 못 나왔지만."

철환은 그때야 알 수 있었다. 아하, 삼촌을 장가들이려고 그러는구나. 철환은 어린 마음에도 가라후토라던가 화태라던가에 가 있는 숙모 생각을 했다. 숙모보다 얼굴은 그렇게 못하지 않지만 공부를 국민학교 고등과밖에 안 나왔다니 쯧쯧, 숙모는 서울에서 고등여학교를 나왔다던데…. 그러나 할머니 말씀대로 새장개를 드는 셈이니 할머니는 좋아하시겠다…, 하고 혼자 생각했다. 그때 삼촌이 말했다.

"강 선생 호의는 고맙지만 저녁이나 듭시다. 반찬도 별미가 많소 그려."

"먹읍시다. 나의 이러한 권유가 장차 어떤 결과를 가져올지는 모르겠지만 나는 당장 이 선생이 이렇게 궁상스럽게 지내는 모습이 안타까워 그러오. 혹시 알 수 있소? 화태에서 부인이 돌아오시면 내가 몰매를 맞게 될지…."

"좌우간 고맙소. 그리고 내가 궁상스럽게 보일지 몰라도 실은 그렇지 않소. 우리 철환이가 얼마나 잘해주는데."

그러고는 삼촌이 잊고 있었다는 듯이 철환에게 돈을 주며 말했다.

"철환아, 술 좀 받아 오너라. 돈대로 다 받아 와야 한다."

철환은 숟가락을 들다 말고 탁주도가로 뛰어갔다. 돈대로 달라고 했더니 다섯 되나 되었다. 통을 도로 가져다주기로 하고, 철환은 끙끙거리며 반 말짜리 술통을 들고 돌아왔다. 또 걱정이 되었다. 이렇게 많은 술을 우찌(어찌) 다 마실라고 이라노….

철환은 모처럼의 좋은 반찬으로 밥을 먹었다. 삼촌과 강화중 선생님은 그 반찬을 안주로 술을 마셨다. 그들은 술을 마시면서도 이야기를 계속했다. 이야기를 하기 위해 술을 마시는 것인지, 술을 마시기 위해 이야기를 하는 것인지 철환은 판단할 수가 없었다. 그리고 지루했다. 이야기는 주로 무슨 정치가들의 이야기, 또 학교와 교육에 관한 이야기를 하는가 하면, 38선을 넘어 북쪽으로 간 사람들의 이야기, 거꾸로 북에서 3·8선을 넘어온 사람들의 이야기 등, 끝이 없었다.

철환은 나중에는 꾸벅꾸벅 졸기까지 했다. 그때야 삼촌이 철환에게 말했다.

"철환아, 먼저 자거라. 나중에 삼촌이 다 치워 놀 테니까."

그러자 철환은 두말 없이 한쪽 구석에 누워 잠이 들었다.

철환이 잠들자 화중은 화제를 바꾸었다.

"어떻소. 이름은 복휜데, 우리 복희가?"

그러나 문근은 웃으면서 받았다.

"술이나 마십시다. 홀애비 가슴에 헛바람 넣지 말고."

"어? 헛바람이라니, 헛바람을 넣는다면 내가 당신과 이 시간 술을 마시겠소? 데리고 히파리마치 같은 데나 가지."

"히파리마치? 그것 참 들어본 지 까마득한 소리군."

"하여간 이 선생은 결혼 문제에 대하여 지나치게 무관심한 것 같아 걱정이오. 하기는 매사가 뜸이 돌아야 되고, 시운이 따라야 하니까 더 재촉하지는 않겠소만, 명념해서 생각해 보시오. 농담도 장난도 아니고 진심으로 당신을 위해 하는 소리니까."

"알았다니까."

그러면서 문근이 다시 화제를 바꾸어 이었다.

"그건 그렇고, 김구 선생도 쓰러지고, 세상이 어떻게 될 것 같소?"

문근이 정색을 하고 묻자

"한 마디로 암담하다고 할 수밖에."

화중이 말하고는 다시 잔을 들어 벌컥벌컥 술을 마셨다. 잔이 기울어질수록 허연 막걸리가 그의 턱 끝을 타고 흘렀다. 이번에는 화중이 문근에게 물었다.

"국민보도연맹(國民保導聯盟)이란 게 지난 초순에 결성됐다는 사실 아시오?"

"신문에서 봤소. 그런데 그게 묘하던데."

"동감이오, 나도."

강화중은 잠시 눈을 감았다. 지난 6월 5일 자의 신문기사를 떠올려 보았다. 보도연맹이란 것의 결성에 관한 것이었다.

> 좌익계 각 정당 사회단체로부터 용감히 이탈한 전향자들로서 뭉쳐진 국민보도연맹의 결성 선포 대회는 오늘 오전 10시 정각, 수많은 맹원 참

럽하에 시공관에서 개최되었다. (중략) 김 내무장관의 훈사에 이어 김 서울 시경찰국장의 이사장 취임사가 있은 다음 동 11시 40분 조직은 조직으로, 선전은 선전으로 좌익계열과 대항, 투쟁할 것을 내외에 선포하고 연맹결성 대회는 성대히 끝마쳤다.(조선일보 1947년 6월 5일)

강화중은 이보다 앞서 보도된 국민보도연맹의 취의서(趣意書)란 걸 생각했다. 이 취의서를 보면 국민보도연맹의 성격과 목적을 보다 분명히 짐작할 수 있었다.

민전산하단체 간부층의 기만적이며 부소(附蘇)관료주의적 독선독재와, 특히 남로당의 살인, 방화, 파괴 등 멸족정책은 마침내 탈당, 전향자를 매일 수십 명씩 속출케 함으로써 그 정체가 무엇인가를 천하에 폭로하기 시작했다. (중략) 대한민국 정부 수립과 남로당의 멸족정책으로 이상과 같이 탈당 전향자가 속출하나, 이들 전향자 탈당자는 명실상부한 국민으로서 멸사봉공의 길을 열어줄 포섭기관이 없음을 유감으로 생각한 나머지 오인(吾人)은 천학미력을 무릅쓰고 결사보국의 지성일념에서 감히 전향자 국민보도연맹을 기성하고자 하는 바이다.(동아일보 1947년 4월 23일)

강화중은 이런 기사를 머리에 떠올리고 있었다. 겉으로 드러난 취지야 아무 흠잡을 곳이 없기는 했다. 표현에 다소 들뜬 감정이 나타나 있고 과장된 인상은 있어도 그것을 탓할 필요는 없을 터였다. 다만 눈에 보이지 않는 문장 이면(裏面), 행간에 숨어 있는 뜻을 천착해 보면, 어떤 미늘, 혹은 올가미 같은 것이 들어 있지 않다고 장담할 수 없는 것이 마음에 걸렸던 것이다. 강화중은 사실 시국의 이런 중대 문제를 더불어 이야기하기 위해서 이문근을 찾아왔던 것이다.

이문근 역시 느닷없이 나타난 강화중이 못내 의아스럽던 참이었다. 하기는 김구 선생 같은 거목, 민족의 지도자가 희생되는 사건만 해도 두 사람이 만날 수 있는 동기는 충분했다. 하지만 이문근은 그 문제만 가지고 이 먼 길을 걸어서 찾아오지는 않았으리라는 막연한 생각을 하고 있던 터였다.

그러니까 보도연맹은 국가보안법의 구체적 운용대책의 일환으로서 마련된 것이었다. 따라서 강화중의, 뭔지 어떤 올가미 같다는 판단은 정확했던 것이다.

사실 보도연맹의 구성원들은 국가보안법에 저촉되는 사람 중 전향한 사람들이었다. 즉 남한의 단독선거에 반대, 대한민국의 정통성을 부인하는 집단 및 결사(結社)의 구성원이었다가 전향한 사람들이었다.

여기에 가입해야 할 대상은 남로당원은 물론이고, 노동조합전국평의회, 인민위원회, 민주주의민족전선, 조선민주애국청년동맹 등 남로당 외곽단체, 심지어 한독당원까지 포함돼 있었다.

이날 강화중과 이문근이 만나 이야기를 나눈 때부터 훨씬 뒤인 이해 11월에 발표된 서울시 경찰국장의 기자회견내용을 미리 들어보는 것도 보도연맹이란 조직의 성격을 이해하는 데 도움이 될 것이다.

> 전향 전 악질 행위자였다면 반드시 가입해야 한다. 이유는 공산당에 가입하여 반국가적 살인행위를 감행한 자들을 전향하였다고 일률적으로 신용할 수 없으니 전향 후 재출발하여 언동으로나 실천으로 자기가 확실히 충실한 국민이 되었다는 것을 일반사회나 국가에 알려야 할 것이며, 이 기회를 가지려면 보련에 가입해야 한다.

이처럼 보도연맹은 강제적이었다. 이런 분위기 속에서, 스스로 조금이라도 마음에 거리끼는 점이 있는 사람이라면 누구든지 가입하지 않을 수가 없었던 것이다. 만약에 가입을 하지 않았다가는 어떤 낭패를 당할지 몰랐기 때문이다.

그런데 문제는 전국 방방곡곡의 경찰서에 빠짐없이 이러한 지시가 하달되었고, 그것도 한 경찰서당 몇 명 이상 가입시켜야 한다는 조건 없는 할당 숫자에 있었다. 마치 일제 말엽에, 일제 당국이 할당된 인원수의 징용자를 모집하기 위해서 신새벽에 남의 집으로 쳐들어가 젊은 남자라면 누구든지 몽둥이 뜸질부터 해서 끌고 가고, 길거리에서도 농사꾼이건 학생이건 잡히는 대로 납치해간 수법과 비슷했던 것이다. 이래서 애매하고 무고한 사람들이, 경찰에 내려진 할당 숫자를 충족시켜주기 위해 아무것도 모르고 가입하게 되었고, 또 어떤 이는 자신도 모르는 사이에 가입되어 있기도 했다.

강화중은, 이문근과 만난 이날 밤, 앞으로 일어날 이런 사태까지 어렴풋이 예견하고 있었다. 왜냐하면 아무 죄도 없는 사람을 밤중에 와서 폭행을 가하기도 하고, 근거 없는 사람을 불러다 손찌검을 하고 마구 호통을 쳐대는 이즈음의 경찰 행태가 그런 것을 충분히 예감케 했기 때문이다. 그런데다 기어코 김구 선생이 암살당하자, 이점 저점 겸해서 이문근을 만나 속 시원한 이야기라도 주고받기 위해 달려왔던 것이다. 이에 비하면 이문근은 다소 침착했다. 아니 침착이란 이런 경우 둔감하다고 하는 게 좋을지 몰랐다. 그래서 이문근은 강화중의 장황한(이문근에게는 그렇게 들렸음) 시국관을 듣고 나서 오히려 느긋하게 말했다.

"강 선생, 오늘 보니까 평소 보기보다는 좀 소심해요. 그 소심이 예지의 증거라면 좋겠소마는…."

"소심이란 옳은 지적이지만 예지란 과찬인데."

"겸손 떨 거 없소."

"지금 이야기는 소심, 예지, 겸손 이런 게 아니고, 뭔가 조짐이 심상찮다 이런 말이오."

"그렇다고 설마 천지개벽 같은 일이사 일어날라고?"

강화중이 그때야 얼굴의 긴장을 풀며 말했다.

"당신 말 들으니 나도 마음이 좀 놓이기는 하구만."

이문근이 말했다.

"그럼 시국 이야기는 그쯤 합시다."

그러자 강화중이 기다렸다는 듯이 화제를 바꾸었다.

"그러지, 이제 본론으로 슬슬 들어가 볼까."

"아니, 본론이 또 있소? 여태 이야기한 건 그럼 서론이었단 말이오?"

"꼭 서론이라고 하기는 뭣하지만 본론이야 따로 있지."

이문근이 웃으면서 말했다.

"허허, 누가 초상집에 가서 상주랑 함께 밤새도록 울다가 아침에 누가 죽었느냐고 묻는다더니, 내가 지금 그 꼴이군 그래. 그럼 따로 본론이란 도대체 뭐요?"

"내 누이 복희가 어떻더냐고 아까 초저녁에 물었잖소?"

"그 답 아까 한 것 같은데…."

"답이 아니고 생각해보자고 얼버무렸지."

"얼버무린 게 아니고, 두고 생각해 보자고 합의했었지."

"그 합의가 이제 생각하니 미흡해서 다시 물었지."

"이거 무슨 말장난 같은데? 누이동생 칭찬을 그렇게 듣고 싶다면 밝혀 드리지."

"아니 칭찬을 누가 듣고 싶다고 했소?"

"그게 그거지 뭐."

문근은 잠시 쉬었다가 맺었다.

"미인이더군. 강 선생 매씨가."

"미인일 것까지야 없지만 애는 괜찮아요. 이 선생한테라면…."

"쉽게 인도할 수 있다 이 말이오?"

"인도라니? 중등학교 국어 교사가 되려는 사람치고는 용어 선택이 엉망인데? 내 누이가 무슨 물건이오?"

농담 섞인 화중의 항의에 문근이 받아 넘겼다.

"앗따, 인도가 그 인도뿐이오? 당신 매씨가 나의 길을 앞장서서 끌어주거나 일깨워주는 인도(引導)도 있지 않소?"

화중이 문근의 얼굴을 물끄러미 바라보다가 웃으며 말했다.

"말 하나 잘 돌려댄다! 그래 우리 복희가 이 선생을 인도(引導)했으면 좋겠소, 나는."

"내가 인도(引渡)를 해 오나, 강 선생 매씨가 와서 나를 인도(引導)하거나 역시 그 말이 그 말이지. 아까도 말했지만 생각할 시간을 주시오. 그리고 좌우간 고맙소."

"생각할 시간이야 드려야지."

"사실, 나는 날개만 있다면 우선 화태로 날아가서 아내가 무사한지 어떤지를 살펴보고 싶단 말이오."

"그 심정을 내가 왜 모르겠소."

문근이 다시 가볍게 한숨을 쉬며 말했다.

"아직도 술이 남았소. 술이나 마십시다."

그들은 서로의 잔에 술을 채우고는 잔을 들어 눈을 마주했다가 꿀꺽꿀꺽 마셨다. 잔을 비우자 다시 또 그렇게 했다.

밤이 깊었다. 침묵을 지키자 갑작스러운 듯 먼 볏논에서 울어대는 개구리 소리가 아련했다. 어디선가 컹컹컹 개 짖는 소리가 식은 밤공기를 흔들어대고 있었다.

14장

흉몽 그리고 보도연맹

39

1949년 겨울방학, 문근은 화중과 함께 경부선 기차를 타고 개성으로 가고 있었다. 강화중의 누이 강복희와의 혼사를 결정짓기 위해서였다.

사할린 거주 일본인 귀환을 위한 '미 · 소협정'은 1946년 12월 19일에 체결되었다. 그 협정에 의해 1949년 7월 23일까지 모든 일본인을 본국으로 귀환시켰다. 그러나 그 구체적인 내용을 한국의 시골구석에 살고 있는 이문근이 잘 알 리가 없었다. 다만, 들려오는 풍문이 그랬다. 조선 사람들은 그대로 남아 있는데, 돌아올 가망이 현재로서는 전혀 없다고 했다. 따라서 숙경은 이제 영영 돌아올 수 없는 사람으로 굳어지고 있었다. 문근은 어머니의 성화가 아니더라도 무작정 아내를 기다리고 있는 일에 차츰 회의를 느꼈다. 게다가 강화중은 그의 누이 복희와의 혼사를 오래전부터 권유하고 있었다. 어차피 재혼을 해야 한다면 개성의 처가에라도 한 번 가보고 와야 마음이 편할 것 같았다. 절대로 그럴 리야 없겠지만 혹시 숙경이 친정에 돌아와 몰래 숨어 있는 건 아닐까, 이런 옹졸한 생각도 없지 않았다. 어쨌든 가부간 장인 장모에게 엎드려 사죄라도 하고 와야 재혼을 해도 할 수 있을 일이었다. 문근이 혼자 오랜 기간을 두고 생각하고 또 생각했던 그러한 심경을 화중에게 토로했더니 화중이 기다리고나 있었던 듯 기꺼이 동행을 자청하고 나섰다. 그뿐이 아니었다. 화중은 만족하게 웃으면서 이런 농담까지 했다. 두 사람은 그사이 서로 평어를 쓰고 있었다.

"희(噫)라! 인제야 뜸이 돌고 혼운(婚運)이 도래하야 지기(知己)가 면환(免鰥)하니 이 몸이 기쁘도다."

문근이 받았다.

"어쭈? 기미 독립 선언문 안 읽어 본 사람, 무슨 소린지 알기나 하겠나? 희(噫)자를 '억'으로 안 읽는 게 기특한데?"

"면환의 홀애비 환(鰥)자는 빈미(좀) 어려운가? 사람을 우째 보노?"

"우째 봐? 누이동생 못 치워 먹어 속 썩이는 가련한 친구로 보고, 그 친구가 하도 딱해 심사숙고 끝에 처남으로 봐 주려는 거지!"

"이거, 속담에 뭣 주고 뺨 맞는다더니, 아까운 누이동생 주기로 하고 좋은 소리 못 듣네? 정 그러면 나 개성에 같이 안 가겠네!"

"알았네. 개성까지 나 혼자 어찌 가노. 같이 가 줘야지."

문근과 화중이 기차로 마산을 거쳐 부산까지 와서 서울행 열차를 타기까지도 무진 고생을 했다. 유리창이 깨진 차창으로는 찬바람과 함께 석탄 연기가 눈을 뜰 수 없게 들어왔다. 코 밑이 새까매져서 서로 굴뚝 청소 좀 하라며 웃었다. 기차 좌석의 우단은 성한 데가 없었다. 사람들이 모두 칼로 오려 갔기 때문이다. 좌석은 용수철과 판자가 드러나 있어 자리가 비어도 앉기가 겁이 났다.

부산에서 서울로 갈 때의 고생은 더했다. 차 안이 얼마나 붐볐던지 밀리고 쏠려 한쪽 다리로만 서 있어야 할 때도 있었다. 서울까지 가는데 꼬박 하루 밤 하루 낮이 걸렸는데, 나중에는 이문근조차 떠난 것을 후회할 지경이었다. 그러나 강화중은 얼굴 한 번 안 찡그리고 그 고생을 인내했다. 서울에서 개성 가는 기차를 바꿔 타고서는 그런 대로 큰 고생 없이 갈 수 있었지만, 개성에 도착했을 땐 벌써 땅거미가 지고 있었다. 부산에서 열차를 탄 지 거의 이틀이 가까워서였다.

"오늘은 여관에서 묵고 내일 아침에나 찾지."

강화중이 하얀 입김을 풀풀 날리며 말했다.

"그래야겠지. 혹시 매를 맞아도 도망쳐 나오려면 아무래도 낮이 유리할 테니까."

문근의 농 섞인 말에 화중이 다시 말했다. 비꼬는 소리였지만 본의는 장난이고, 기쁨이 밴 말이었다.

"이 사람, 날 보고 소심하다더니 자네야말로 간도 어지간히 작은가 보네."

문근이 정색을 하고 답했다.

"아니야, 나 때리면 맞을 각오 단단히 하고 있다네. 어느 부모가 귀한 딸을 말 한 마디 않고 데려간 도둑놈 중에 상도둑놈을 그냥 보고 있겠는가?"

"하긴 그럴 법도 하겠네만."

"입장을 바꿔 생각해 보라고, 자네 누이동생을 그 지경으로 만들어 놓았다면 자넨들 날 만나 그냥 보내겠나? 그래서 나는 매를 맞아도 야무지게 맞아 줄 각오를 하고 있네. 그렇게 맞아야만 속이 시원하겠고, 속이 시원해져야 재혼을 해도 하겠다 이 말이네."

문근의 이러한 말에 화중이 다시 받는다.

"그러니까, 큰 병 앓기 전에 예방주사 먼저 맞듯이, 자네는 결혼하기 전에 결혼을 위한 예비 매타작하러 가는 셈이군, 그래."

"맞네. 그렇게라도 속죄를 해야만 마음이 편하겠다 이 말이지."

그러나 이튿날 주소를 가지고 묻고 또 물어서 겨우 찾아간 문근은 허탈해지고 말았다. 고색창연한 고가(古家)가 이 집안의 내력과 지난날의 영광을 말해주는 것 같았으나 그들이 찾았을 땐 집안이 텅 비어 있었다. '산천은 의구한데 인걸은 간 데 없다'란 시조가 생각났다. 집을 두른 담장이 웬만한 성곽같이 높고 견고했으나 담을 덮은 기왓장이 여기 저기 떨어져 나가 맨흙이 드러나 있었다. 그들이 퇴락한 대문 밖에서 몇 번이고 소리치다가 그냥 대문을 밀고 들어갔을 때야 호호백발 꼬부라진 노파가 방문을 열었다. 노파는 짓뭉개진 눈으로 밖을 한참 동안이나 내다보더니 숨이 갈그랑갈그랑한 소리로 겨우 물었다.

"뉘귀요?"

문근이 큰 소리로 물었다.

"이 댁이 최선림(崔仙林) 어르신 댁이 맞습니까?"

최선림이란 문근이 알고 있는 장인의 이름이었다.

"그런데요?"

문근은 안도의 숨을 쉬면서 마루에 걸터앉았다. 화중도 마루에 엉덩이를 걸쳤다. 문근이 조심스럽게 물었다.

"혹시 숙경 씨 할머니 되십니까?"

"숙경이? 숙경이라고 했수, 방금?"

노파가 겨우 방에서 마루로 나왔다.

"네, 숙경이라고 했습니다, 할머니."

"댁은 뉘신데 우리 숙경이 이름을 알구 있수?"

문근이 마루로 올라가서 공손히 절부터 했다. 그러고는 문근이 화중을 불러 올리자 노파는 이들을 방으로 안내하고 방문을 닫았다. 바깥바람이 차가웠기 때문이다. 문을 닫아도 세 개의 커다란 봉창 때문인지 방은 그리 어둡지 않았다. 노파는 얼굴의 여기저기에 거뭇거뭇한 저승꽃이 피어 있었지만 그래도 고운 태가 남아 있었다. 얼굴 윤곽이 젊었을 때는 퍽도 아름다웠으리란 생각이 들었다. 숙경의 이마가 시원하게 넓은 것, 콧날이 알맞게 선 것 등은 이제 보니 모두 할머니를 닮아 있었다. 할머니가 눈을 비비며 다시 물었다.

"그래, 뉘시오?"

"숙경 씨 남편이 됩니다."

화중이 문근을 대신해 설명했다. 그러자 노파가 놀라면서 무릎걸음으로 다가 앉았다.

"뭐라구? 그럼 우리 숙경인 지금?"

그러며 반색을 했다. 그러는 할머니의 음성이 당장 떨려 나왔다. 하지만 문근은 말할 수가 없었다. 그래서 답 대신 물었다.

"다른 분은 안 계십니까, 할머님?"

숙경에게는 부모님은 물론 남동생 인준이도 있었고 여동생 현경이도 있는 줄을 문근은 알고 있었다. 할머니가 갑자기 슬픈 표정을 지었다. 나이 든 노인네가 짓는 슬픈 표정은 어린애처럼 정직한 것인가. 문근은 당장 할머니의 입에서 곧 나올 말이 아주 안 좋은 내용임을 직감했다. 과연 그랬다.

"숙경이 부모는 3년 전에 호열자루 모두 죽었지."

1946년에 호열자가 전국에 창궐했다. 그때 많은 사람들이 죽었고 동네마다 금줄을 치고는 외부인의 출입을 막은 적이 있었다. 그런데 숙경의 부모님도 그때 호열자로 세상을 떠났다니….

이런 사실을 숙경이 알면 얼마나 슬퍼할까. 그렇게 생각하니 문근은 말할 수 없는 비감에 잠겼다. 인생이 참으로 허무하다는 느낌이 들어 무슨 말을 해야 할지 얼른 생각이 나지 않았다. 그러자 화중이 또 문근을 대신해 물었다.

"그럼, 부모님께선 그렇게 되셨고, 또 다른 가족들은 다들 어디에 계십니까?"

그러자 할머니는 화중이를 숙경의 남편으로 착각했는지 화중을 향해서 답 대신 다른 말을 했다.

"그래, 숙경일 데리구 자넨 어디서 살구 있나? 같이 오지 않구설랑?"

문근이가 두 손으로 할머니의 손을 잡으며 큰 소리로 말했다. 귀도 많이 가신 듯했다.

"할머니, 제가 숙경이 남편입니다."

"뭐라구? 자네가 그럼 내 손서(孫壻)라 이 말인가? 잘도 생겼구나! 성이 뭐랬나? 들어두 금시 잊어버리니 원."

성은 아직 밝히지도 않았는데도, 한 번 들은 것을 잊은 줄로 착각한 모양이었다.

"이갑니다."

"이씨라? 관향은 어딘구?"

"네, 인천입니다."

"아, 인천 이씨! 내 여동생두 인주 이씨한테루다 출가를 했었지. 고려 때는 인주 이씨라고 했는데 여기 송도에서 인주 이씨가 떵떵 울렸다구들 내 여동생이 자랑을 했었지."

할머니는 식자도 꽤 든 분인 것 같았다. 문근은 가만히 듣고만 있었다. 할머니가 다시 물었다.

"그래 이서방, 이야기 좀 해보라니까. 숙경이가 집을 나간 뒤 우리 집안은 망하기 시작했어. 숙경이가 복덩이였던가 봐. 그런 숙경일 데리구 간 자네는 복두 많은 사람이야. 그래, 우리 숙경이가 지금 어떻게 지내냐구? 애는 몇이나 두었구?"

"죄송합니다. 애도 잘 크고 숙경 씨도 잘 있습니다."

문근이 그러고는 고개를 숙여버렸다.

"그래 다행이군. 우리는 죽은 줄 알구 얼마나 걱정들을 했는지…. 숙경이 아범 어멈이 호열자에 안 죽었어두 숙경이 때문에 애가 타서 죽었을 거구먼. 온 천지를 찾아헤맸으니 쯧쯧."

문근은 할머니의 말을 들을수록 고개를 들 수가 없었다. 화중이 다시 물었다.

"다른 가족들은 어디 갔습니까?"

"응, 손주 부부는 모두 일하러 갔지. 손주는 철도국에, 손주 며느리는 병원에."

그때야 문근이 고개를 들고 할머니를 향해 물었다. 인준의 처가 병원에서 무슨 일을 하는가보다도 현경의 소식이 더 알고 싶었다.

"할머니, 숙경 씨 여동생 현경 씨는 결혼했습니까?"

"결혼하다마다? 지금 애가 둘이지."

"어디에서 삽니까? 남편은 뭣하는 사람이고요?"

"서울서 살지. 현경이 남편은 판사질 허구…."

문근은 혼자 고개를 끄덕였다. 작은 딸이라도 고등문관시험에 합격한 사람에게 시집을 보냈으니 다행이다…. 그러다 다시 물었다.

"이 큰 집을 할머니께서 혼자 지키십니까?"

"아니야, 낮에만 혼자 있구, 밤에는 다 모이지. 손주며느리가 나가는 병원이 바로 요 앞에 있어. 점심 채려 주러는 꼭꼭 오지. 곧 올 때가 돼 가지 아마. 얼마나 착한 애라구…. 그런데 오늘은 귀한 손님들이 왔는데 뭘 어떻게 준빌 허나…."

그러면서 허둥거리는 품이 자신이 부엌에라도 직접 들어가야겠다는 거동이었다. 문근이 급히 손을 저으며 말했다.

"할머니, 아닙니다. 그냥 앉아 계십시오."

그래도 할머니는

"무슨 소리야? 사위는 백년지객이라구 옛말에두 있어. 또 사위 사랑은 장모라고 했는데 장모가 없으니 이 핼미가…."

하면서 일어서려고 했다. 점심 준비는커녕 부엌으로 찾아 들어가기도 전에 마루 끝에서 낙상이라도 볼 것 같이 위험스러웠다.

문근은 서둘러 일어섰다. 처남 인준의 얼굴도 안 봤는데, 그런 처남의 댁과 만나서 어떻게 할 것인가. 아무래도 그냥 있다가는 생면부지의 처수와 맞닥뜨릴 것 같았다. 그는 주머니에서 지폐 몇 장을 꺼내 할머니의 손에 잡혀 주면서 말했다.

"할머니, 또 오겠습니다. 편히 계십시오."

"아니, 이 사람들이 왜 이리 급하누. 얘길 더 하지 않구설랑. 숙경이 얘길 더 해주구 가두 가야지. 우리 숙경인 왜 함께들 안 왔느냐구?"

문근은 아무렇게나 둘러대었다.

"숙경이 몸이 무거워서요."

"그래에? 몇째냐, 그럼?"

"둘쨉니다…."

"에게! 둘째라니? 숙경이 나이 몇이라구. 이제 둘째 애를 갖은 게야?"

할머니의 이야기는 끝이 없을 것 같았다. 문근의 거짓말도 끝이 없을 터였다. 그는 벌써 일어서 있는 화중을 한 번 보고는 급히 말했다.

"또 오겠습니다."

"그래두 그러는 벱이 아니지. 처가에 와설랑! 처가가 옛날보담은 많이 가세두 기울구 허물어졌지만 첫 나들이에 맨입에 가다니! 그런 벱이 어딨어?"

할머니는 문근의 바지자락을 잡았다.

"할머니, 이젠 자주 오겠습니다. 다음엔 숙경이 데리고 오겠습니다."

"그래두 그러는 벱이 아니래두!"

문근은 뿌리치다시피 하고 방을 나왔다. 축담으로 내려서자 할머니가 돈을 던지며 말했다.

"이것 가져가! 우리 숙경이가 주면 받을 테니, 다음번엔 꼭 숙경일 데리구 와. 이서방, 알았는가?"

문근은 신발을 신으며 얼른 눈을 들어 대문께와, 거기 붙은 행랑채와 대문을 중심으로 주욱 둘러쳐진 높고 큰 고풍스런 담장을 다시 한 번 보았다. 문근의 고향 오석골에서는 이만한 집이 없었다. 이 집은 오석골의 재실보다 더 크고 으리으리했다. 그러나 낡고 허물어져 보는 이의 마음을 안타깝고 허무하게 했다. 문근은 할머니의 말을 들으면서 말했다.

"네, 알았습니다. 할머니 오래오래 사십시오. 숙경일 다음엔 꼭 데리고 오겠습니다."

"자네 장인 장모가 숙경을 찾아 얼마나 헤맸는지 모른다네. 그런데 어디서 살구 있었기에 여태 소식 한 번 없었나. 자넨 참 뭘 허나? 아마 일본에라두 가 있었던 게지…. 그래두 그렇지…. 이제 숙경이 소식을 들었으니 죽어두 한이 없겠군."

난생 처음으로 들어 보는 '이서방'이라는 소리, 문근은 그 큰 고가를 나와 개성 시내에서 화중과 낮부터 술을 마셨다. 목이 타서 마셨고, 목이 메어서 마셨고, 인생이 하도 서글퍼서도 마셨다. 그렇게 큰 집을 가진 숙경이 부모의 죽음과 가세의 몰락…. 숙경의 가출이 그 몰락하는 가세에 한몫했으리라. 이런 줄 알았다면 아예 안 올 걸 왔다는 생각도 들었다. 그런 말을 비치자 강화중이 문근을 위로했다.

"괜찮아 자넨 사람할 짓 다한 거네. 자네 말대로 꼭 매타작을 당하고 크게 꾸지람을 들었어야 마음이 편하다는 자네의 심경, 다 아네."

문근이 항의하듯 화중에게 말했다.

"하지만 나는 괜히 숙경이 할머님께 거짓말만 실컷 지껄였으니 죄를 벗으려고 왔다가 더 짓고 가는 셈 아닌가. 이럴 수가 있나…."

"악의의 거짓말도 아니잖은가?"

"아니야, 내가 좀 더 대범했더라면 철도국에 다닌다는 인준이도 만나보고 병원에 나간다는 인준이 처 되는 부인도 만나봤어야 하는 건데…."

"만나봐야 실망만 더 줬을 거 아닌가. 실망뿐이겠는가. 슬픔은 어떻겠는가. 그러니 안 만나고 그냥 나온 게 조금도 나쁠 게 없네."

그들 두 사람은 여관방에서 밤이 깊도록 통음을 거듭했다.

40

며칠 만에 문근이 강화중과 함께 개성에서 덕곡으로 돌아왔을 때 두 사람 모두에게 또 심상찮은 일이 생겨 있었다. 그러나 처음에는 문근에게만 그런 것이 와 있는 줄 알았다. 그것은 등기우편이었고, 주인집에서 대신 도장을 찍어 주었다면서 내주었다. 경찰에서 보낸 것이었다. 문근은 불길한 예감이 전신을 휘감아 오는 걸 느꼈다. 그것은 확실한 불길감이었다. 아득한 나락으로 한정 없이 떨어져 내리는 무력감을 가까스로 진정하면서 봉투를 받아 떨리는 손으로 뜯었다. 그것은 엉뚱하게도 아니, 이유를 알 수 없는 그 불길한 예감에 걸맞게도 '국민보도연맹 가입 신청서'였다. 그는 무심코 중얼거렸다. 급할 때 튀어나오는 투박한 사투리로.

"이기 머꼬?"

이번에는 가슴이 화들거리면서 귀에서 쌔앵하는 헛소리가 지나갔다. 이런 일이 있을 줄 알았더라면 강화중이도 데리고 이리로 올 것을.

그렇잖아도 강화중은 이제 문근이가 자기의 누이동생 복희와 결혼하는 것은 기정사실이라고 치부하고는 그 일을 어른들과 의논하기 위해 기차에서 내리자 곧장 이리로 함께 오려고 했다. 그런 것을 문근이 바쁘게 서둘 것 없다고 바로 그의 집, 처자식이 기다리는 신촌으로 가게 했던 것이다. 그런데 이런 엉뚱한 등기 우편물이 와 있다니.

그는 대강 손발을 씻고 들어와 누웠으나 잠이 오지 않았다. 숙경을 단념하고 복희라는 처녀와 결혼하게 된다…. 어머니가 얼마나 기뻐하실까. 그렇게나 '새장개'를 노래처럼 하셨는데…. 이러한 생각, 달콤하고 낭만적인 생각에 잠길 만도 했지만 문근은 그럴 수가 없었다.

도무지 그런 한가한 마음일 수가 없었다. 자꾸만 강화중의 음성이 귀청을 울리고 있었다.

"이 기회에 당신과 나를 욕 좀 보이려는 거 아니겠소."

밤중에, 강화중이 집에서 테러를 당했을 때 찾아간 문근을 보고 한 말이었다.

"두고 보시오. 이제 보도연맹이란 올가미로 웬만큼 미운 사람들을 모두 잡아들일 거요."

지난여름 김구 선생이 암살되었을 때 강화중이 했던 말이다.

"보도연맹이란 일견, 의심받았던 사람들을 의심에서 해방시키는 조직이거든. 그러니 거기에 들지 않겠다고 해도 이상하고 그렇다고 덜렁 들어도 무슨 과오라도 있음을 스스로 인정하는 거라서 또 찜찜한 거 아니오."

이건 지난 늦가을(11월) 서울시경국장이 보도연맹 가입 대상자에 대한 기자회견의 기사를 보고 강화중이 했던 말이다.

그때도 이문근은 설마 하면서 강화중의 소심한 짐작을 일축했던 것이다. 그런데 그런 일이 너무나 정확하게 현실로 다가서다니, 강화중의 소심한 짐작이 예리한 판단력으로 현실화되다니. 문근은 강화중이 우러러 보이기까지 했다. 이문근은 당장 강화중을 불러 이 일을 어떻게 하면 좋겠느냐고 묻고 싶었다. 그러나 아까 이리로 오려는 그를 바쁠 것 없다고 마치 쫓아 보내듯이 냉정하게 헤어지고 말았던 것이다. 그는 밤새도록 뒤숭숭한 악몽에 시달리며 잠을 설쳤다.

평소에도 늘 꿈이 뒤숭숭한 문근이었다. 잠도 깊이 들지 않았다. 깊은 밤중, 주인집 외양간에 매인 소의 푸르르하는 숨소리까지도 그대로 눈을 감고 있는 문근의 귀에 들려왔다. 꿈은 언제나, 누구를 따라 혹은 누구에게 쫓겨 큰 강을 건너거나 높은 누각으로 숨 가쁘게 올라가는 그런 것이었다. 그런데 강을 건너고 보면 돌아올 다리가 없고, 누각에 올라가 보면 내려올 사다리가 없는 그런 꿈이었다. 그뿐 아니었다. 걸핏하면 변소에서 변을 보다가 똥이 온몸에 들어붙는 꿈도 꾸었고, 신발이 남과 뒤바뀌거나 아주 없어지는 꿈도 자주 꾸었다.

학교로 가서 곧 있을 중등교사 자격시험의 공부를 해도 도무지 머리에 들어오지 않았다. 그저 강화중을 만나, 다시 그의 예리한 투시력, 현실을 꿰뚫어 보는 안목에 의한 시원한 이야기를 들어보고 싶었다. 갈증이 날 때 물이 자꾸 켜이듯, 그래서 마시고 싶은 대로 물을 마시고 나면 반드시 배탈이 날 줄을 알면서도, 물을 안 키고는 못 견디듯이 화중이를 만나고 싶었다. 너무 자주 만나면 예비 처남남매 지간이고 뭐고 서로 염증을 느낄 수도 있었다. 그런 것을 알면서도 문근은 화중을 안 만나고는 배길 수가 없었다.

마침 방학이어서 시간은 얼마든지 있었다. 그래서 그는 학교에서 바로, 자전거로 60여 리 길을 달려 강화중에게로 찾아갔다. 다행히 강화중은 집에 있었다. 문근은 농담을 섞어 말했다.

"어이, 처남! 또 무슨 일이 있을까 겁이 나는구나. 장인 장모 한 번 불러 보지도 못하고 끝난 것처럼 말이네. 그래서 미리 처남이라 불러 본다네."

물론 이 말은 화중의 누이 복희와의 혼사가 거의 성사단계에 있지만, 또 일이 뒤틀려 화중을 처남이라고 불러 보지도 못하고 말 게 아닌가, 하는 일말의 불안과 불길한 느낌을 그렇게 나타낸 것이다.

강화중은 뜻밖의 문근의 방문, 그것도 엉뚱한 농담에 입을 벌리고 쳐다봤다. 그러다 화중이 소리를 낮춰 물었다.

"자네한테도 그 신청서 왔지? 그 일 때문에 왔지? 내가 갈까 하다가 아마 자네가 틀림없이 올 것이고, 그러면 길이 엇갈려 서로 허행이 될 것 같아 내가 안 갔더니, 역시 안 가기를 잘했네 그려."

문근은 놀라면서 되물었다.

"그럼 자네한테도?"

"내가 뭐라고 하던가? 비판 세력을 보도연맹이란 올가미로 잡아맬 거라 하지 않던가."

"그래, 처남의 선견지명이 존경스러워!"

"이 사람이 벌써 처남 처남, 하고 와 이라노? 떡 줄 사람이 떡 줄 생각이야 있지만, 그렇다고 자네, 김치국물 미리 너무 많이 마시는 거 아닌가?"

"김치국물이라도 미리 좀 마시자!"

"얼레?"

"그래, 어떻게 할 셈인가, 자네는?"

문근이 말하면서 심각한 얼굴이 되어 화중을 바라봤다. 화중도 표정을 바꾸어 얼굴에서 웃음을 거두었다. 그러고는 한참이나 생각하더니 말했다.

"일단 가입할 수밖에 없겠지. 괜히 가입 안 했다가 더 큰 의심 받기 십상이고, 서울의 유명 교수, 소설가나 시인들도 가입했으니까, 또 완전 전향이 인정되면 탈퇴도 시킨다는 말이 있고."

문근이 화중의 얼굴을 뚫어져라 보고 있다가 숨을 삼키며 물었다.

"무사할까?"

"당장 무슨 일이 생기지야 않겠지. 시국이 어떻게 변해 가느냐가 문제야. 사회가 안정이 되고 현재의 집권세력이 자신을 갖게 되면 별 문제는 없을 것 같지만, 집권세력이 안심할 만큼 사회가 안정이 되겠는가. 어쨌든 우리는 절대 입 다물고 조용히 지내야 하는 부담을 지게 됐네."

"나 참 더어러워서."

"마음에 안 들면 가입 안 하면 되네. 다만 그 뒤의 더 큰 제재가 문제지."

이문근은 정말 불쾌했다.

이게 무슨 꼴인가. 우리가 어째서 보도연맹 같은 단체에 강제 가입해야 하나? 생각하면, 그는 줄을 대어 이 일을 의논해 볼 만한 순경 한 사람, 면서기 하나도 없었다. 학교는 경성사범을 다녔으니 시골에는 은사들도 없었다. 보통학교 때의 한국인 은사들은 어찌 된 셈인지 해방 후 별세하거나 병중에 있다. 나머지는 일본인 교사였다. 일본인들은 일본으로 돌아간 지 오래였다.

"공부나 해 둬, 시험에는 붙고 봐야지."

강화중의 이런 말도 문근은 언짢았다. 마치 듣기에 따라서는 이제 손아래 매제이니 시키는 대로 하라는 투가 은근히 배어 있는 것 같았기 때문이다. 그래서 문근은 씹어 뱉듯이 짤막하게 말했다.

"그만둬! 감시받고 촌구석에서 더 살고 싶지도 않아."

강화중은 정색을 하며 물었다.

"무슨 소리지?"

그러고는 담배를 입으로 가져가다 말고 문근을 바라봤다. 그의 눈에는 문근에 대한 강한 의구의 빛이 어려 있었다.

"서울로 갈란다. 고향이라고 사시장천 붙어 살고 있으니 나중에는…."

"서울에 가도 배운 도둑질은 계속해야 할 거 아닌가?"

"계속해야지, 그럼."

"그러니까 시험이나 쳐서 합격해야지. 자격증은 어디서나 유효한 거니까."

"…."

생각해 보니 화중의 말에는 우정이 있었으면 있었지, 손위 처남이란 저의가 있었던 건 아닌 것 같았다. 신경이 날카로워지니까 엉뚱한 트집을 잡았구나, 문근은 혼자 반성했다. 그러나 그는 방금 강화중이 말한 '배운 도둑질'이란 표현은 마음에 거슬렸다. 다른 생업이라면 그렇게 비유할 수도 있을 것이다. 목구멍이 포도청이란 말은 전날 경찰서에서 문근을 닦아세우고 몰아붙이고 협박 공갈하던 형사가 쓴 말이다. 그만큼 인생은 생계가 무섭다는 뜻이고, 그 생계를 위해서는 도둑질을 바로 하지는 못할망정, 도둑질을 빼고는 어떤 일도 할 수 있다는 뜻일 것이다. 그러나 교육자는 단순히 생계를 위한 수단으로서의 직업이 아니라고 그는 생각하고 있었다. 마치 승려가 생계를 위해 승려 노릇을 해서는 안 되듯, 혹은 신부나 목사가 생계를 위해 신부나 목사 노릇을 해서는 안 되듯 교육자도 생계만을 위해 교단에 서서는 안 된다고 그는 진작부터 생각하고 있었다. 그런데 다른 사람도 아닌 강화중이 예사로 교편 잡는 일을 '배운 도둑질'이라고 표현하다니! 그러나 그것을 구태여 꼬투리잡아 탓하지는 않았다. 그런 걸 따지고 탓하기 위해서 그 먼 길을 자전거를 타고 오지는 않았다. 어쨌든, 그는 교편 잡는 일을 계속할 생각이었고, 그리고 이 고향이라고 하는 지긋지긋한 곳을 실제로 떠나고 싶었다. 사시장천 붙어 있어 봐야 상처밖에 남을 게 없었다. 서울로 가서 새로운 나래를 펴고 새로운 둥지를 틀고 싶었다. 강복희와…. 그런데 우연히 엉뚱한 기억 하나가 떠올랐다. 스스로 말한 사시장천이란 말의 '장천' 탓이었다. 실은 사시장천은 사투리고 사시장철이 표준말이지만.

이곳 덕곡으로 오기 전, 오석국민학교에 있을 때였다. 봄소풍을 갔을 때의 일이다.

일제 때부터 건설해 둔 큰 못, 그 못은 계곡 하나를 온통 막아 굽이굽이 길고도 큰 장천(長川)이란 이름의 못이었다. 그 못가에 소풍을 갔던 것이다. 학교에서 교사들이 점심 준비를 해 갔었다. 6명의 교사에 박충진 교장까지 해서 7명이었으나, 언제나 밖으로 나도느라고 바쁜 교장이 소풍에 참가할 리는 없었다. 점심시간이 돼서 점심을 먹게 되었다. 교사들은 모두 둘러앉아 학교에서 준비한(소사집에서) 음식들을 풀었다. 교장 너구리만 안 보이면 교사들은 서로 눈치도 볼 것 없이 이문근이나 강화중에게 스스럼없이 접근, 친밀감을 나타내곤 하던 터여서 그날의 점심시간도 즐거웠다.

그런데 한 아이가 커다란 됫병 하나를 안고 위험스럽게 교사들 앞으로 왔다. 바로 이문근 반의 학생이었다.

"어? 황장철이, 니 그것 뭣고?"

이문근이 물었다.

"이거예, 청줍니더. 울 옴마가예, 선생님들 갖다 드리라 했어예."

“그래? 이걸 우찌 갖고 왔노?”

“릭구사꾸(륙색)에 넣어 가지고 지고 왔습니더.”

장철이가 두고 간 청주는 탁주를 거르지 않은 진국이었다. 노르스름한 빛의 그 술은 아주 독했다.

장철이란 이름은 마당쇠란 뜻이었다. 하도 자손이 귀한 집안이라, 이름을 마당쇠라고 천하게 지어 불렀는데, 그것을 호적에 올릴 때 면직원이 장철(長喆)로 바꾼 것이다. 그 면직원은 처음 마당쇠를 직역해서 ‘場鐵’로 했다가 마침 창원 황씨의 항렬자가 ‘喆’자여서 좋게 ‘長喆’로 했다고 한다. 그 장철의 아버지 황수복은 사할린으로 징용을 갔으나 돌아오지 못하고 있었다. 같은 마을의 선생이기도 한 이문근의 이런저런 사연을 알고 있는 황수복의 아내가 밀주 단속의 그 위험을 무릅쓰고 정성스레 술을 담가 그대로 이문근에게로 보냈던 것이다. 물론, 이런저런 사연이란 이문근의 아내가 사할린에서 아직 못 돌아온 것이고, 게다가 자신의 남편 역시 돌아오지 못한 것이 동병상련의 정을 느꼈던 것이다. 그날도 이문근은 그 술을 거의 혼자 다 마시듯 해서, 학생들이 다 내려간 뒤에, 강화중과 다른 힘센 선생들의 부축을 받고서야 겨우 집으로 돌아왔던 것이다. 이렇게 술 마시는 것을 교편 잡는 보람이라고는 하지 못할 것이다. 그러나 이문근은 그 술맛, 그 인정, 그 순박을 잊지 못하고 있었다. 따라서 자주 만나 친해 보지도 못한 장철의 아버지 황수복이란 사람도 늘 기억하고 있었다. 이문근보다 훨씬 나이도 많은데, 아내 숙경이 떠나던 날 일본인 모집계원들에 의해 강제 연행되어 화물차에 올려졌던 사람.

“무슨 생각을 한다고 그래 눈을 감고 있는가?”

강화중의 말에 이문근은 정신을 차렸다. 문근이 말했다.

“그때 우리 오석국민학교에 있을 때 장천 못으로 소풍간 거 기억하지?”

“그기 얼마 전 일이라고 기억 못하겠는가? 그날도 자네는….”

“알아. 술이 많이 취했었지. 누가 가지고 온 술이었던가?”

“마당쇠가 가져왔지.”

“그래. 지금 마당쇠 어머니는 어찌 살고 있는지.”

"난들 알 수 있나…. 자네 마을 사람인데 자네가 알아야지…."

"동병상련이란 말처럼 마당쇠 아버지도 화태로 끌려가 못 오고 있으니…."

그날도 문근은 화중의 집에서 늦도록 이야기하고 놀다가 돌아올 때는 오석골로 가서 잤다. 어머니가 또 결혼 문제를 꺼냈으나 문근은 어쩌면 새장가를 가게 되겠다는 말은 하지 않았다. 어머니를 기쁘게 해 드리고는 싶었지만 어쩐지 그런 말을 하기에는 내키지 않는 심경이었다. 왜 그랬을까. 만에 하나 일이 뒤틀어지고 말 무슨 빌미가 안 생긴다고 어찌 장담하겠는가. 어쩐지 그런 예감이 스스로도 방정맞다고 생각될 만큼 자꾸 들었다. 그뿐도 아니었다. 새장가 아니라 헌장가를 든다고 해도, 옆에 붙어 앉아서 이것저것 꼬치꼬치 캐물어 올 어머니가 부담스러웠다.

거처하던 사랑방에다 어머니는 혀를 끌끌 차며 군불을 지폈고, 문근은 아직 냉기가 가시지 않은 방에 몸을 눕혔다. 모처럼 누워보는 방, 아내와 함께 그 짧은 신혼 시절을 보냈던 방, 아직도 구석구석에 아내의 체취와 아내의 손때가 묻어 있을 방에 누우니 새삼스럽게 아내가 미칠 듯 그리웠다.

밤에 문근은 또 꿈을 꾸었다.

아내와 숨바꼭질을 하고 있었다. 소를 먹이러 다니던 앞산이라고도 했고, 나무를 하러 다니던 먼 산이라고 했다. 하기는 문근은 소도 아내와 함께 먹여 봤고, 나무도 아내와 함께 하러 간 적이 있었다. 소를 먹이다 보니 숙경이 없어졌다. 문근에게 주기 위해 산딸기를 따러 갔다고 했다. 그래서 문근은 숙경을 찾아 나섰다. 그런데 문근의 등에는 무거운 나뭇짐이 지워져 쩔쩔 매고 있었다. 숙경이 있는 데로 갔더니, 이번에는 숙경이가 원래 지점으로 돌아가 있었다. 문근은 헛걸음만 했다. 그래서 목청껏 숙경을 부르다 잠을 깨었다.

41

1950년 신학기, 문근은 지난겨울의 중등교사 자격 검정시험에 합격했다. 그러나 중학교 발령이 나지 않았다. 그것은 강화중도 마찬가지였다. 문근은 국어과 자격증을 취득했고 화중은 사회과였다.

자리가 없는 것은 아니었다. 함께 시험 쳐서 합격을 한 같은 과목의 다른 사람들은 시골 학교도 아닌 마산이나 진해 등지의 학교에도 척척 발령이 났는데 문근과 화중만은 예외였다. 박충진 교장의 장난이 원인이라는 설, 보도연맹에 가입된 불온분자이기 때문이란 설, 워낙 실력 있는 교사여서 현재의 국민학교에서 도통 놓아주지를 않기 때문이라는 설 등이 문근의 귀에 들어왔으나 그 누구도 어느 설이 옳은지 확실히는 알 수 없었다. 그렇다고 누굴 붙들고 꼬치꼬치 캐묻기도 쑥스러웠다. 어쩌면 이 세 가지가 한꺼번에 복합작용이라도 하고 있는지 몰랐다.

사실이 그랬다. 너구리 박충진 교장은 이전부터도 학무과의 장학사들을 만나면 입버릇처럼 말하곤 했다.

"요새 젊은 것들하고 같이 못 있겠어. 나를 딴 데로 보내 주든지, 아니면 몇 사람 전출을 시켜 주든지 해야지…."

오만상을 찡그리며 못 해먹겠다고 고개를 내저었다. 그러면 장학사들은 으레 왜? 하고 묻는다. 그때부터 박충진은 입에 게거품을 물고 늘어놓기 시작하는 것이다.

"이건 제 똑똑한 것만 믿고 교장이고 뭐고 마구 해대면서 어른도 아이도 없고, 전부 제멋대로니 어찌 데리고 있겠어. 그런 것들일수록 언필칭 참교육이 어떻느니, 민족정기가 어떻느니, 역사가 어떻느니 하고 떠들면서도 막상 어른 아이 구별은 전혀 안 하는 쇠쌍놈이거든. 교육이란 예절에서 시작해 예절로 끝나는 것일 텐데, 예절은 개 물어 갔고, 꼭 지 고집대로만 할라고 드니, 이런 사람들을 어찌 데리고 한 솥에 밥을 묵노. 하루 이틀도 아니고…."

이런 푸념을 만나는 장학사들마다 붙들고 늘어놓았다. 그러면 반드시 장학사들은 그게 누구냐고 이름을 묻고, 박충진은 못 이긴 체하고 이름까지 넌지시 밝혀 놓곤 했다. 그래서 이문근과 강화중은 오석국민학교를 떠나게 됐던 것이다.

지난번 중등교사 자격 검정시험에서 문근은 응시자 중 수석을 했다. 마침 시험 문제가 문근이 즐겨 읽은 글이나 책에서 출제되었던 것이다. 이희승 선생의 수필 「딸깍발이」에서 남산골 샌님의 기질을 논하라는 문제가 나와 문근은 자신 있게 썼다. 최현배 선생의 『우리말본』도 숙독했었고, 등사판으로 된 조윤제 선생의 『국문학 개설』 등을 읽어 둔 것이 큰 도움이 되었다. 이런 덕택으로 문근은 응시자 중 국어과의 수석을 했다. 당연히 도 학무과 중등계에서는 문근을 중등학교 교사로 발령할 모든 준비를 갖춰 놓고, 도경에 조회를 의뢰했더니 '사상이 의심스러운 자'라는 회신이 왔다. 중등계에서는 현재 재직하고 있는 덕곡국민학교 교장한테 이 문근이란 사람이 도대체 어떤 사람이냐고 물었다. 교장은 아무것도 모르고 이렇게 말했다.

"함부래(절대로) 빼 갈 생각 마이소이! 우리 학교 기둥입니더."

물론 이런 일들은 문근이가 전혀 모르는 사이에 일어났고 진행되었다. 도 학무과에서는 문근을 그냥 둘 수밖에 없었다. 그렇다고 이문근이 직접 부산의 도 학무과로 찾아가서 왜 발령이 안 나느냐고 따지지도 않았으니, 그냥 두기는 아주 쉬웠다. 만약 학무과의 장학사가 덕곡국민학교 장민섭 교장에게

'그게 아니고, 이문근 선생이 검정시험에 합격해서 중등학교에 발령 내려고 도경에 조회했더니, 사상이 의심스럽다고 해서 그럽니다.'

이렇게만 말했어도, 자신도 과거가 있는 데다가 정의감이 있는 장민섭 교장은 아마 십중팔구 이렇게 말했을 것이다.

'사상이 와 의심스러버? 벨소리 다하요! 아, 학생들 잘 가르치겠다, 창의적이겠다, 진취적이겠다…. 이런 사람의 사상이 의심스럽다몬 누가 사상이 온건한 사람인고?'

그도 일제 때 한때는 농민운동에 연루되어 곤욕을 치른 적이 있는 것을 알고 있는 장학사는 두말 않고 입을 닫았던 것이다. 장민섭 교장은 오석국민학교의 박충진 교장과는 차원이 다른 교육자였다.

사정은 강화중도 비슷했다. 강화중 역시 우수한 성적으로 검정시험에

합격했으나 역시 도경의 조회에서 사상이 의심스럽다는 회신이 왔었다. 담당 장학사는 신촌국민학교 교장을 부산에까지 불러 신원조회 결과 강화중의 사상이 의심스럽다는 회신이 왔음을 실토했다. 그러자 교장이 물었다.

"강 선생이 강직한 데는 있어도 안 할 말을 한다거나 하는 경솔성은 없습니다. 유능한 교산데 왜 사상이 의심스럽다고 했을까요?"

장학사가 교장의 귀에다 입을 대고 속삭였다.

"보도연맹에 가입 돼 있습니다."

"네?"

교장이 깜짝 놀라자 장학사가 말했다.

"그래서 열 길 물속은 알아도 한 길 사람 속은 모르는 겁니다."

"그럼 어쩌면 좋겠습니까?"

"중등으로 전보하면 지금 있는 신촌국민학교에서도 쫓겨나고, 중등학교 발령도 못 받고 마니 그냥 두는 게 상책입니다."

"그렇겠네요. 강화중 선생은 뭐라고 합니까?"

"아직 안 만났어요. 인사 기밀을 본인과 의논합니까?"

앞서도 잠시 말했지만, 보도연맹 가입은 강제적이었고 억지가 많았다. 우선 살기 위해서 가입한 사람이 많았다는 얘기다. 자기도 모르게 가입돼 있는 사람의 수도 엄청나게 많았다.

자기도 모르게 가입된 보기를 하나만 들면, 이석근(李碩根)의 경우다. 이석근은 문근의 일가 동생 되는 사람으로 역시 대구에서 학교를 다니고 있었다. 석근은 1948년 대구 농림학교 3학년으로 학생조직인 '민주학생연맹'에 가입, 활동하고 있었다. 민주학생연맹은 요즘 말로 하면 불법단체였고 당국의 눈에는 가시였다. 그는 이른바 학내 투쟁을 하다가 붙들려 민주학생연맹의 조직원이란 게 탄로나면서 구속되었다. 그러다 49년 8월 출감해서도 계속 대구에서 법률 공부를 했다. 그러다 오석골에 내려왔다가 자신이 '보련'에 가입돼 있는 것을 그의 아버지로부터 듣고 처음 알았다.

석근의 아버지는 서에서 석근을 보련에 가입시키라고 했을 때 당연히 반대했다. 학생들이 철없이 동맹휴학한 건 학교에서 처벌할 일인데도 데려가서 징역까지 살렸으면 됐지, 또 보도연맹에 가입해야 하나, 석근의 부친이 그렇게 항의하자, 경찰이 점잖게 충고했다.

"경찰이 못할 짓을 하라고 하겠소?"

그러면서 아들을 보련에 가입시키지 않으면 부자(父子)가 모두 의심을 받을 거라고 겁을 주었다. 정미업을 하면서 돈을 모은 석근이네는 동네에서는 가장 부자였다. 석근의 아버지는 사상을 의심받는다고 위협하는 기세에 주눅이 들어 망설이고 있는데 경찰이 다시 말했다.

"다아 댁의 아들을 보호하겠다는 뜻이요. 여기에 가입해서 2, 3년만 얌전히 지내면 아들에게 전과자란 흔적도 없애 준다니 얼마나 좋은 기회요. 그냥 두면 또 불순분자들이 아들을 꾀어서 어떤 일이 있을지 모를 일 아니요. 자아, 여기에 도장을 찍으소. 설마 우리가 귀한 아들을 잘못 되게야 하겠소?"

그런가 하면 이런 경우도 있었다. 역시 오석골의 이야기다.

지서에서 나온 경찰이 선량한 농민인 박학수에게 말했다.

"당신은 보도연맹에 드는 게 좋겠소."

그러자 박학수는 황송하다는 듯이 말했다.

"그기 뭐하는 긴데 지가 그런 데 들 자겍이 됩니꺼?"

"자격이야 되고도 남지. 당신 친구들 가운데 좌익이 많으니까 당신은 보호를 받아야 한다 말이오."

한참 생각해 보던 박학수가 말했다.

"안 들랍니더. 회비도 낼 끼고…."

"회비 같은 것 없소. 거기에 들어 3년만 지나면 당신 친구들이 잡혀 당신 이름을 대도 당신은 보호를 받는 거요."

이렇게 해서 밑져야 본전이 아니고, 들어두는 게 여러 모로 이로울 것 같아 든 사람도 있었던 것이다. 그런데 그런 사람들도 모두 죽었다.

이와 같은 일은 그 당시 다음과 같은 분위기도 작용해서 더욱 가속도가 붙었던 것이다.

> 사상범은 일벌백계의 엄벌주의로서 임하는 동시에 그 사상의 시정 교화 즉 전향시키는 데 목적이 있다. 그러므로 선량한 국민으로 잘 보호선도 교화하여 내심으로 완전 전향함과 동시에 우리 민족을 절대 지지 육성할 수 있게 할 보호 지도기관을 급속히 국가예산으로 전국적으로 방방곡곡에 설치할 것.

이것은 오제도가 쓴 '국가보안법 실무제도'란 책에 나와 있는 글이다. 이 글을 보면 보도연맹의 강령은 다음 5개항으로 돼 있다.

1. 오등(吾等)은 대한민국 정부를 절대 지지 육성을 기함.
1. 오등은 북한 괴뢰정권을 절대 반대 타도를 기함.
1. 오등은 인류의 자유와 민족성을 무시하는 공산주의 사상을 배격 분쇄를 기함.
1. 오등은 이론 무장을 강화하여 남북로당의 멸족 파괴정책의 폭로 분쇄를 기함.
1. 오등은 민족진영 각 정당 사회단체와는 보조를 일치하여 총력 결집을 기함.(동아일보 1949. 4. 23.)

이 안을 구상했던 당시의 오제도 검사는 뒤에 이렇게 술회한 적이 있다.

"공산주의는 처벌만으론 안 됩니다. 사상의 발전만이 공산주의의 뿌리를 뽑을 수 있습니다. 그래서 나는 전향한 당사자들에게는 전향이라 하지 않고 발전이라 했습니다. 나는 사상 검사로서 좌익을 다뤄 본 경험과 일제 때 대학 시절에 공산주의 책을 탐독해서 얻은 지식, 2차대전 때 나치가 공산주의에 대처한 것 등을 참작하여 이 안을 내놓았습니다. 이를 내무, 국방, 법무부 등 관계기관과 사회지도자들의 동의를 얻어 실시했습니다."

이래서 오제도 씨의 말에 따르면 맹원 수는 1950년 초반에 30만 명이 넘었다. 나중에는 국회 프락치 사건에 연루된 원장길, 김영기 의원, 시인 정지용, 김기림 등이 있었고, 한국에 남아 큰 업적을 쌓은 유명한 소설가 ○○○, 국문학자 ○○○, 평론가 ○○○, 만화가 ○○○ 등이 포함되어 있었다. 그중에서도 좌익계의 거물이었던 정백은 조선공산당 장안파의 핵심인물로 1949년 12월 26일 전향, 50년 3월 1일 보도연맹 3·1절 기념대회에서 명예간사장으로 추대되기도 했었다.

보련의 활동은 대개 이러했다. 일부 적극적인 맹원들은 경찰의 정보원으로서 자수하지 않은 좌익들의 검거에 한몫했다. 그 밖에도 반공시위(49년 11월 6일), 국민사상선양대회(49년 12월 28일), 국민예술제(50년 1월 8일~1월 10일), 문화강좌(50년 4월), 영화강좌(50년 5월), 문학강좌 시낭독회 연극 음악공연(50년 6월 19일~6월 24일) 등 다양한 활동을 했다.

또 50년 6월 5일에는 보련 서울특별시 본부에서 완전히 전향했다고 인정되는 사람 6천 9백여 명을 탈퇴시키기도 했다. 그러나 지방에서는 그런 기회가 주어지지 않아 한 번 가입된 사람은 누구나 피해자가 되었다. 강화중이 듣거나 추측한 말은 다 옳았으나 다만 그들이 지방에서 살았다는 게 문제였다. 특별히 운이 좋아 살아난 사람들도 없지는 않았지만 그 수는 지극히 적었다. 그런 사람들 중에는 학살 현장에서 요행히 살아남은 사람도 있었지만 대개는 큰 배경이 작용해서 위로부터 명령을 받은 하급기관에서 명단을 지워준 경우가 대부분이었다. 또 큰 부자로 보도연맹에 가입된 사람 중에는 쌀이 귀한 당시에 쌀가마니를 몰래 경찰 서장 등 간부에게 갖다 바치고 풀려나기도 했는데, 이 경우에는 다른 무고한 사람이 대신 보충되어야 했다. 그래서 오석골에서만도 모두 희생이 되어 한동네에서 제삿날이 한날 밤에 네 집이나 되었던 것이다.

보련과 비슷한 조직으로 일제 치하에서 사상 탄압의 일환으로 만들어진 '시국대응전선 사상보국연맹'이란 게 있었다. 이것은 1938년 7월 24일

결성된 것으로 사상범 보호 관찰령의 실시와 병행해서 사상범 보호 관찰소의 외곽단체로 탄생했다. 사상보국연맹은 각 관찰소와 협력, 비전향자를 포섭하고 일본 정신 함양, 내선일체 완성, 반국가적 사상의 궤멸, 국책 협력 등을 이념으로 하면서 사상 선도 작업을 추진해 나갔다. 한국의 국민보도연맹이 일본의 사상보국연맹과 일치하지는 않으나 매우 비슷한 것은 사실이었다.

결국 중등학교로 옮겨 가지 못한 문근은 그냥 덕곡국민학교에 근무하고 있었다. 사실 반드시 중학교(6년제)로 가야만 재미있는 것은 아니었다. 다만 이 지긋지긋한 고장을 떠나자면 중학교로 가야 했는데, 그게 뜻대로 안 되어 좀 섭섭했을 뿐 아이들을 가르치는 것은 여전히 재미가 있었다. 게다가 나이가 들었어도 어딘지 이문근과 통하는 데가 있는 장민섭 교장이 1950년 신학기가 되자 더욱 신경을 써 주는 것이 고마웠다.

장민섭 교장은 처음에는 이문근이 다른 학교로 뽑혀 가려는 걸 붙잡은 것만 다행스럽게 생각했다. 그러나 나중에야 알고 보니 그가 중등 검정에 합격하고도 보도연맹 문제로 못 떠났고, 더군다나 아무것도 모르는 교장인 자신이 절대로 빼 가지 말라고 당부까지 했던 게 얼마나 후회스러웠는지 몰랐다. 그래서 그는 이문근에게는 매사 특별한 관심을 가지고 호의를 베풀고 있었다.

1950년으로 접어들자 문근은 시시각각 불길한 낌새를 감지하게 되었고, 눈에 보이지 않는 올가미가 점점 목을 죄어 오는 불안과 위기감을 느끼고 있었다. 그것은 다분히 육감적이고 영감적인 것이기도 했다.

그저 어디든지 훨훨 날아서 이 불길한 올가미에서 멀리 벗어나고 싶었다. 어디든지 자신을 아는 사람들이 전혀 없는 한국 안의 새로운 땅, 그런 땅에서 자기 나름의 이상과 꿈을 개간해 보고 싶었다. 그래서 사람이 사람답게 살아가는 모습을 꽃 피워 보고 싶었다. 그러자면 이 새장 속같이 갑갑한 이 환경, 매일 하루가 다르게 조여드는 듯한 올가미를 벗어나야 하는데 날개가 없었다.

15장

실종과 매몰

42

새장 안에 갇혀 있는 그는 날개가 없는 대신, 더욱 퍼덕거렸다. 그렇게 퍼덕거려야만 순간순간의 불안을 견뎌낼 수 있었다. 6학년을 맡고 있는 그는 매일 아침 일찍 학교로 출근하느라고 퍼덕거렸고, 학교에서는 학생들을 가르치느라고 퍼덕거렸다. 그렇게 열심히, 마치 갇힌 새가 퍼덕거리듯 맡은 일에 온 정열을 다 쏟는 그 순간만은 모든 불안과 갈등에서 벗어날 수 있었다.

학교에서 우리나라 역사를 가르칠 때는 더욱 힘을 쏟았다. 특히 신라의 3국 통일을 가르치는 대목에서는 신라가 당나라를 끌어들인 일에 대하여, 이문근 나름대로의 생각을 차근차근 밝혀주기도 했다. 나라의 통일이란 명목으로 당나라 군사의 말발굽 아래 짓뭉개지는 우리 백성들을 생각해보라고 했다. 외세의 경계를 말하고자 한 것이나 어린 아이들이 얼마나 이해했는지는 알 수 없었다. 고구려의 뒤를 잇는다고 건국된 고려가 드넓은 고구려 땅을 모두 잃어버리고 현재의 국경선인 두만강과 압록강 이남을 겨우 차지하게 된 배경에 대해서도 자세히 이야기했다. 조선조로 넘어와서는 세조 때 이징옥의 반란을 교과서와는 다르게 가르쳤다. 이징옥이야말로 단순한 반역자가 아니고, 잃었던 고구려 땅을 되찾겠다는 포부와 패기를 지닌 남아 중의 남아로 볼 수 있지 않을까, 하는 자신의 의견을 아이들과 함께 생각해 보자고도 했다. 특히 이징옥의 고향이 경남의 양산임을 밝혀주었고, 본관이 인천이었으나 반역자의 일족으로 9족을 멸하는 참화에서도 요행히 살아남은 후손들은 뿔뿔이 흩어져 본관마저 양산으로 바꿨다는 이야기도 해주었다.

그때 철환이는 이문근 반의 6학년이었다. 철환이는 처음 듣는 이야기이므로 눈을 똥그랗게 뜨고는 입을 벌리고 있었다. 그러나 수업을 마친 후 자기의 본관이 인천이란 말은 하지 않았다. 그런 말을 하면 결국 담임인 삼촌이 자기 집안 자랑을 한다는 것으로 오해를 받을 것 같아서였다.

조선조 후기, 나라가 결국 일본으로 넘어가려는 때의 이야기는 교과서보다 더 자세히 가르쳤다. 특히 이완용을 위시한 매국노들과, 민비가 일본 깡패들에 의해 시해되는 장면은 눈물까지 글썽거리며 그가 알고 있는 여러 가지 일화 혹은 비사(秘史)를 함께 곁들여 흥미진진하게 이야기해주었다.

그러나 어느 과목보다도 재미있게, 그리고 열심히 가르친 과목은 국어였다. 사실 그는 영어에도 취미가 있었고 또 영어를 썩 잘했다. 경성사범 1학년 때부터 졸업 때까지 영어 교과서를 처음부터 끝까지 외워가면서 공부한 것이 무엇보다도 실력향상에 큰 도움이 되었기 때문이다. 특히 그것은 회화 공부에 결정적인 힘이 되었다.

그러나 그것은 개인적인 장기일지언정 해방된 조국에 진정으로 봉사할 일은 영어를 가르치는 일이 아니라고 생각했다. 그는 학생들에게 우리의 말과 글과 얼을 옳게 가르치고 바르게 집어넣어 주는 일이 보다 시급하다고 보았던 것이다. 그래서 중등 검정 시험도 영어를 두고 국어를 쳤던 것이다.

그는 무엇보다 우리말을 바르게, 우리글을 옳게 쓸 수 있도록 전심전력을 다했다. 한국 사람은 한국 사람다운 정신을 지녀야 하는데, 그게 평소 쓰는 말과 글에서 우러나온다고 보았기 때문이다. 그래서 그는 학생들에게 일본어의 찌꺼기를 절대 못 쓰게 했고, 의무적으로 일기를 쓰게 했다. 그것을 정기적으로 제출케 하여 꼭꼭 읽고, 붉은 잉크 펜으로 잘 쓴 대목은 밑줄을 쳐서 왜 잘 쓴 것인지를 설명해 주었다. 또 표현이나 맞춤법이 틀린 곳은 그것을 직접 달리 표현해 주고 맞춤법도 일일이 고쳐 주었다.

이문근의 이러한 노력은 해방 직후, 시골 덕곡국민학교 학생들의 언어구사, 글짓기 능력, 맞춤법 등의 실력을 향상시키는 데 결정적인 역할을 했다. 그뿐이 아니었다. 아이들의 거짓 없는 일기를 읽음으로써 학생 개개인의 가정환경, 개성, 정서의 방향 등 여러 가지를 종합적으로 알 수 있어 학생의 생활지도에 그럴 수 없이 큰 도움이 되었다. 특히 다음과 같은 대목의 일기는 문근의 머리속에 지워지지 않을 것처럼 각인되기도 했다.

> 나는 오늘도 똥이 안 나와 욕을 봤다. 선생님이 이 글을 보시면 얼마나 흉을 보실까 걱정이 된다. 할머니가 대꼬쟁이로 홍문(항문을 잘 못 쓴 것임)을 후비어내어도 똥은 쪼끔빠께 안 나왔다. 똥이 안 나오니 아랫배도 아프고 머리도 아픈 것 같다. 똥의 색깔이 염소 똥 맨키로 새까맣기만 했다. 나도 언제쯤이면 다른 애들처럼 누런 똥을 술술 누어볼까. 날마다 먹는 쑥밥, 쑥범벅 때문에 똥이 안 나온다고 했다. 홍문이 째졌는지 지금은 홍문이 아파 교실에서도 걸상에 바로앉기가 힘이 든다.

너무 가난한 집 아이의 눈물겨운 일기였다. 이런 일기를 보면서 문근은 철환이 몰래 눈물을 감춰야 했다.

> 우리 아버지는 첩산이를 얻어 도망을 쳤다. 그래서 어머니는 밤새도록 울었다.
>
> 우는 소리가 씨끄러워 이 일기도 못 쓰겠다. 아버지의 첩산이는 우리 동네 감동아지매다. 감동아재는 내한테 9촌인데, 내가 1학년 때 보국대에 가서 안 돌아왔다. 그런데 우리 아버지는 그 감동아지매하고 도망을 쳐버렸다. 부끄러워 죽겠다.

학교에서 좀 떨어진 동네에 사는 아이의 딱하고도 정직한 일기였다. 일기 쓴 아이가 1학년 때라면 1944년이었다.

의령으로 시집간 우리 누나가 오늘 집으로 왔다. 그러나 참 슬펐다. 왜 그렇느냐 하면 외사촌 누나가 자살했다는 말을 전해 주었다. 외사촌 누나의 이름은 안점옥이다. 참 예뻤는데 내가 1학년 때 데이신따이로 일본에 갔는데 지난 봄에 돌아왔다. 살아 돌아온 것만 해도 우리 아버지는 천오신주(天佑神助의 오해)라고 했다. 우리 누나의 시집은 외가집의 이웃인 때문에 점옥이 누나의 소식을 시집간 우리 누나한테서 들어 오고 있었다. 점옥이 누나가 좋아하는 남자의 이름은 김형개라고 했다. 김형개라는 사람도 화태로 갔다고 한다. 점옥이 누나는 그 김형개라는 사람의 이야기를 우리 누나한테 다 털어놓고, 김형개라는 사람이 돌아오면, 자기는 그 남자한테 시집갈 자격이 없다고 전하라고 하고는 목을 매서 죽었다고 한다. 아버지 어머니도도 이 말을 듣고 모두 눈물을 흘렸다. 나도 슬퍼서 눈물이 흘렀다.

이것은 남창우란 아이의 일기였다. 무슨 이유인지 이문근은 김형개, 안점옥… 이런 이름이 잊혀지지 않았다. 아마 숙경과 자신의 일 때문일 터였다. 조카 철환의 일기는 그중 문장이 매끈하고 맞춤법도 정확했다. 내용에도 인상적인 대목이 있었다.

삼촌은 이제 복희 처녀와 결혼을 하셨으면 좋겠다. 화태로 가신 숙모님이 못 돌아오신다고 한다. 할머니도 할아버지도, 아버지도 어머니도 삼촌의 결혼을 재촉하신다. 나도 삼촌이 술을 많이 잡수시고 어두운 표정을 짓고 계시는 것을 보면 마음이 슬퍼진다. 그래서 복희 처녀가 얼른 나의 새숙모님이 되었으면 좋겠다.

이런 일기들을 보는 것도 큰 보람이었다.

이렇게 열심히 가르친 덕분으로 그해 5월의 중학교 입학시험에는 많은 합격자를 내었다. 마산이나 진주로 가서 좋은 중학교에 입학한 학생도 있었다. 그러나 철환이는 성적이 아주 우수했으나 집안 형편 때문에 함안의 중학교에 입학을 했다.

문근은 또 그때 학교의 교무실에서 종을 편하게 칠 수 있는 방법을 고안해 내기도 했다. 교무실이 교사(校舍)의 중앙에 있었으면, 종을 교무실 밖에 달아 놓고 쳐도 온 학교에 그 종소리가 다 울릴 터였다. 그러나 조그마한 교무실이 교사의 맨 끝인 귀퉁이에 붙어 있어, 교무실 밖에 종을 달아 놓으면 온 교실에 다 들리지 않는다. 그렇다고 종을 학교의 중앙에 달면 사환이 종을 칠 때마다 밖으로 나가야 하는 어려움이 있었다. 겨울에는 추웠고, 비올 때도 여간 불편한 게 아니었다. 그런 것을 문근이, 종을 학교의 중앙에 달아 놓고도 교무실에서 쉽게 칠 수 있도록 고안해 냈던 것이다. 종의 방울 끝에 긴 줄을 매어, 교무실까지 연결해 들이되, 중간중간에 도르래 같은 것을 설치하고 또 고무줄을 연결하기도 해서 희한하게 교무실 창문도 열지 않고, 급사가 책상에 앉아 종을 칠 수 있도록 고안했다. 문근은 불안한 가운데서도 이렇게 보람 있는 학교생활을 하고 있었다.

그러나 초여름인 6월 하순에 충격적인 소식이 들렸다. 그것은 또 전쟁이 터졌다는 소문이었다. 불과 5년 전에도 그놈의 몹쓸 전쟁 때문에 징병과 징용에 끌려간 수많은 사람들이 지금도 돌아오지 못하고 있는데 또 전쟁이 터졌다는 소문이었다.

북쪽에서 38선을 넘어 쳐내려오고 있다는 것이었다. 통일이야 언젠가는 돼야 하고, 그것도 양쪽의 체제가 더 굳어지기 전에 이루어져야 하는 건 옳다. 하지만 동족이 동족에게 총부리를 겨누어 살상하면서 짓밟고 쳐내려오다니, 이건 통일이란 목표가 아무리 정당하고 신성해도 결코 용납할 수 없는 일이라고 문근은 생각했다.

강대국 일본제국주의에 눌려 그렇게나 고생하다가 또 강대국의 힘에 의해 해방이 되더니, 결국 강대국의 입김으로 분단이 된 민족, 그러다 어느 한쪽의 결정이긴 하지만 겨우 스스로 결정한 게 동족상잔의 형제 싸움이란 말인가.

문근은 전쟁의 소식에 한동안 넋을 잃고 있었다. 지구상의 도처에 분쟁이 끊이지 않고 있지만, 이 한반도만은 안전하다고 판단한 나머지 군정으로 이 땅을 지배하던 미군이 떠난 지 얼마나 됐다고 전쟁이 났다는 말인가. 아니, 불과 며칠 전까지만 해도 북쪽에선 여러 가지 이유를 대면서 남북회담을 열자고 했다고 하지 않는가. 그런 북쪽이 기습적으로 침공을 감행해 오다니!

더군다나 이렇게 되면 사할린에 있는 사람들은 어찌 되는 것인가. 아무리 생각해도 더 불리해졌으면 불리해졌지 이로울 수 없으리란 생각이 들었다.

철환은 군(郡)에서 하나밖에 없는 중학교에 입학한 중학생이 되고서도 계속 덕곡의 삼촌 자취방에서 학교를 다녔다. 읍내의 중학교까지는 덕곡에서 다니는 게 훨씬 가까웠기 때문이다.

그런데 사변이 터지고 인민군의 남침 속도가 예상 외로 빨라서 이승만 대통령의 큰소리에도 불구하고 전세는 날로 위태로워지고 있었다. 서울을 사흘 만에 빼앗겼다는 소식이 들리더니 이내 수원 대전까지 차례로 무너졌다. 그러자 학교에서는 조기방학에 들어가 1학년 1학기 시험도 치는 둥 마는 둥하고 그만 집에서 놀게 되어버렸다.

철환은 덕곡에서 오석골 집으로 갔다. 집으로 간 철환은 먼저 어머니에게 복희란 아가씨에 대하여 이야기했다. 어머니는 반색을 하면서 반기더니 이내 할머니에게 알렸다. 할머니가 철환에게 침이라도 꼴딱 삼킬 듯한 호기심으로 물었다.

"철환아, 처자(처녀)가 우찌 생겼더노?"

"얼굴 복판에 코가 세로로 섰고, 코 밑에 입이 가로로 나 있던데예."

철환이 정색을 하고 말하자 할머니는 다시 물었다.

"야야, 시방 머라 캤노? 그기 무신 소리고?"

"머리는 까망고 이빨은 하얗던데예."

그때야 할머니는 철환을 쥐어박는 시늉을 하면서 말했다.

"이 핼미 기 고만 채우고 말해 바라. 니 숙모될 처자가 우찌 생겼더노?"

"다른 건 다 좋은데 한 가지 병이 있다 큽디더."

"병이랑이? 무슨 병이 있는공?"

"오줌을 앉아서만 눈다 큽디더."

이번에는 어머니가 나무랐다.

"이 머스마가 중핵교 가딩이 다 베리뺀 거 앙이가. 할매한테 그기 무슨 말 버릇이고?"

그러나 어머니도 할머니도 함께 웃고 있었다. 철환은 이번에는 좀 과장되게 말했다.

"이름은 강복흰데예, 가라후토로 간 숙모카마(보다) 언충(훨씬) 예뻡니더!"

할머니가 다시 말했다.

"살림이나 살 여자가 짜다라 예뿌기만 하몬 머하노, 복이 있어야제. 여자가 좀 예뿌다 싶우몬 꼭 꼴값을 하니라."

철환이 다시 말했다.

"안 예뻐도 꼴값만 합디더. 그라고 이름도 복희라서 그런지 복이 있게 생겼습디더. 부끄럼도 많이 타고예."

어머니가 말했다.

"숙모가 될 사람을 니가 머한다고 그리 꼼꼼시리 봤더노?"

할머니가 말했다.

"하모 꼼꼼시리 봐야제. 이름이 복희라고 다 복이 있으까마는, 우짜든지 너그 삼촌만 좋다 쿠몬 됐제. 만분 다행이다."

철환이는 복희가 음식 솜씨가 있더라는 말과, 삼촌이 마음에 들어 하는 것 같더라는 말도 했다.

"그런데 난리가 났는데 결혼을 하겠습니꺼?"

철환이 말하자 할머니가 나무랐다.

"난리 났다고 시집 장개 몬 가는 벱이 오데 있더노? 처자 성씨가 강씨라 캤나?"

"예, 전에 오석국민학교에서 삼촌캉 같이 있던 강화중 선생님의 여동생 입더."

"그래? 집안도 괜찮다!"

할머니는 이렇게 말하고 혼잣소리처럼 중얼거렸다.

"둘이 삼시로(살면서) 하나가 아푼 거로 봤으몬 봤제, 혼자 사는 거는 몬 보겄더라…."

지난날 문근의 병고를 떠올린 말이었다.

그러자 할머니의 성급한 주장에 어머니가 제동을 걸었다.

"그래도 어무이, 가실(추수)이나 하고 대사를 쳐야 안 되겠십니꺼?"

"그래, 사람만 정했으몬 대사사 쪼매이 늦어도 안 갠찮컸나."

"우짜든지 새 동서 본다 쿠이 좋기는 좋건마는, 가라후토로 간 동서는 우찌 됐을꼬예?"

어머니가 이렇게 말하자 할머니가 한숨을 휴우 쉬면서 받았다.

"이왕 못 올 사람, 생각지도 말자. 즈그 친정에서도 오죽이나 답답컸노? 쯧쯧. 문근이가 새 사람 들랴도(들여도) 개성 며느리는 평생 몬 잊을 끼다."

들려오는 전쟁 소문은 날마다 사람들의 마음속을 걱정과 두려움으로 채우고 있었다. 국군은 어디까지 밀려올지 모를 지경이었다. 유엔에서는 군대를 한국에 파견한다고 했으나 쉽게 도착하지 않았다. 벌써 서울 쪽에서 내려온 피난민들이 시골구석까지 찾아오고 있었다. 물론 그들은 연고를 찾아 온 사람들이었다.

43

문근은 방학을 하고서도 내처 덕곡의 자취방에서 혼자 머물러 있었다. 오늘은 종일 가만히 누워서 책만 읽었다. 루소의 소설 『에밀』이었다. 교육자로서 한번 읽어 볼 만한 것이라고 생각되어 일어판을 사 둔 지가 오래된 책이었다. 소설이라고 하지만 소설 형식을 빌린 일종의 교육론이었다. 사범학교 시절에 배운 루소의 주정적 자연주의 사상을 인간 형성 과정에서 전개시키고 있었다. 책머리에 '조물주에게서 태어날 때에는 모든 것이 선하다. 인간의 수중에서 모든 것이 나빠진다.'라는 명제가 인상적이었다. 에밀을 고아로 설정하고 이상적인 가정교사의 지도로 사회의 나쁜 영향에서 격리된 시골에서 자라게 하는데, 이 글의 최후의 목적은 사회 속에서 생활하는 자연인의 자연스러운 성장인 것 같았다. 이것은 실천론이기보다는 원칙론이요, 이상론이지만 이문근에게 많은 것을 생각하게 하였다. 따라서 어린이 교육에 임하고 있는 자신을 돌이켜 보게 했고 반성할 기회를 주었다.

이어서 4부에서는 루소의 사상이 집중적으로 나타나 있었다. 기성 종교를 부정하고, 자기가 발견한 신에 대한 치열한 사랑이 서술되어 있었다.

삶의 새로운 가치관을 안겨주는 신을 발견하는 사람은 어떤 계기, 어떤 동기에서 그런 것이 가능해질까. 매사가 우울하고 매일이 불안하기만 한 이문근은 루소가 정성을 다해 바칠 수 있는 구원의 신을 자기도 발견할 수 있었으면 좋겠다고 생각했다. 신에 대한 사랑이 아니라도 좋았다. 모든 것을 던져 사랑할 수 있는 대상이 현실적으로 눈앞에 있다면 그 또한 이 어려운 삶의 터널을 지나는 데 큰 힘이 되리라 생각되었다. 신에 대한 사랑이 아니면 이성에 대한 사랑이라도 필요하다는 걸 절감했다. 그러나 그것이 자기가 가르치는 어린이들만일 수는 없었다. 그는 교직을 단순한 직업이 아닌 천직이어야 한다고 생각한 것이 조금은 가식이 아니었나 하고 다시 반성해 봤다. 그러다 어제 저녁의 일을 곰곰이 떠올려봤다. 그것은 작은 행복이었다. 웃지 못할 희극을 연출한 어제 저녁답의 일이.

막 저녁을 하려고 쌀을 씻고 있는데 옆에서 인기척이 났다. 얼른 눈을 들어 보니 복희가 쟁반에다 뭣인가 담아 들고 얼굴을 붉히며 서 있었다. 그사이 몇 번인가 와서 밥을 해놓기도 하고 방 청소나 빨래를 해놓기도 했지만 그건 언제나 문근이 방을 비웠을 때였다. 그런데 이날은 연방 김이 모락모락 오르는 것 같은 쟁반을 들고 웬 일인가.

문근은 얼른 몸을 일으켜 물에 젖은 손을 수건으로 닦으면서 말했다.

"아이구, 복희 씨 오셨습니까?"

복희는 더욱 귓불을 붉혔다. 시골 아가씨답지 않은 그녀의 새하얀 피부가 눈이 부실 지경이었다.

"이거 좀 자셔보라고 어무이가…."

말끝도 맺지 못하였다. 그녀가 갖고 온 것은 부추와 풋고추를 밀가루 반죽에 섞어 구운 부침개였다. 문근이 그것을 받으며 말했다.

"잠깐 올라오십시오. 오빠 소식도 들을 겸."

강화중이 벌써 보름 가까이나 소식이 없었기 때문이다.

"오빠 오늘 오실 낀데예."

그러면서 그녀는 조심스럽게 쪽마루에 걸터앉았다. 문근은 젓가락을 가지러 도로 부엌으로 나왔다가 들어가면서 그녀를 방으로 안내했다. 그녀는 얼른 주위를 한번 살피고는 순순히 방으로 들어왔다. 문근이 방문을 닫아버렸다.

방문을 닫아버린 것은 괜한 소문을 꺼렸기 때문이다. 동네가 원체 말이 많아서 문근이 덕곡으로 온 지 오래 되지도 않았는데 그의 귀에는 온갖 되잖은 소문이 다 들렸다. 동네 사람들은 무책임하게 하나같이 꼬리처럼 무슨 소문이라도 달고 다녔다.

누구의 딸이 누구와 어디에서 만나고 있는 걸 봤다느니, 마산 여학교에 다니는 곰바구(熊岩)의 어느 처녀는 내를 건너다 폭우에 갑자기 냇물이 불어버린 바람에 오도가도 못 하게 된 것을 누구가 구해 주어서 지금 그와 어떤 관계라느니….

이 폭우에 의한 홍수 광경은 문근이도 보았다. 지난 5월이었다. 자취방에서 그는 들었던 것이다. 여름 소나기처럼 내린 폭우로 한내[大川]에 갑자기 물이 불어 여학생 하나가 한내 가운데서 오도가도 못 한다는 것이다. 그 말을 들은 문근은 부리나케 한내까지 나가봤다. 폭이 100미터는 되게 넓은 한내의 중간쯤에 과연 여학생 하나가 서 있었다. 커다란 돌의 징검다리가 놓여 있는 내여서 웬만한 비에는 그 징검다리가 잠기지 않았다. 그 내는 덕곡과 곰바구[熊岩] 사이에 있었다. 냇물은 점점 불어나 그 여학생은 이제 허벅지까지 물에 잠겼다. 징검다리 돌 위에 서 있었는데도 그랬다. 한발만 움직여 내의 바닥에 서면 물이 허리 위까지도 닿을 터였다.

물살이 무섭게 세었다. 아무도 들어갈 수 없었다. 냇가의 둑 위로 모여든 덕곡 사람들은 모두들 발만 동동 구르고 있었다. 문근은 자신이 모험을 해볼까 망설였다. 마침 그때 건장한 남학생 하나가 굵은 밧줄을 어깨에 메고 나타났다. 줄다리기용 밧줄이었다. 밧줄을 둘둘 말아서 어깨에 걸치고 온 그는 둑의 위쪽으로 한참이나 걸어 올라갔다. 그러고는 굵은 수양버들 둥치에다 밧줄의 한 끝을 매었다. 다른 끝을 허리에 감아 매고는 냇물 속으로 들어가 떠내려오면서 비스듬히 안쪽으로 헤엄쳐 들어갔다. 사람들은 모두들 손에 땀을 쥐며 그 용감한 남학생이 여학생을 무사히 구출해내기를 빌었다. 그사이에도 냇물은 무섭게 불어나 여학생은 이미 허리까지 물에 잠겨, 그 거센 물결에 몸을 지탱하기도 어려웠다. 드디어 남학생은 무사히 여학생 앞에까지 접근해 갔다. 그러자 바로 그 순간, 여학생은 기어코 물살에 몸의 중심을 잃고 쓰러졌다. 그러나 남학생이 마치 맹수가 먹이를 덮치듯 물속에서 몸을 솟구쳐 여학생을 덮쳤다. 그러나 남학생은 여학생과 함께 물속으로 잠겼다, 물위로 떠올랐다 하며 떠내려갔다. 사람들은 혀를 차며 발만 동동 굴렀다. 그런데 드디어 남학생이 자기 몸을 묶었던 밧줄로 그 여학생마저 함께 묶었다. 둘은 한 덩어리가 되어 몇 번씩이나 물에 잠겼다 솟았다 하며 차츰 둑으로 가까이 오고 있었다. 이윽고 둑까지 나왔다. 둑으로 나오자 여학생이 입에서 물을 토하며 쓰러졌고, 남학생도 그대로 벌렁 드러누워 버렸다. 밧줄에 묶어 한 덩어리가 된 채였다. 덕곡의 어른들이 밧줄을 풀어주고 쓰러진 남녀를 각각 업고 그 자리를 떠났다.

문근은 돌아오면서 문득 그 남학생의 용기가 참 부럽다는 생각을 했다. 그러면서 자신에게도 지금 이런 폭우와 홍수가 바로 앞을 막고 있다는 생각을 했다. 그러나 자신의 앞을 가로막고 있는 홍수는 아까 그 남학생처럼 밧줄을 몸에 감고 들어가지도 못할 그런 홍수가 아닌가. 그래서 그 물속에 있을 숙경을 그냥 둔 채 복희라는 여자에게 하릴없이 눈길을 보내고 있는 자신이 한없이 밉고 불쌍해 보였던 것이다. 후딱 현실로 돌아온 문근은 그 여학생과 남학생이 지금 어떤 관계다… 하는 소문은 충분히 그럴 수도 있을 것이라고 생각했다.

그러나 누구 집, 혼자된 며느리와 그 집 머슴이 밤에 보리밭에서 나오는 걸 봤다는 등의 말은 믿자니 망측스러웠다. 그렇다고 쓸데없는 소리! 하고 나무라면

"내가 뭣이 답답해서 헛소리 하겠노? 이 두 눈으로 똑똑히 보고, 이 선생한테만 처음으로 발설하는데. 내 말은 그런 젊은 과부들은 시집에서 붙들고만 있다고 좋은 기 앙이고 놓아줘야 한다 그 말이다!"

하고 흥분하는 동료 교사들을 보면, 정말 얼마나 마음 놓고 살기가 힘든 세상인지를 생각하게 했다.

그래서 어제, 문근은 복희가 방으로 들어오자 방문을 닫았던 것이다. 게다가 마침 주인집에서는 모두 들에 나가고 없었지만 곧 돌아올 시간이기도 해서 그렇게 한 것이다. 문근이 부침개를 집으면서 말했다.

"같이 좀 드시지요."

"아니예, 저는 먹고 왔습니더."

복희는 고개를 들지도 못하고 조심스럽게 말했다.

문근은 맵싸한 부침개를 먹으면서 술이 한 잔 있었으면, 하는 생각을 했다. 고개를 숙인 채 한쪽 무릎을 세우고 다소곳한 모습으로 앉아 있는 복희에게서는 무슨 향내가 풍기는 듯했다. 화장품 냄새인지, 아니면 성숙한 여자에게서 본래부터 풍기는 냄새인지 구별할 수는 없었지만 정말 오랜만에 맡아보는 향긋한 냄새였다. 우직하리만치 스스로를 절제해온 문근이었다. 항상 엉뚱한 데가 있는 문근에게는 이렇게 굳게 본능을 억제하고 있는 일 자체도 그 엉뚱한 기질의 한 부분인지 몰랐다.

문근이 복희의 모습을 한참 동안이나 유심히 살펴보고 있다가 천천히 말했다.

"내가 없을 때 방청소도 해주시고 밥도 해주신 일, 늘 고맙게 여기고 있었습니다."

빨래를 해준 일은 말하지 않았다. 하기는 속옷이야 손수 빨아 입고 있었으므로, 그나마 덜 미안했지만 빨래를 해줘서 고맙단 말은 어쩐지 하기가 쑥스러웠던 것이다.

"대단치도 않은 일인데예…."

"오빠가 나를 복희 씨와…."

문근의 이 말에 벌써 복희는 다시 볼이며 목덜미까지 붉어지고 있었다. 그런 복희가 기어드는 소리로 말했다.

"선생님만 괜찮으시다면 저는…."

문근이 그녀 곁으로 다가앉으며 무릎에 모아 쥐고 있는 복희의 하얀 손을 두 손으로 눌러 잡았다.

복희는 얼굴을 더욱 깊이 숙인 채 가만히 있었다. 순간 숙경의 모습이 복희 얼굴에 겹쳐져 나타났다. 숙경은 웃는 것도, 그렇다고 우는 것도 아닌 야릇한 표정을 짓고 있었다.

문근이 정신을 가다듬듯 가볍게 머리를 흔들었다. 그러자 이번에는 또 하나의 기억이 떠올랐다.

해방 전 학창시절, 문근이 숙경을 데리고 산사를 찾았던 날, 문근은 그 절 방에서 숙경을 안고 속삭였던 것이다.

"사랑해! 숙경이가 없는 세상이라면 살고 싶지도 않아."

그러자 숙경은 숨을 할딱이며 겨우

"저두요."

했던 것이다. 그런데 숙경이 없는 세상에 그는 살아 있고, 지금 다른 여자를 얻으려 하고 있다!

복희에게도 똑같은 소리를 할 수 있을까. 해도 괜찮을까. 이것이 과연 사람 사는 모습인가….

그는 복희의 하얀 두 손을 자신의 손으로 잡은 채 한참이나 눈을 감고 있었다. 그러다 복희의 귀에 대고 말했다.

"고맙습니다, 복희 씨."

"그냥 복희라고 하시이소."

그녀는 처음으로 얼굴을 들어 문근을 바라봤다. 하기는 문근이 금년에 35살인데 비해, 복희는 겨우 스무살이었다. 스무살밖에 안 됐는데도 과년한 처녀라고들 하고 있었다. 문근은 팔을 벌려 복희를 조용히 감싸 안았다. 문근은 복희를 보듬고 눈을 감았다. 복희의 머리에선가 아주 향긋한 냄새가 더 강하게 코끝을 자극했다. 그러자 문근의 본능이 그의 내부 깊숙한 곳으로부터 맹렬한 기세로 얼굴을 내밀며 눈을 부릅떴다.

그때 사립문께로부터 딸랑딸랑 소의 목에 달린 요령소리가 울려왔다. 들에 나갔던 주인집 사람들이 돌아온 것이다. 복희가 화들짝 놀라며 그의 품 안에서 빠져나가려 했다. 문근이 복희의 귀에다 대고 속삭였다.

"가만히 있어요. 내 이야기를 들어요."

그러더니 큰 소리로 말했다.

"그래, 오빠가 이 희귀한 책을 갖다 주라고 했어요?"

그래놓고는 작은 소리로 속삭였다.

"예, 하고 큰 소리로 답해요."

복희가 한술 더 뜨며 답했다.

"예, 어제까지 갖다드리라는 걸 깜빡 잊고 오늘에야 가져왔습니더."

"이 책은 문을 열어놓고 보면 왜 안 될까?"

문근이 복희를 살그머니 놓아주며 눈을 껌뻑하자, 이번에도 복희가 잘도 받아 넘겼다. 복희는 임기응변이 비상한 아가씨였다.

"하도 오래된 책이라서 바깥바람이 들어오면 책장이 잿가루맨치로 삭는답니더. 그래서 절대로 바깥에서는 보시면 안 된다고 했어예. 방에서만 문을 닫고 보시고, 다 보시면 꼭 돌려도라고 하셨습니더."

문근은 복희의 기지에 혀를 내두르면서 만족한 표정을 온 얼굴에 담아 복희에게로 보냈다.

공범, 공범의식, 공범의식이 가져다주는 일체감과 신뢰감…. 이런 것을 만끽하며 문근이 다시 말했다.

"오빠가 오늘 내한테서 저녁 먹기로 했다고요?"

"예, 그래서 제보고 선생님한테 미리 가서 밥을 해놓으라고 하셨어예."

문근은 역시 그 오빠에 그 누이로구나, 감탄하면서 복희를 만난 것은 역시 하나의 행운이라고 스스로에게 다짐하고 있었다. 자꾸 떠오르는 숙경의 생각을 애써 머리속에서 지우듯.

복희가 머리와 옷맵시를 매만지면서 살그머니 문을 열고 나갔다. 문근도 뒤따라 나왔다. 그러나 밖에는 아무도 없었다. 소만 그 큰 눈을 디룩거리면서 주인집 부엌 앞 뜨물통에 주둥이를 처박고 꿀꺽꿀꺽 물을 마시고 있었다. 그런 소의 배가 북통같이 불렀고 고삐는 양 뿔에 잘 감겨 있는 걸로 봐서 소 혼자 풀을 뜯다가 집으로 내려온 모양이었다. 소나 염소까지 누가 몰고 오지 않아도 해가 지면 제 발로 집으로 돌아오곤 했다. 문근은 사람이라고는 아무도 없는데 괜히 복희와 헛소리를 주고받은 게 멋쩍었지만 그러나 얼마나 다행스러웠는지 몰랐다.

복희는 아까 올 때와는 달리 말로 표현하기 어려울 만큼 정다운 눈길을 보내면서 급히 사립을 나갔다.

한참 뒤에 주인집 사람들은 논에서 돌아왔고 문근은 혼자 밥을 해 먹었다.

강화중이 문근에게로 와서 저녁을 같이 먹겠다는 말은 거짓말이었지만, 그가 온다는 말은 거짓말이 아니었을 텐데도 그는 끝내 오지 않았다.

전쟁이 나서 전세가 날로 불리해지고 있었지만 모처럼 어젯밤은 문근이 유쾌한 기분으로 지냈던 것이다. 순전히 복희 덕분이었다. 그리고 오늘은 종일 누워서 루소가 쓴 『에밀』을 읽고 있었다. 그러다 문득, 강화중이 또 생각났다. 보름째나 소식이 없을 이유가 없는데 왜 강화중은 어제도 오지 않았을까. 이런 생각을 하고 있자 책을 떠난 잡념이 우연히, 정말 우연히도 엉뚱한 생각을 몰아왔다. 그것은 책의 제목인 『에밀』에서 연상된 것으로, 프랑스의 작가 에밀 졸라가 떠오른 것이다. 드디어 연상은 발전해서 에밀 졸라의 유명한 논설 '나는 탄핵한다.'란 말로 이어졌고, 에밀 졸라가 그런 글을 쓰게 된 동기인 '드레퓌스 사건'에까지 생각이 미쳤다.

드레퓌스란 사람은 프랑스의 군인이다. 독일 국경 가까운 알자스 태생의 유태인이다. 그가 11살이 되던 해인 1870년 보 · 불 전쟁에서 프랑스는 패배했다. 고향 알자스는 독일 영토가 되고 말았다. 그는 이런 현실을 보고 정치(전쟁)가 개인의 삶에 미치는 영향이 너무 큰 데 대하여 깊이 생각하게 되었다. 그리고 불의가 정의를 이길 수도 있다는 것을 깨달았다. 그래서 군인이 되기로 결심하고 나이 들자 입대했다. 31세 때인 1890년에는 포병대위로 승진하여 참모 본부에 근무하고 있었다.

근무 중인 1894년 독일에 군사 기밀을 팔았다는 혐의로 체포되어 군법회에 회부된다. 그러나 그는 아무 죄도 없었다. 프랑스군 참모본부 정보국이 프랑스 주재 독일 대사관의 우편함에서 훔쳐낸 한 장의 편지가 문제의 발단이었다. 그 편지는 프랑스 기밀문서의 명세서였는데, 그 필적이 드레퓌스의 것과 비슷했다. 당시 독일 대사관은 스파이 활동의 거점이었고, 프랑스 정보국은 프랑스 내의 독일 스파이를 잡으려고 혈안이 되어 있던 중이었다. 이런 상황에서 그는 억울하게도 필적이 비슷하다는 이유 하나로 엄청난 혐의자가 되었다. 게다가 그는 유태인이었다. 당시 프랑스 내에서는 반유태주의자들이 각계 각층에서 군부와 손을 잡고 보수 집단을 형성하고 있었다.

마침내 드레퓌스는 1894년 비밀 군사 재판에서 종신형을 선고 받는다. 1895년 2월, 그는 아무도 모르게 아프리카 기니아의 적도 해안에 있는 악마도라는 고도로 끌려가 단독감방에 유폐된다. 발에는 족쇄가 채워진 채 살인적인 무더위와 싸워야 했다.

한편 프랑스의 신문들은 연일 이 사건을 경쟁적으로 보도하면서 진상을 공개하라고 했다. 각 신문은 매일 드레퓌스에 대한 온갖 날조된 혐의와 근거 없는 추측 죄상을 대서특필로 보도했다. 이제 참모 본부가 드레퓌스의 유죄를 입증하지 못하면 그 위신이 땅에 떨어질 판이었다. 그런 와중에 드레퓌스는 변명 한 마디 할 기회도 얻지 못한 채 비밀군사재판에서 종신형을 받았던 것이다. 참모 본부는

"국가 안보를 위해 증거는 공개할 수 없다. 증거를 공개하게 되면 독일과의 전쟁을 각오해야 한다."

는 거짓말로 사태를 얼버무려 나갔다. 1년 넘게 세월이 흘렀다. 이제 드레퓌스라는 이름은 세인의 기억 속에서 차츰 사라져 가고 있었다. 그런데 정보국 피카르 중령이 또 다른 스파이 사건을 조사하는 과정에서 우연히 드레퓌스 사건의 서류철을 보게 되었다. 거기에는 드레퓌스의 유죄를 인정할 만한 증거가 아무것도 없었다. 그리고 결정적인 것은 문제의 그 군사기밀 명세서의 필적이 보병대대장 에스떼라지 소령의 것과 똑같았다. 피카르는 정의감과 책임감이 강했고, 드레퓌스와는 군사전술학교 동창생이었다.

피카르는, 평소에도 동생의 무죄를 주장하면서 백방으로 동생을 구출하려고 애쓰고 있는 드레퓌스의 형 마티외와 이 일을 의논하고, 진상을 군사 상부에 보고했다. 그러나 군고위층은 피카르에게 이미 지난 일을 새삼스럽게 건드리지 말라고 엄중히 경고했다.

"도대체 뭣 때문에 이 유태인을 위해 그렇게 애쓰나? 국방장관과 참모총장이 이 사건은 종결됐다고 했으면 그게 진실이야! 자네만 입 닫고 있으면 아무도 몰라!"

그러나 그는 상관의 위협에 굴하지 않고 변호사와도 의논하고 상원의원 한 사람에게도 이런 사실을 알렸다. 이래서 군법 회의가 다시 열렸다. 그런데도 군부의 위신을 국가안보와 동일시한 군고위층의 아집과 독선은 드레퓌스에게 또 유죄를 선고했다.

사건은 눈덩이처럼 커져 프랑스 국내뿐만 아니라 전 세계의 이목을 집중시켰다. 이제 드레퓌스 개인의 명예회복의 차원을 떠나, 프랑스 국가의 명예가 걸린 것으로 확대되었다. 국내에서도 군인, 종교인, 정치가, 문화인, 학생 일반에 이르기까지 모두 흑백의 두 파로 갈라졌다. 즉 군부의 처사를 지지하는 보수 세력과, 군부 및 그 일파를 규탄하는 자유주의 및 진보주의 세력으로 양분되어 격렬한 논쟁을 연일 벌였다. 한편 에스떼라지는 돈 많은 과부들을 유혹하여 날마다 쾌락과 방탕한 생활을 하면서도 앙리 중령과 공모하여 연일 드레퓌스의 엉터리 죄상을 신문사에 제보했다.

이때 특히 문인들과 지식인들은 법률의 이름으로 가해지는 박해와 정치적 협박에 굴하지 않고 끝까지 투쟁했다. 그 대표적인 인물이 에밀 졸라였다. 이 무렵에 그의 유명한 선언 '나는 탄핵한다.'가 신문에 보도되었다. 이 글은 사회에 커다란 파장을 일으키며 더욱 큰 물의를 빚었다. 이 글은 에밀 졸라가 대통령에게 보내는 공개장 형식의 논설이었다. 졸라는 이 글 때문에 붙잡혀 1년의 금고형과 3천 프랑의 벌금형을 받았고, 나중에는 영국으로 망명하는 신세가 되기도 했으나 끝내 신념을 굽히지 않았다.

그러나 1898년 8월 30일 예기치 못한 사건이 일어났다. 일찍이 피카르 중령을 모함하기 위해 에스떼라지와 짜고 문서를 날조했던 참모본부 앙리 중령이 사건의 진상이 차츰 발각될 위기에 몰리자 자살을 해버렸다. 그동안의 모든 음모와 거짓은 모두 드러나고 말았다. 이로써 참모본부의 위신은 땅에 떨어지고 대세는 끈질기게 재심을 요구하는 자유 진보주의자들 쪽에 유리하도록 돌아갔다.

이리하여 1899년 6월 3일 고등법원은 1894년의 첫 재판이 무효임을 선언하고 재심을 명령했다.

이런 우여곡절 끝에 드디어 드레퓌스는 1906년 7월 12일 최고재판소로부터 무죄를 선고받고 명예를 회복, 군에 복귀했다. 1894년부터 1906년까지 만 12년을 끌어온 사건이 막을 내린 것이다.

이 사건은 프랑스 국론을 분열시켜 정치적으로 대혼란과 위기를 초래하기도 했으나, 프랑스의 자유와 민주주의에 대한 양심과 저력을 과시한 일대 쾌거이기도 했다. 또한 역사의 발전이란 언제나 진보적 세력의 용기와 신념에 의해 이루어진다는 것을 후세에 교훈으로 남기었다.

문근이 일찍이 읽어 알고 있는 이러한 프랑스의 역사를 통해서 깨달은 것은, 지식이 지식으로 끝나면 그것은 비겁이 되지만, 지식이 행동 곧 실천으로 연결되면 역사를 바로잡는 힘이 된다는 것이었다. 그는 오늘도 지식은 실천과 병행해야 한다는 것을 깨닫게 했다.

그러나 오늘의 문근은 그 지식을 실천할 상황도 아니었다. 그 자신을 모함한 많은 이들이 한국의 신판 에스떼라지나 앙리처럼 여겨졌고, 한국에는 단 한 사람의 피카르나 에밀 졸라도 없는 것 같았다.

44

이날도 그럭저럭 해가 지려고 할 때였다. 그때 바로 강화중이 땀을 뻘뻘 흘리면서 나타났다. 그러나 그의 표정에는 반가움보다 뭔가 수심이 가득했다. 다가온 강화중이 인사도 없이 바로 말했다. 이런 일은 처음이었다. 그는 바로 이 한 마디를 하기 위해 수십 리를 단숨에 달려온 것 같았다. 온 얼굴이 마치 소낙비를 맞고 안 닦은 것처럼 땀투성이가 되어 있었다.

"아무래도 수상해!"

강화중은 땀을 훔치면서 목소리를 낮추었다. 은밀하고 긴장된 말투였다.

"경북 문경에 내 고종형님이 살거든. 부부가 어제 왔어. 처가가 우리 동네에 있어. 처가에 오면 꼭꼭 우리 집에도 들르거든. 그 형님의 말씀이 문경군 내의 모든 보도연맹원들을 지서를 통해 싹 불러 모았다는 거네. 불러 모은 사람들을 경찰서로 데려가 하룻밤 재웠는데, 가족들이 면회를 가자 밥을 굶고 있으니 밥을 집에서 해다가 먹이라고 했다는 거네."

문근이 화중의 말을 가로막았다.

"누가 그랬단 말인가?"

"경찰이 보도연맹원 가족을 보고…."

"그래서?"

"집으로 돌아와 밥을 해가지고 서너 시간 뒤에 다시 경찰서로 갔더니 수백 명이나 되던 사람들이 그사이에 싹 없어졌더라는 거네."

"다 어디로 갔는데?"

"글쎄, 들어 보라니까. 그 많은 사람들을 산으로 데리고 가 모두 총살을 시켜버린 거네."

"말도 아닌 소리 ! 그런 소릴 누가 하더라고?"

"어제 문경에서 온 내 고종형님이 전하는 말이라고 하니까! 내가 허튼 소리 하려고 여기까지 들숨날숨하면서 달려왔겠나?"

"그게 사실인가?"

문근은 절망적인 소리로 확인하듯 물었다.

"가족들이 울고불고하면서 총소리가 난 산으로 올라갔는데, 고종형님도 같이 산으로 올라가봤다는 거네."

"그랬더니?''

"올라가는데, 위에서 군복 입은 사람들이 올라오지 말라고 고함을 치더라네."

"군복을 입었어? 군인이란 말인가?"

"그야 모르지. 전시니까 경찰도 군복을 입을 수 있고…. 그러나 그게 문제가 아니고, 남편을 찾겠다고 끝까지 산 위로 올라가던 부인이 산 위에서 쏜 총을 맞아 죽는 걸 우리 고종형님이 직접 봤다는 거네."

문근은 말을 더 할 수가 없었다. 가슴이 마구 뛰는 걸 억제하면서 화중의 다음 말을 기다렸다.

"그래서 고종형님은 장모의 제사이긴 하나 흉한 일을 봤으므로 제참사(祭參祀)는 못하고, 대신 이런 소식을 나에게 전하기 위해 왔다는 거네."

"자네가 보도연맹에 가입한 줄 알고 있었나?"

"알고 있었지. 전에 내가 만나서 이야기했거든."

문근이 작은 소리로 물었다.

"여기서도 그런 일이 일어난다 그 말인가?"

"국군이 후퇴하고 있는 모든 곳에서 그런 일이 벌어지고 있다고 했네. 형님 말에 의하면, 충청도를 위시해서 전라도, 경북의 각지에서도 이런 일이 벌어지고 있다네. 전국적인 현상이라고 봐야 하네."

"그렇다면…."

"경남의 각 경찰서에서도 이미 보도연맹원을 불러들이고 있다는 소식이야. 거창, 산청, 함양, 진주…. 그런데 이미 일을 저지른 경찰서도 있는 것 같네. 다만 모든 맹원이 이런 일을 아무도 모르고 있네. 자네도 내가 말 안했으면 모르고 있을 것 아닌가?"

화중은 침통한 눈빛으로 문근의 창백한 얼굴을 바라봤다.

"그건 그래!"

"진주 경찰서에서도 보도연맹원을 모두 불러다 며칠씩이나 가두어 두었다는 소문이야. 갇혔던 사람에게 밥을 날라다 준 가족들이 이야기를 들었는데, 거기서도 갑자기 갇힌 사람들 수백 명이 온데간데없이 사라졌다는 거네. 내 고종형님이 말한 문경 경찰서와 모두 같은 현상 아닌가. 우연의 일치가 아니고, 모두 이런 식으로 보도연맹원들을 불러들이고, 불러들여서는 처치하고 있는 거네."

"진주에서도?"

"진주 경찰서에서도 그런 일이 있었으니 이곳 함안 경찰서에서도 곧 보도연맹원을 불러 모으리라는 예감이 들거든."

"글쎄, 아무리 그래도 수백 명의 사람을 그렇게 학살할 수 있을까? 그런 일이 대명천지 밝은 이 세상에 어찌 있을 수 있나?"

"그러니 내가 달려온 거 아닌가. 자네나 나나 보도연맹원이 아니면야 내가 왜 이러겠나?"

"이 사람 강 선생, 우리는 국가 공무원이야. 그것도 교육 공무원이라고. 신분이 보장된…."

"글쎄, 그렇기는 하네만 그래도 난세에는 신분 보장이란 말이 제 값을 못하는 것을 자네는 여태 몰랐는가?"

"그것은 옳은 소리네. 그건 그렇고, 내가 더 들을 만한 이야기는 없는가?"

"있지. 우리 반 학부형 하나가 보도연맹원인데 신촌에 살다가 작년에 진양군 나동면으로 이사를 했네. 그러나 그 사람 아이만 신촌국민학교에 그냥 다니게 했지. 그런데 나흘 전에 나동 지서에서 비상종을 두드려 동네의 보도연맹원을 모두 불러 모았다는 거네. 그래가지고 그날 오후에 진주 경찰서로 넘겨졌는데 그곳에는 수백 명의 보도연맹원들이 경찰서 유치장과 창고에까지 빽빽하게 갇혀 있었다는 거네. 가족들이 삼시 세끼 밥을 날라다 먹였다는 거지. 그런데 그 사람 부인이 어제 점심밥을 가지고 갔더니 그 많은 사람들이 모두 다 없어졌더라는 거야. 그래서 사방 알아볼 만한 데는 다 찾아다녀도 없더라면서 이곳 함안 경찰서에까지 왔다가 허탕을 치고 오늘 오전에 내게 왔더란 말이네. 우리 반 아이 어머닌데 말이네."

"그럼 진주 경찰서의 그 사람들도 그렇게 죽였단 말인가? 안 그럴 거네. 혹시 국군으로 징집해 간 건 아닐까?"

당시 군인이 될 수 있는 장정들은 이른바 모병꾼에 의해 길에서고 시장판에서고 붙잡히기만 하면 강제 입대되고 있었다. 그만큼 갑작스런 전쟁에 군인이 필요했던 것이다. 그래서 그런 사정을 알고 있는 문근이 그렇게 말했다. 그러나 강화중은 문근이 생각지도 못한 무서운 말을 꺼냈다.

"보도연맹원을 군대에 데리고 갈 만큼 믿어만 주면 내가 왜 이렇게 불안해하겠는가. 그리고 우리는 국가 공무원이고, 자네 말대로 그것도 교육공무원이라고 좀 낫게 봐 줄 것 같은가! 천만의 말씀이네. 큰 배경이 있던가 쌀 몇 가마니만 있으면 보도연맹에서 빠져나올 수 있다고도 하네."

"큰 배경이나 쌀 몇 가마니만 있어도 빠져나올 수 있다고?"

"그렇다네. 대신 다른 사람을 잡아 넣어 수만 채우면 된다고 하니까."

"그런 말을 누가 하던가?"

"역시 고종형님이 그랬네. 그 양반, 실은 미군정 때 미군 정보기관에 있다가 그만둔 분이어서 아는 게 많다네. 하지만 지금 우리가 이 한여름에 쌀 몇 가마니를 어디서 구할 것인가? 그리고 우리에게 무슨 배경이 있는가?"

"세상이 완전히 썩어문드러졌네."

"지금은 그렇게 비분강개할 때가 아니네! 우리의 목숨이 경각에 달려 있다니까."

화중은 심각한 얼굴로 문근을 바라보느라고 잠시 입을 닫았다가 곧 이었다.

"아무래도 우리에게 곧 무서운 일이 닥쳐올 거네. 틀림없이!"

강화중의 예리한 투시력과 정확한 판단력을 알고 있는 문근이었다. 그래서 문근이 바짝 긴장하며 물었다.

"어쩌면 좋은가, 도망을 쳐?"

문근이 떨리는 목소리로 물었다. 화중이 문근의 손을 잡으면서 말했다. 그의 음성에는 비감과 침통에 잠겨 마치 노인의 그것처럼 들렸다.

"생각해 보게. 보도연맹원이 전국적으로 수십만 명에 달할 거네. 그중에는 가짜 전향자도 숱하게 포함돼 있어. 인민군 치하가 됐을 때 그 가짜 전향자가 어떻게 나올지는 명약관화한 일 아닌가. 내 고종형님의 말이 아니라도 경기도, 충청도, 전라도, 경북 쪽에서 이미 많은 보도연맹원을 불러다가 흔적 없이 처치했을 거란 생각이 들지 않나. 적의 수중으로 들어갈 차례가 진양군이 여기 함안군보다 먼저야. 그래서 진주에서 그런 일이 여기보다 먼저 일어난 거네. 그러니 함안 경찰서에서도 아마 내일쯤 보도연맹원을 불러 모을 거네."

"그래서 그 많은 보도연맹원을 모두 없앤단 말인가?"

문근의 목소리가 더 떨리고 있었다. 화중이 답했다.

"나의 추측이 그렇다는 거네. 틀림없이 내일이나 모레는 여기서도 잡으러 올 거네."

그러나 화중의 이 추측은 빗나갔던 것이다. 문근이 말했다.

"오늘밤에 도망을 쳐야겠네."

"그래서 내가 60여 리 길을 달려온 거 아닌가?"

그들은 잠시 불안과 절망에 찬 얼굴이 되어 멍하니 마주보고 있었다. 그러다 문근이 다시 말했다. 억지였다.

"그래도 경찰도 사람인데, 설마 그 많은 사람을 그렇게 죽이겠나?"

문근의 소리에는 화중의 추측이 현실이 아니기를 바라는 간절한 소망이 넘쳐 있었다.

"그게 어디 경찰의 결정이겠는가. 더 높은 어느 쪽의 결정이자 경찰은 하수인에 불과하지. 경찰이 경찰 본래의 기능과 권위를 못 찾으면 끝내 경찰은 정권의 시녀 노릇이나 하고 마는 거니까."

강화중은 오늘 오전에 학교를 찾아온 학부모를 떠올리고 있었다. 그녀는 땀에 전 옷도 옷이려니와 머리와 얼굴이 정상이 아니랄 만큼 헝클어지고 초췌해져 있었다. 답답해서 아이의 학교까지 찾아와 봤다는 그녀는 완전히 절망 상태에 빠져 있었다.

"선상님, 우리 이 양반은 무슨 탈이 난 기라예. 지난밤에는 밤새도록 꿈자리가 우짜몬 그리 어지러운지…. 일이 나도 큰일이 안 났으몬 꿈이 그렇지나 숭칙할 수 없을 껍니더."

남편을 둔 여인의 육감 같은 것, 그 육감에 의해 그녀는 이미 남편이 죽었을 거라고 생각하고 있었다. 그렇기에 몰골이 그 정도로 인사불성이 돼 있었을 것이다. 그런 것을 알아차린 강화중은 순간적으로 이 일이 이 학부모의 일만이 아닌, 자기 발등에 떨어진 불이란 것을 직감했다. 그러한 생각이 그야말로 전광석화처럼 퍼뜩 화중의 뇌리를 스쳤던 것이다. 그렇다면 이 일은 촌각을 다투는 위급한 것이었다.

일이 촌각을 다투는 위급한 것이어서 그 여자와 헤어져 바로 60여 리의 먼 길을 걸어서 단숨에 덕곡까지 온 참이었다. 잠시 뒤 강화중은 본가(아버지 집)로 간다면서 일어섰다.

"저녁 먹고 나서 다시 오겠네."

"그래, 꼭 와!"

화중이 나가고 잠시 뒤, 한 10분이나 지났을까, 느닷없이 사이렌 소리가 와앙, 하고 울렸다. 학교 앞 지서의 사이렌 탑에서 울려오는 것이었다. 1950년 7월 20일 오후 5시경이었다. 문근은 쌀자루에서 쌀을 퍼내다가 뜻밖의 사이렌 소리에 움찔했다. 저녁을 해 먹기 위해서였는데, 사이렌 소리를 듣는 순간 어쩐지 아랫도리에서 힘이 싹 빠져나가 버리는, 알 수 없는 위기감에 사로 잡혔던 것이다. 사이렌 소리는 단 한 번으로 그쳤지만 그는 쌀을 퍼내려던 조랑바가지를 쌀자루 속에 도로 넣고는 마당으로 나왔다. 전쟁이 났다고는 하나 아직은 먼 곳에서 싸움이 벌어지고 있어, 인심이야 흉흉하지만 크게 동요가 없던 마을이었다. 그런데 방금 그 우악스럽게도 큰 사이렌 소리에 온 동네가 갑자기 수런거려진 느낌이었다. 학교는 자취방에서 불과 1백여 미터 거리에 있었고, 지서는 학교 바로 앞에 있었으므로 사이렌 소리는 귀를 멍멍하게 했던 것이다.

바로 그때 사립께로 정복의 순경 두 사람이 걸어왔다. 낯익은 사람들이었다. 순경들은 문근을 보자 반갑게 인사했다. 순경 한 사람이 말했다.

"아, 안녕하십니까? 마침 계셨네요. 안 계시면 우짜노 했더니."

문근은 다시 하체가 찌익 소리라도 내며 오그라드는 긴장감에 잠기며 말했다.

"아이구, 웬 일이십니까?"

"이 선생님, 안 바쁘시면 지서에 잠깐 가입시더."

인사한 순경이 말했다. 안 바쁘시면… 이라고 했지만 총까지 메고 온 두 사람의 순경은 문근의 양쪽에 붙어 섰다. 그러나 문근은 태연한 척할 수밖에 없었다. 절망 바로 그것이었다. 이렇게 빨리 나타나다니. 내일쯤 여기서도 보도연맹원을 불러들이리라 짐작했던 강화중도 큰 오산을 한 것이었고, 오늘밤에 도망을 치겠다던 이문근 자신은 정확한 강화중을 너무 믿은 게 잘못이었다. 화중이 집으로 간다고 나갈 때 따라나서서 달아났어야 했다. 그러나, 이미 때는 늦었다. 문근은 뻔히 알고 있으면서도 시치미를 떼고 물었다.

"무슨 일인데요?"

"가 보시면 압니다. 잠깐이면 됩니다."

순경이 메마른 소리로 말했다. 문근이 다시 말했다.

"옷이라도 갈아입어야 안 하겠습니까?"

그러나 순경들은 반대했다.

"아니, 그럴 필요 없습니다."

한 순경이 이렇게 말하자 또 다른 순경이 재촉했다.

"갑시다."

문근은 순경 사이에 끼여 집을 나오지 않을 수 없었다. 도망이라도 치고 싶었으나, 두 사람의 순경이 총까지 메고 있지 않은가. 게다가 그는 맨발에 신발도 밑창이 거의 닳고 뒤꿈치도 닳아 헐렁해진 고무신을 신고 있었다. 도망을 치려야 칠 수가 없었다.

16장

죽음의 골짜기로

45

지서로 가니 몇 사람의 동네 사람들이 이미 먼저 와 있다가 공손히 인사를 했다. 문근이 교사임을 알고 있기 때문에 보내 오는 예우였다. 문근은 자신의 몰골이 너무 초라해서 인사를 받기가 창피스러웠다. 허리띠도 매지 않은 반바지에 맨발, 그러고 다 떨어진 고무신 차림의 문근에게 인사를 한 그들은 하나같이 들에서 일하다 바로 지서로 붙들려 온 차림이었다. 그러나 서로 인사하고 지내는 지서 주임은 평소와는 달리 냉정한 표정으로 문근이 인사를 해도 어색하고 민망한 표정만 지었을 뿐, 한 마디도 하지 않고 왔다 갔다 하면서 뭔가 초조한 기색을 감추지 못하고 있었다. 그때 벽에 걸린 전화기에서 요란한 신호음이 울렸다. 주임이 수화기를 들어 귀에다 대고 악을 쓰듯 소리쳤다.

"예, 덕곡지섭니다…. 예 거의 다 모았습니다. 다 모으는 대로 전화 드리겠습니다. 옛, 알겠습니다."

그러고는 순경들에게 명령했다.

"자, 빨리 가서 마저 데리고 와!"

그날 두 사람씩 짝을 지은 순경들은 마치 솜씨 좋은 사냥꾼처럼 나가기만 하면 동네 남자(보도연맹원)들을 하나씩 혹은 둘씩 잡아왔다.

문근이 주임에게 물었다. 떨려 나오는 목소리를 겨우 정상적인 것으로 가장하고 있었다.

"아니, 무슨 일입니까? 잠깐이면 된다고 해서 옷도 안 갈아입고 왔는데."

그러나 주임은 한숨을 푸르르 쉬더니 간단히 말했다.

"좀 기다려 보이소."

그의 말 속에는, 자신은 전혀 당신들을 괴롭히고 싶지 않습니다라고 하는 뜻이 숨어 있는 것 같았다. 한 시간 가까이 걸려 붙들려 온 사람들의 수는 열세 사람이나 됐다. 주임이 전화기의 손잡이를 빵빵 돌리더니 송화구에다 대고 말했다.

"작전 완료했습니다."

문근은 화중으로부터 들은 말이 있어 절망상태에 빠져 달아날 기회만 엿봤지만 입구는 순경들이 막고 있어 꼼짝할 수 없었다. 그러면서도 문근은 설마 이런 생대 같은 양민들을 어떻게 하랴 하는 생각이 자꾸 났고, 이날 이때까지 큰 죄 짓지 않고 살아온 내가 남이 죽는다고 함께 죽을 까닭이 있느냐, 나는 절대로 안 죽는다! 하는 억지를 부리고 있었다.

주임은 전화기에다 대고 다시 악쓰듯 큰 소리로 말했다.

"알았습니다. 그럼 차 올 때까지 기다리겠습니다."

아마 본서인 함안 경찰서에다 전화로 보고하고 또 다른 약속을 받고 있나 보다. 그런데 그 약속은 차를 보내 주겠다는 약속임에 틀림없었다.

화중은 붙들려 오지 않았다, 화중의 현주소지 신촌 지서의 경찰들이 아마 그를 찾아 갔으리라. 그러나 화중이 부재중임을 알고는 혀를 차고는 다른 집으로 갔으리라. 어쨌든 화중이 붙잡혀 오지 않은 건 참으로 다행이었다.

문근은 어쩌면 달아날 수 있을까 하고 궁리했다. 그러면서도 아까 화중의 말을 더 신중히 안 들은 게 후회되기도 했다. 하기는 신중하게 들어봤자 경찰이 이렇게 빨리 들이닥친 이상 어쩔 수 없기도 했을 것이다. 그러나 붙잡혀 와 있는 다른 사람들은 아무 사정도 모르고 웃고 떠들고 있었다. 마치 논을 매다가 잠시 논두렁으로 나와, 가지고 온 중참을 먹으며 웃고 떠들 때와 같은 모습들이었다. 대개들 무슨 간단한 교육이나 훈련이 있는 줄로만 아는 모양이었다.

구릿빛 얼굴에, 볼과 턱이 수염투성이로 텁수룩한 30대 농부가 걸걸한 음성으로 순경을 보고 말했다.

"두벌논을 매다가 왔는데, 언제 돌려보내 줍니꺼? 하루가 무섭게 지슴이 돋아나서 나락 논 다 베리겠심더!"

태평스런 소리였다. 문근은 그를 멀거니 바라보고서도 아무 말도 못하고 속으로 절망의 한숨만 쉬었다.

또 한 사내가 말했다.

"올해는 그래도 비가 자주 찔끔거려서 시절은 좋을 모양이지. 나락이 다 세벌논 맬 때맨키로 컸다 캉이."

그러자 순경 한 사람이 시큰둥하게 받았다. 바로 문근에게로 와서 그를 연행해 온 순경 중의 한 사람이었다.

"시방 당신들은 농사 걱정할 때가 앙인 것 같소."

문근이 떨리는 목소리로 물었다. 자긴들 어쩔 수는 없었겠지만, 곧 보내 준다고 한 거짓말이 괘씸하고 얄미워서였다.

"무슨 일로, 어디로 데리고 간다는 말도 없이 이게 뭡니까? 아깐 분명히 곧 돌려보내 준다고 하지 않았습니까?"

그때서야 순경 대신 주임이 말했다. 그는 짜증과 피곤과 미안함이 뒤범벅이 된 소리로 쥐어짜듯 말했다.

"본서에서 시키는 대로 했기 때문에 우리는 아무것도 몰라서 그러니 양해를 해야만 돼요!"

지서로 연행돼 온 사람들은 저녁도 굶은 채 계속 붙잡혀 있었다.

벌써 밖은 땅거미가 지면서 시원한 바람이 실내로 스며들어 왔고, 지서 마당의 버드나무에서 울어대던 매미 소리가 그친 지도 오래였다. 사정 모르고 붙들려 온 사람들은 배가 고프다고 투덜거렸지만 문근은 공포와 불안으로 배가 고픈 줄을 까맣게 잊고 있었다. 다만 어떻게 하면 도망칠 수 있을까 하는 궁리만 하고 있었다. 그러나 순경들이 지서의 입구를 지키고 있어서 도망은 엄두도 낼 수 없었다. 그래서 그는 동정도 살필 겸 또 실제로 소변이 마렵기도 해서 화장실을 찾아 나섰다. 그랬더니 순경이 주인 따르는 강아지처럼 졸졸 따라다니면서 꼼짝달싹을 못하게 했다.

문근이 소변을 하고 막 돌아서 나오는데 지서 앞에 트럭 한 대가 와서 멎었다. 트럭 위에는 20여 명의 남자들이 웅기중기 쭈그리고 앉아 있었다. 트럭 위의 네 귀퉁이마다 순경이 총을 들고 서 있었다. 덕곡 지서에 붙들려 있던 열세 사람은 한 사람씩 순서대로 지서 안에서 나와 트럭에 타게 했다. 트럭에 모두 오르자 차는 이내 떠났다. 문근은 다른 사람들과 함께 말 한 마디 못하고 짐승처럼 차에 실려 머리를 숙이고 있어야 했다. 그들이 차에 오르자 순경이 지시했던 것이다. 덕곡 지서의 순경들은 같은 동네 사람들을 붙잡아다 놓은 죄에다, 모두 아는 얼굴이라 조금은 미안한 표정도 짓고, 마구 해대지는 못했다. 그런데 트럭 위의 순경들은 달랐다. 안면도 체면도 없었으므로 인정사정없이 함부로 굴었다.

"모두 고개를 숙이시오. 어떤 말도 하지 마시오. 고개를 들거나 말을 하면 그냥 두지 않을 거요!"

경찰은 노골적으로, 그리고 마음 놓고 죄인 취급을 하고 있었다.

그때야 함께 차에 오른 사람들의 인상이 단박에 사색이 되었고 부들부들 떠는 사람도 있었다. 문근은 오석골의 집 생각을 했다. 아버지 어머니가 이 소식을 모르는 게 다행이라는 생각을 했다. 어른들이 안다면 얼마나 큰 걱정을 하실 것인가. 어른들의 걱정은 문근에게 오히려 마음의 부담만 될 뿐이었다. 답답하고 억울하기는 해도 어른들이 모르는 게 훨씬 속이 편했다.

자동차는 어둠 속을 달렸다. 어둠은 상상 외로 빨리 찾아와 아주 캄캄해져 있었다. 바퀴에 자갈이 튀는 소리가 계속해서 엔진 소리에 섞여 들렸고, 코 안이 매캐한 것을 봐서 먼지가 심하게 일고 있는 걸 알 수 있었다. 내리막길을 달리는지 자동차의 엔진 소리가 작아질 땐 길가 논에서 개구리 우는 소리가 마치 차에 실려 가는 사람들을 슬퍼해서 울부짖는 비명같이 들렸다. 어릴 때 잘못을 저질러 이웃 어른으로부터 심한 꾸지람을 들으면서도 그것이 집안 어른들에게 알려지지 않기를 바라던 때가 많이 있었다. 그런데 이렇게 죽으러 가면서도 어른들이 모르기를 바라는 마음은 어릴 때와 같았다.

살그머니 고개를 들어 좌우를 보니 양쪽 모두 저만치 어둠속에서 시커먼 솔숲만 보일 뿐이었다. 차는 골짜기 사이로 난 길을 달리고 있음이 분명했으나 도대체 어디쯤 되는지, 어느 곳을 지나는 길인지 구별할 수가 없었다. 차가 달려서 그렇기도 하겠지만 골바람이 차 위에 엎드린 사람들의 뒤통수와 등허리를 쉴새없이 어루만지고 있었다. 달리는 차가 오르막을 오르고 내리고 하느라고 엔진 소리가 높아졌다 낮아졌다 하기를 여러 번.

이윽고 자동차가 멎었다.

그러나 그동안 내내 고개를 숙이고 있어야 했기 때문에 어디가 어딘지 알 수 없었다. 순경이 소리쳤다.

"자, 이쪽에서부터 한 사람씩 차에서 내린다."

말투가 완전히 해라로 바뀌어 있었다. 경관이 계속해서 차가운 소리로 말했다.

"내린 사람은 경관의 지시대로 움직인다. 허튼짓하면 안 된다!"

그들은 한 사람씩 트럭 위에서 땅으로 훌쩍훌쩍 뛰어내렸다. 그때야 문근은 고개를 들고 얼른 주위를 둘러봤다. 읍내의 경찰서였다. 전깃불이 유리창마다 비쳐 나오고 있었고, 사람의 그림자도 유리창에 어른거렸다.

트럭에 실려 온 사람들은 경찰관들이 앞과 뒤 옆으로 붙어 호위하는(?) 가운데 유치장으로 들어갔다. 문근은 유치장 입구에서 무심코 하늘을 봤다. 하늘에는 별 하나 안 보였다. 바람도 한 점 없었다. 무던히 물쿠는 날씨였다. 비가 올 징조였다.

유치장 안에는 이미 많은 사람들이 꽉 들어차 있었다. 그런데도 이번에 실려 온 문근의 일행이 비집고 들어가자 먼저 와 있던 사람들이 투덜거렸다.

"또 옇나(넣나), 이거는 콩나물 시리카마(시루보다) 더하다!"

"니기미 씨발놈들, 밥은 영 굶길라 쿠나. 무신 죄를 지었다고 생사람 이 고생을 시키노! 잡아 가다도(가둬도) 밥을 믹이야 할 거 앙이가."

그러다 누군가 문근의 일행에게 물었다.

"당신들은 오데서 왔소?"

"덕곡에서 왔소. 당신들은?"

"여기는 막 섞였소. 지산, 법하, 동천…."

"대관절 와 잡아 가둔다 쿠던교?"

"그걸 알빼끼사 안 답답하거로? 눈치 봉이(보니) 보도연맹에 든 사람은 전부 붙잡아들이는 모양인데, 들어라고 꼬울(꾈) 때는 운제며, 또 잡아 가두는 이유는 뭐꼬? 조또 씨바! 우리 겉은 어진 백성은 어느 장단에 춤추야 되노!"

밥 안 준다고 투덜거린 사내가 또 욕을 말꼬리에 달면서 한숨을 쉬었다.

"이 바쁜 농사철에 곽중에(갑자기) 이라몬 우짜노?"

어디선가 또 누군지 이렇게 투덜거렸다. 그들은 아무도 자기들이 장차 어찌 될지를 모르고 있었다. 다만 일철에 갇혀 있는 것만이 불만이었고 설마 죽이려고 든다는 것은 꿈에도 생각하지 않고 있었다.

유치장 안은 한증막이었다. 퀴퀴한 땀 냄새까지 진동해서 숨이 막힐 지경이었다.

문근은 눈을 감고 강화중을 생각하다가 복희를 떠올리기도 했다. 복희와 새로운 보금자리를 꾸며보려던 생각이 일장춘몽이란 말인가. 예쁘고도 재치에 넘치는 복희, 순진하면서도 깜찍한 데가 있는 시골 아가씨. 35살이나 된 나, 그것도 이미 결혼한 적이 있는 나에게 다소곳이 고개를 숙인 채 선생님만 괜찮으시다면… 하고, 얼굴을 붉히던 20살의 복희를 다시는 못 본단 말인가. 아니지, 그럴 수는 없어. 무슨 죄를 지었다고? 하다가 그는 다시 현실로 돌아와 고개를 흔들었다. 죄지은 사람만 잡혀 왔다면 이 유치장이 이렇게 비좁아터질 만큼 사람으로 가득 찰 수가 없지. 세상에 죄인이 이렇게 많다면 전쟁이 안 나도 절로 세상은 끝장이 날 것이다…. 천벌을 받을 테니까.

문근은 공포 속에서, 그 공포를 잊어버리기 위해 복희를 생각하다가 화중을 생각하다가 집안 가족들을 생각하기도 했다. 그래도 밤이 깊자 사람들은 모두 그 자리에서 서로 기대거나 포개어져 잠을 잤다. 대부분 농사꾼이었다. 종일 고된 농사일을 하다가 붙잡혀 온 사람들이어서 그런가 보았다. 그러나 문근은 잠이 오지 않았다. 문근은 온갖 생각을 다 떠올렸다. 학생 시절에 읽은 『몬테크리스트 백작』이 생각나기도 했고, 온 프랑스를 12년간이나 발칵 뒤집어 놓았던 불운의 군인 드레퓌스가 다시 떠오르기도 했다. 그러다 꿈인지 생신지 분간 못할 잠 속에서는 절해의 고도 암굴 속에 갇힌 드레퓌스가 자기로 바뀌기도 했다. 그러다 소스라쳐 깨면 이 엄청난 비극이 꿈이 아닌 현실임에 깊은 절망감에 빠지곤 했다. 그것은 그대로 온 신경이 곤두서는 긴장감에 휩싸이게 하곤 했다. 밖에서 빗방울 소리가 나고 있었다. 날이 새는지 출입구 반대편 벽의 높다란 창문, 아니, 창문이 아니고 삿갓만큼의 크기로 둥근 유리만 박은 유리창을 통해 희미한 빛과 함께 주룩주룩 빗소리가 새어들고 있었다.

"비가 오는데 설마…."

문근은 혼자 이런 억지로 자위를 해 봤다. 비가 오는데 어찌 수십 명을 끌어다 죽이겠는가…. 이런 생각을 하면서 새벽녘에 또 설핏 잠이 들었다.

46

얼마나 잤는지 모른다. 누가 흔들어 깨우고 있었다. 소스라쳐 눈을 떴다. 비좁은 유치장의 여기저기에서 밥을 먹는 사람들이 보였다. 밥그릇이며 반찬들이 제각각인 걸 봐서 각자의 집에서 가져 온 밥인 것 같았다. 그러나 문근을 깨운 사람은 밥을 먹고 있지 않았다. 문근이 눈을 떠서 두리번거리자 그가 문근을 보고 물었다.

"혹시 이문근 씹니까?"

"네, 그렇습니다만?"

"누가 밖에서 찾던데요."

"저를요?"

"네, 아마 아침밥을 가져온 모양이던데요."

20대 후반으로 보였다. 바로 그때 순경이 출입문을 빼꼼히 열어 얼굴만 내밀고는 소리치고 있었다.

"이문근이 없어? 밥 가져가!"

문근이 사람들 사이를 비집고 나가자 삿갓을 벗어 겨드랑이에 끼고 있던 사람이 다가왔다. 그는 놀랍게도 강화중의 부친이었다. 더욱 놀라운 것은 그러한 강 노인 뒤에는 복희가 비에 후줄근히 젖은 몰골로 뭘 들고 서 있었다. 반가웠다. 너무 반가운 나머지 눈물이 나오려는 걸 겨우 참았다. 남자들은 불안할수록 성적 욕망에 빠져든다든가. 문근은 마음 같아서는 남의 눈치고 뭐고 모두 팽개친 채 복희를 얼싸안고 온몸을 비비고 싶은 충동을 느꼈다. 그러나 꾹 참고 화중의 부친에게 말했다.

"아이구, 어르신!"

"어서 밥이나 들게. 기다리고 있겠네."

그러면서 딸이 들고 있던 걸 받아 건네주었다. 빈 그릇을 받아 가겠다는 뜻이었다. 문근은 얼른 복회를 바라봤다. 복희와 눈길이 닿았다. 복희는 곧 울음을 터뜨릴 것 같은 표정을 지었다. 문근은 보자기에 싼 것을 들고 제자리에 돌아왔다. 그러고는 문근을 깨워준 옆 사람에게도 같이 먹자면서 보자기를 풀었다. 된장에 풋고추 오이김치 고추장 간갈치구이 등의 반찬에, 보리쌀과 쌀이 반반으로 섞인 밥이었다. 점심밥까지인지 밥이 많았다. 누구나 꽁보리밥을 먹는 형편이었는데 정성을 들인 도시락이었다. 그는 사양을 하는 청년에게 숟가락을 주고 자기는 젓가락으로 밥을 먹었다. 청년은 숟가락을 왼손으로 받아 들고는 고개를 숙이더니 오른손으로 가슴에다 십자를 그었다. 천주교인인가 보았다. 워낙 시장해서 밥은 맛이 있었다. 역시 죽을 때 죽더라도 밥은 먹고 봐야 할 일이라는 생각이 들었다.

그는 밥을 다 먹고 빈 그릇을 다시 싸서 문께로 나갔다. 문밖은 밥을 가지고 온 사람, 아들이나 남편을 찾으러 온 사람들로 대목 장날같이 붐볐다. 순경 몇이 그런 사람들을 상대로 고래고래 소리를 치면서 주의를 주고 있어 소란스럽기가 흡사 굿판이 끝난 뒷마당 같았다. 아무개야, 어딨노? 우리 아들 안 봤나? 저그 아부지 오데 있습니꺼?

문근은 저만치 복희가 보이자 소리쳤다.

"복희이!"

복희가 얼른 뛰어왔다. 그는 밥그릇을 넘기며 재빠른 소리로 물었다.

"오빠는 어찌 됐소?"

"어제 곧바로 신촌으로 갔어예."

그때 순경이 매정스럽게 문을 쾅 닫는 바람에 문근은 이마를 되게 부딪치며 안으로 밀려 들어오고 말았다. 잠시라도 복희를 만났다는 게 얼마나 다행인지 몰랐다. 그러나 시간이 너무 짧았다. 단 1분이라도 눈길을 맞대고 이야기를 나누었더라면….

문근은 함안 경찰서에서 꼬박 하루를 갇혀 있었다, 이날은 종일 비가 내렸다. 점심때쯤에는 아침에 문근을 깨우던 옆 사람에게도 밥이 와서 문근은 그의 밥을 얻어먹었다. 순 쌀밥에 반찬도 쇠고기 장조림이 다 있었다. 구경을 못하던 귀한 반찬이었다. 문근이 그에게 물었다.

"실례지만 무엇을 하십니까?"

그도 소리를 낮춰 말했다.

"대구 의대에 다닙니다."

"어쩌다가?"

"지난번 대구 폭동에 가담했지요."

그도 문근에게 뭘 하느냐고 물었다.

"네, 저는 국민학교 교삽니다. 이문근입니다."

"반갑습니다. 김종하라고 합니다."

그들은 속삭이는 소리로 인사를 주고받았다. 종하가 입구로 나가 밥그릇을 건네주고 왔다. 그는 누구에겐가 몇 번이나 곧 나간다고 안심을 시키고 있었다. 그가 돌아왔을 때 문근이 물었다.

"곧 나가게 된다는 확신이 서십니까?"

"아니요, 그러나 어머니께 뭐라고 하겠습니까."

문근이 침을 삼키며 그의 귀에 대고 속삭였다. 그의 입을 통해서 한 오라기라도 희망적인 무슨 정보를 얻고 싶었던 것이다.

"어떻게 될 것 같습니까?"

그러나 종하의 말은 문근이 설마 하며 품고 있던 작은 희망마저 무너뜨리는 것이었다.

"제가 타고 온 차에는 40여 명이나 붙잡혀 타고 있었습니다. 순경도 네 사람이 탔습니다, 그런데 차가 절벽 위를 달릴 때 어떤 사람이 아래로 뛰어내렸어요. 차는 섰지만 순경은 따라 뛰어내리지는 못하더군요. 그러나 순경들은 벼랑 아래를 향해 마구 총을 쏘았습니다. 총까지 쏠 줄은 몰랐거든요. 죽었는지 살았는지…."

문근은 강화중의 말(죽일 거라는)이 사실임을 확인하면서 다시금 눈앞이 캄캄해졌다. 종하가 이었다.

"죽이기로 되어 있지 않고서야 도망친다고 총까지 쏘겠어요? 성서의 말씀에, 세상에 죄인 아닌 사람이 없고 올바른 사람은 한 사람도 없다고 했습니다. 지금이 바로 그런 때입니다."

그렇게 속삭이고는 다시 말을 이었다.

"하지만 이 선생님, 용기를 가지고 이 시련을 이겨 내십시다. 성서에는 사람이 겪는 시련은 모두 사람이 능히 감당해 낼 수 있는 시련이라고 했습니다."

문근이 낮은 소리로 받았다

"이것은 이미 시련은 아닌 것 같습니다. 김 형의 말씀대로 사람이 감당해낼 수 있는 시련이라면 그것이 죽음일 수는 없지 않습니까? 죽음을 어떻게 감당합니까?"

"이 선생님, 그래도 희망을 잃지 맙시다. 설령 이것이 시련이 아니고 죽음이라 해도 말입니다."

"김 형은 언제부터 천주교를 믿었습니까?"

"어릴 때부텁니다."

"그런 분이 대구 폭동에는 왜?"

"가담했느냐 그 말씀이겠지요. 역시 성서에는 '예' 할 것은 '예' 하고, '아니오' 할 것은 '아니오' 하라고 했습니다. 저는 아니오 할 것을 아니오라고 한 것뿐입니다, 그런데 세상은 아니오 할 것을 모두 예 하라고만 강요하고 있지 않습니까. 신앙인은 바로 생각하고 바로 말해야 하지요. 저는 공산주의자가 될 수 없는 사람입니다."

"김 형의 용기와 신념이 부럽습니다."

"아닙니다. 다만 살아나겠다는 의지를 가지자는 겁니다."

"희망이 있습니까?"

"그러나 끝까지 살 궁리를 해야죠. 살아서 우리 시대의 부끄러운 이 만행을 후세에 전해야 합니다."

종하는 야무진 표정으로 이렇게 말했다. 이문근은 이 젊은 의학도의 말과 설득에 깊은 감명을 받았다기보다는 매우 인상적이어서 오래오래 기억에서 사라지지 않을 것 같았다.

오후, 해도 지기 전에 다시 밥이 왔다. 이번에는 화중의 부친이 혼자서만 왔다. 복희가 오지 않은 게 차라리 잘됐다고 생각됐지만, 그렇다고 화중의 부친으로부터 밥을 받아먹는 것도 참으로 부담스럽기만 했다. 문근이 밥을 받으면서 목소리를 낮춰 물었다.

"화중인 어찌 됐습니까?"

"피했네."

"어디로요?"

"나도 모르네."

그는 잠시 쉬었다 다시 말했다.

"내일 낮에 보세. 밥은 내일 아침꺼정 먹게."

"고맙습니다. 어르신."

"별일 없을 거네. 많이 먹고 마음을 넉넉히 가지고 지내게."

고마움이 마음에 사무쳤다.

이튿날은 비가 개고 날씨가 맑았다. 점심때쯤 화중의 어머니와 복희가 또 점심을 갖고 왔다. 화중의 어머니는 안색이 말 못하게 변해 있었다.

"이 선상, 우짜든지 밥이나 많이 묵으소. 쯧쯧…. 이 더분데 시상에…."

이러한 말이 문근을 더욱 공포에 몰아넣기만 했다. 복희가 도시락을 주면서 울상이 되어 있었다.

"오늘 저녁하고 함꼡니더."

"수고를 끼쳐서…."

"어언지예(천만에요)…. 오빠 말씀을 들으면…."

그러는데 순경이 지나다 고함을 쳤다.

"밥만 전달하고 가라고 몇 번이나 말했소?"

순경은 복희를 왈칵 떠밀어내었다. 오빠의 말을 들으면 극히 위험하다는 이야기이리라. 그래서 문근이 붙잡혀 있는 게 불안해서 견딜 수 없다는 뜻을 비치고 싶었던 것이다. 문근은 억지 미소를 지으며 돌아 나가는 복희 모녀에게 손을 흔들어 보였다. 어제와 마찬가지로 다시금 복희를 끌어안고 싶다는 동물적 충동을 느끼면서 문근은 유치장 안으로 들어왔다. 죽음을 앞둔 자의 본능인가.

그러나 문근은 이날 낮에 남긴 저녁밥을 먹지 못했다. 석양 무렵에 그들은 다시 차에 실려 어디론가 떠났기 때문이다. 유치장에 갇혀 있던 사람들 40여 명이 트럭에 올라 앉아, 올 때처럼 고개를 숙이고 있었다. 이번에는 경찰도 8명이나 총을 메고 함께 타고 갔다. 고개를 숙이라고 했지만 기왕 죽을 몸이란 생각에 문근은 얼른얼른 고개를 들고 주변을 살폈다. 길이 점점 좁아지면서 깊은 산골로 들어가고 있었다. 그때 트럭에 실린 사람들은 모두 창백한 안색으로 턱을 덜덜 떨며 공포에 질려 있었다. 벌써부터 훌쩍훌쩍 울고 있는 사람도 있었다. 트럭에 실려 가는 사람들에게 그 누구도 당신들은 죽을 몸이오, 죽으러 가는 것이니 마음의 준비나 하시오! 이런 말을 해주지 않았다. 그러나 그들은 이제 모두 자신들의 운명을 깨닫고 있었다. 이 역시 본능인지 올랐다. 소가 도살장으로 끌려갈 때

발버둥치고 눈물을 흘리는 것이 지혜나 이성이 아닌 본능이듯이, 죽음의 골짜기로 끌려가고 있는 이 사람들 역시 본능으로 죽음을 깨닫고는, 혹은 울고 혹은 사시나무 떨듯 전신을 떨고 있었다.

그들을 실은 차는 어디론가 달리고 있었다. 오전에 비가 갠 하늘은 군데군데 가벼운 구름자락이 돛폭처럼 하얗게 떠 있었고 막 서산으로 지는 해가 그 산 위의 구름을 붉게 물들이고 있었다. 바람은 선들거렸고, 길가 나무에서는 매미 소리가 건강했다. 그런 풍경들만 본다면 산하는 참으로 평화롭고 아름다운 한 폭의 그림이었다. 그러나 그 그림 가운데로 40여 명의 생목숨이 숨을 죽인 공포 속에 죽음의 행진을 하고 있을 줄이야! 그래서 차에 탄 사람들은 누구 하나 그 아름다운 하늘도, 석양도 보지 못했다.

모두들 총을 든 경관의 명령에 따라 고개를 깊이 숙이고 있어야 했기 때문이다. 아니, 경찰들조차도 하늘의 그 신선하리만치 아름다운 구름이나 황홀한 석양을 보지 못했다. 모두들 극도로 긴장된 얼굴에, 충혈된 눈에 불을 켜고는 총대를 두 손으로 굳게 잡고, 누가 이상한 짓을 하는가에만 신경을 곤두세우고 있었기 때문이다.

김종하는 문근의 바로 옆에 붙어 앉아 있었다. 그는 침착했다. 다른 사람들이 모두 사색이 되어 부들부들 떨거나 흑흑 흐느껴 울고 있는데 비해 김종하는 다소 초라한 얼굴이긴 하나 냉정하게 무엇을 골똘히 생각하는 모습이었다. 문근이 그를 집적였다. 마침 그들은 트럭의 복판쯤에 앉아 있었으므로 가장자리에 띄엄띄엄 붙어 앉아 있는 순경들의 눈에는 잘 띄지 않았다. 문근은 제 왼손 바닥에다 오른 손으로 글을 썼다. 지금 우리는 죽으러 갑니다. 그러자 종하도 문근의 손바닥에 글을 썼다. 알고 있습니다. 문근이 다시 썼다. 살 궁리를 합시다. 종하가 썼다. 하고 있습니다. 그들은 잠시 필담을 중단했다. 그때 종하가 번쩍 손을 들면서 외쳤다.

"죽을 때 죽더라도 알 건 알고 죽읍시다. 우리를 지금 어디로 데리고 가는 거요?"

느닷없는 종하의 소리에 고개를 숙이고 있던 모든 사람들의 시선이 일제히 그에게로 집중됐다. 경찰관들도 긴장하면서 모두 그를 주시했다. 그 순간이었다. 총소리가 탕탕, 하고 울렸다. 그러나 종하는 쓰러지지 않았다. 트럭 뒤쪽에 앉아 있던 사람 하나가 경찰의 눈이 종하에게로 집중된 순간 달리고 있는 차에서 가볍게 뛰어내리다, 바로 옆의 순경이 쏜 총에 맞아서 그대로 길바닥에 나뒹굴었다. 차가 멎었다. 경관 한 사람이 고함쳤다.

"봤지? 살고 싶으면 그대로 앉아 있어!"

그러더니 이번에는 다른 순경을 향해 지시했다.

"어이, 박 순경 김 순경, 내가 뭐라고 했어. 여기에서 엮어!"

그러자 명령한 경관을 포함한 나머지 순경 여섯이 총을 겨눈 채 지키고 있는 가운데, 박 순경 김 순경으로 불린 두 사람이 운전대로 내려갔다. 그들은 총을 운전대에 두고 다시 포승 다발을 갖고 올라왔다. 그러고는 앞에서부터 사람들의 두 손을 뒤로 돌려 묶기 시작했다. 사람들은 앉은 채 줄줄이 묶였다. 여러 사람을 한꺼번에 한 줄에 묶고 보니 엮은 셈이었다. 경찰이 말한 엮어!란 표현은 참으로 적절했다. 마치 굴비처럼 차 위의 모든 사람들이 엮어지자 처음 명령한 경관이 다시 말했다.

"잡소리하면 당장 총살이다."

종하는 그만 입을 다물고 말았다. 사람들을 엮었던 두 사람의 순경이 차에서 훌쩍 뛰어내려 길바닥에다 피를 쏟고 숨진 사람을 질질 끌고 논두렁을 지나 산자락의 수풀 속으로 한참이나 들어갔다. 들어가서도 꽤 지체했다. 솔가지를 꺾는 소리가 뚝 뚝, 산 속의 정적을 울리고 있었다. 4, 5분 뒤에 순경들이 다시 나타났다. 돌아오던 순경은 볏논의 물꼬에서 손을 씻었다. 그러고는 손에 묻은 물을 뿌리고 운전대에 둔 총을 갖고 올라왔다. 그러자 차는 다시 달렸다. 이때부터 사람들은 앉은 채 트럭 바닥에 오줌을 질금질금 쌌다.

문근은 각오를 했다. 죽을 수밖에 없구나. 그러자 이상하게 정신이 맑아지는 느낌이었다. 새삼 옆 자리의 김종하를 돌아봤다. 그는 눈을 감고 열심히, 그리고 빠르게 입속말을 혼자 하느라고 입술만 달싹거리고 있었다. 기도를 하고 있는 모양이었다. 그러한 그의 얼굴은 아까보다는 핏기를 회복한 것 같았다. 모든 것을 체념한 평화가 그의 온 얼굴에 넘치는 것 같이 보였다.

47

문근은 남의 기도를 보고 있을 수만은 없다는 생각이 들었다. 불현듯 남은 시간이 너무 짧게 느껴지면서, 그 짧은 시간을 활용할 궁리를 했다. 그것은 자신도 기도하고 싶었으나 아직 한 번도 기도란 걸 해 본 적이 없었으므로, 마음속으로 그가 알고 있는 모든 사람들에게 작별 인사를 하기로 했다. 문근은 눈을 감고 부모님께 작별 인사를 고했다. 이 못난 자식 먼저 갑니더, 불효를 용서 하이소. 쓸모없는 자식 공부 시키느라고 장에 가셔도 막걸리 한 잔, 국수 한 그릇 안 자시고 오시던 아버지 어머니…. 그러자 자신도 모르게 뜨거운 눈물이 솟았다. 숙경아, 살았으면 용서해라. 이런 운명인 줄 알았다면 내 어찌 너를 아내로 데리고 왔겠노. 형님, 형수씨, 아부지 어무이를 잘 모시이소. 화중아, 자넨 살아서 이 비극을 세상에 전해다오. 복희야, 미안하다. 짧은 시간이나마 너를 만나 행복했고, 한바탕 꿈이 되었지만 새로운 미래를 설계했더니라. 조카들 경환아, 철환아 훌륭히 자라서 한 세상 후회 없이 살아야 하느니라.

이러는 사이 이윽고 차가 멎었다. 모두들 일어섰다. 그러나 차에서 뛰어내릴 수가 없었다. 사람과 사람을 묶은 줄 사이가 짧아서였다. 명령하던 경찰이 다시 신경질을 부렸다.

"소견머리 없이 엮어 가지고는…."

엮었던 순경이 투덜거렸다.

"그래서 처음부터 내라가지고(내리게 해서) 엮을라고(엮으려고) 안 했습니꺼."

그러면서 그는 주머니에서 칼을 꺼내 네 사람 단위로 포승줄을 끊었다. 그러고 네 사람 씩 차에서 한꺼번에 뛰어내리게 했다. 그러나 사람들은 이미 혼이 반쯤 나간 상태여서 네 사람씩 한꺼번에 땅바닥으로 뛰어내리기에도 힘들어했다. 세 사람이 먼저 뛰어내리니까 나머지 한 사람은 그냥 차에서 땅바닥으로 곤두박질을 치면서 피를 흘리기도 했다. 이런 식으로 뛰어내리는 데만도 시간이 걸렸다. 어떤 사람은 뛰어내리다가 고무신이 떨어져 달아나자, 그걸 주우러 넷이 고무신 있는 데까지 가기도 했다. 순경은 이런 모습을 딱하다는 표정으로 얼굴을 찡그리며 흘겨봤고, 또 어떤 순경은 노골적으로 타박을 주었다.

"천 년 만 년 더 살아도 더는 못 신을 헌신짝을!"

모두 뛰어내리자 다시 포승줄을 이어 맺어 본래처럼 줄줄이 엮었다. 이래저래 시간이 허비되어 이미 해가 지고 길가의 풀잎에는 이슬이 맺히고 있었다. 그들은 묶인 채 한 줄로 서서 순경이 이끄는 대로 산길을 올랐다.

7월 22일, 산은 푸르렀고 들판은 자라는 곡식의 생명으로 넘쳤다. 콩밭에는 콩이, 옥수수밭에는 옥수수가, 볏논에는 벼의 생명이 하늘을 향해 소리치며 자라고 있었다. 소나무와 오리나무가 뒤섞인 황토산, 그 황토산 숲 사잇길을 그들은 말없이 걸었다. 앞에서 끌고 뒤에서 따르던 순경들은 저마다 팥죽 같은 땀을 흘렸으나 엮여 가는 죄인들은 아무도 땀을 흘리지 않았다. 모두들 입을 꾹 다문 채 곧 쓰러질 것 같은 걸음으로 한 발 한 발 힘겹게 비탈진 황톳길을 오르고 있었다. 비틀거리며 길옆으로 빠져나오는 사람이 있으면 순경은 말없이 총대로 그런 사람의 옆구리나 엉덩이를 톡톡 쳐서 몰아넣었다. 어떤 사람의 고무신이 벗겨지면 모두 멈춰 서서 고무신을 다시 신기를 기다리기도 했다. 싱싱한 초목의 생명이 하늘을 향해 치솟고 있는 가운데로 40여 명의 죄인 아닌 죄인들만이 8명의 경찰을 따라 죽음의 행진을 계속하고 있었다.

문근은 이미 모든 것을 체념하면서 걸었다. 바로 앞의 종하도 그런 것 같았다. 문근은 자신이 어떻게 살아왔는지 돌이켜 보았다. 그러나 크게 후회될 만한 부끄러운 일은 없었다. 다시 태어나도 살아온 방식대로 살 수밖에 없으리라 생각했다.

지금 생각하니 너구리 박충진 교장도 그렇게 밉지 않았다. 오히려 가련한 생각이 들어 동정이 갔다. 다만, 두어 가지 기억이 또렷이 떠오르며 그분들이 무섭도록 보고 싶었다. 어머니와 아버지였다.

문근은 오석골에서 경성사범학교에 입학을 해, 온 군이 떠들썩했으나, 당시 경성까지 올라가 공부할 아무 건덕지도 없었다. 어머니는 문근을 데리고 외갓집으로 갔다. 외갓집은 부자였지만 외할아버지와 외할머니는 별세하신 뒤라 어머니는 결국 말 한 마디 못하고 빈손으로 돌아 나오다 대성통곡을 했다.

"쇠가 열 마리나 되는데 그 쇠 한 마리만 조도(주어도)…."

어머니의 울음 속에 섞인 넋두리였다.

불현듯 까마득한 옛날 기억은 왜 살아나면서 어머니가 이렇게 미치도록 보고 싶을까.

오석골에서 학교를 가는 데에 큰 내[川]가 있었다. 어릴 때 비만 오면 온 동네의 학생들은 아예 결석을 했다. 그때까지만 해도 그 내에는 다리가 없었다. 그러나 겨울이고 여름이고 문근은 결석 한 번 하지 않았다. 아버지 덕분이었다. 아버지가 늘 문근을 업어다 내를 건너 주었다. 그러다 경성사범에 입학하고서는 아무리 비가 와도 제 발로 건넜는데, 겨울철 냇물이 그렇게 차가운 줄 몰랐다. 그 차가운 물속을 아버지는, 당신의 바짓가랑이를 둥둥 걷어 올리고는 어린 문근이를 업고 내를 건넜던 것이다. 그 아버지도 어머니와 똑같이 사무치게 그리웠던 것이다. 그러나 이젠 모두 끝난 일….

이윽고 선두가 길이 아닌 수풀 사이로 들어섰다. 인가에서 얼마나 떨어진 곳일까. 후미질 대로 후미진 곳이었다. 그렇게 후미진 곳 저만치에 벌건 구덩이가 커다랗게 보였다. 누가 미리 와서 파둔 듯했다.

경찰들은 사람들을 구덩이 속으로 몰아넣었다. 그러나 땅바닥에 퍼질러 앉아 엉엉 울면서 살려 달라고 애원하는 사람도 있었다. 그들의 비명 섞인 울음이 저무는 골짜기를 마치 귀신 소리처럼 섬뜩하게 울리며 메아리쳐 나갔다. 그 바람에 일부 사람들은 구덩이 속에 들어가 있는데 또 일부 사람들은 그냥 구덩이 밖에서 아우성을 치는 형국이 되었다. 경찰들이 총대를 가로눕혀 잡고는 그들을 강제로 구덩이 속으로 밀어 넣었다. 종하와 문근이도 구덩이 속으로 떠밀려 들어갔다. 구덩이는 별로 넓지 않아서 40여 명의 장정들이 들어가자 가장자리 쪽의 사람들은 구덩이 벽에 몸이 붙을 지경이었다. 구덩이는 깊이가 한 길이 훨씬 넘어, 묶이지 않았어도 한 번 빠지면 밖으로 나오기가 힘들었고, 비가 오기 전에 파둔 것인 듯 바닥에는 흙탕물이 흥건히 괴어 있었다. 트럭에서와 마찬가지로 문근과 종하는 구덩이의 한복판에 끼여 서게 되었다.

"벼락 맞아 죽을 놈들아, 죄 없는 사람 쥑이고도 뒤탈 없을 줄 아나?"

누군가가 고함을 쳤다. 그러나 경찰들은 아무 소리도 하지 않았다. 죽을 사람의 마지막 발악이라고 그냥 듣고 넘겼다. 경찰들이 구덩이 주위에 빙 둘러서고 있었다.

"저승에서도 네놈들을 잊지 않겠다!"

이것도 같은 사람의 소리였다.

"오냐 알았다. 그러나 우리만을 원망 마라."

어느 경찰관이 말했다. 곧이어

"거총!… 쏴!"

하는 소리가 들리고는 콩 볶는 듯한 총소리가 온 산을 울리기 시작했다. 사람들은 저마다 외마디 비명과 함께 픽픽 쓰러졌다. 순식간에 사람들은 피를 흘리고 흘린 피를 뒤섞으며 서로 뒤엉킨 채 한 무더기 주검으로 돌변했다. 종하도 문근도 모두 쓰러졌다. 한참 뒤 경찰관이 말했다.

"끝났다."

"잘 살펴봐."

"총알 하나에 다섯 사람은 죽을 낀데, 수백 발을 쐈응이 누가 명을 붙이고 살아 있을 끼라고!"

"공비 토벌 열 번을 했지, 이 짓은 못하겠다."

"하고 싶어 하건데? 오늘 밤 또 잠자기는 틀렸다."

"참, 더러운 때에 태어나서 이 무슨 못할 짓고?"

"시끄럽다! 패내키(빨리) 내려가서 독한 술이나 퍼마시자."

경찰들은 어둑어둑 땅거미가 지기 시작한 산길을 요란한 군화 소리를 내면서 허둥지둥 내려갔다. 한참 뒤 먼 곳에서 자동차의 엔진 소리가 부르릉 들리고는 이내 주위가 적막해졌다. 어둠이 점점 더 짙게 죽은 사람들의 몸 위로 이불처럼 내려 덮이기 시작했다.

시간이 얼마나 지났을까. 시체들 속에서, 시체 하나가 꼼지락거리기 시작했다. 움직이는 시체는 어둠 속에서 눈을 뜨자마자 먼저 묶여 있는 손으로 다른 손을 꼬집어 봤다. 아팠다. 그는 주변을 살펴봤다. 죽음처럼 아니, 실제로 주검만 있는 고요한 밤이었다. 살았단 말인가! 문근은 속으로 말하면서 그대로 시체들 속에 끼여 동정을 살폈다. 역시 산 사람은 구덩이 밖에도 구덩이 안에도 없었다. 그제야 문근은 부들부들 떨면서 뒤로 묶여 있는 노끈을 풀어보려고 안간힘을 다했다.

그로부터 두 시간쯤 뒤에야 그는 양 손목에서 피를 철철 흘리며 구덩이 밖으로 기어 나왔다. 방금 손목을 풀어내려고 흘린 피 말고는 몸의 어느 곳에도 피 한 방울 흘리지 않고 있었다. 그는 기적처럼 총알을 맞지 않고 살았던 것이다. 문근은 손목에서 피를 철철 흘리며 시체들을 딛고 구덩이 밖으로 기어 나왔다. 그러고는 곧장 아래쪽으로 내려왔다. 그러나 밤중이라도 큰 길로는 나설 수가 없었다. 온 옷이 흠뻑 젖어 있었는데, 옷을 젖게 한 것이 결코 땀만은 아니었다. 땀도 비 오듯이 흘렸지만 옷의 앞뒤를 흠뻑 젖게 한 것은 문근의 몸을 둘러쌌던 죽은 사람들이 흘린 피였다. 아니, 죽으면서 흘린 피였다. 그러나 문근은 그런 것에 신경 쓸 겨를이 없었다. 아직도 꿈인지 생신지 모르게 정신이 얼떨떨했다. 마치 섯다판에서 밤새도록 잃기만 하다가 어쩌다 장땡을 잡았을 때처럼 가슴이 벌렁거리면서 살아 있는 자신이 믿어지지 않았다. 그러나 시간이 흐를수록 덤으로 얻은 생명이 너무나 소중해 다시는 붙잡히지 않아야겠다는 생각만 굳히고 있었다. 그는 짐승처럼 산길을 벌벌 기다시피 더듬어 내려오다가 처음으로 커다란 바위에 등을 기대고 쉬었다. 무심코 하늘을 올려다봤다. 저게 뭔가? 한 마리 거대한 누에 같은 게 하늘 한복판을 가로질러 허옇게 누워 있었다. 은하수였다. 아, 은하수가 저리도 아름답던가, 저렇게 아름다운 밤하늘을 두고 죽을 뻔하다니! 그러자 갑자기 울컥 눈물이 솟구쳤다. 한 번 솟구친 눈물은 마치 폭포수처럼 그의 두 뺨을 타고 내렸다. 그는 소리 없이 울음을 삼키며 자신이 왜 울고 있는지를 생각해 봤다. 자신이 이렇게 된 줄도 모르고 걱정하고 있을 가족들 때문에? 아내 숙경이가 그리워서? 복희가 보고 싶어서? 그러나 아무것도 아니었다. 그것은 이렇게 생사람을 아무런 망설임도 없이 죽일 수 있는 사람이란 존재를 그래도 가장 신뢰해 온 자신이 불쌍해서였다. 히틀러의 나치는 그래도 자민족의 우월성에 도취돼 유태인을 학살했다. 그런데 우리는 이게 뭔가. 세상에서 가장 저주받은 백성, 그래서 인륜도 저버린 채 모두 환장을 해버린 백성, 그 백성 중의 한 사람이란 사실이 그럴 수 없이 부끄럽고 슬펐다.

그러나 산속의 공기는 신선했다. 어쩌다 불어오는 바람마저 오히려 훈훈했다. 그래서 문근은 울다가 바위에 기대어 잠이 들었다. 새벽녘, 찬 공기에 으스스 몸을 움츠리다 잠이 깨었다. 눈을 뜨자 그는 깜짝 놀랐다. 이런! 옷이 피칠갑이었다. 양 손목은 포승줄을 푸느라고 얼마나 실랑이를 했던지 살점이 떨어져 나갔고 피가 엉킨 채 퉁퉁 부어 있었다. 손바닥에도 피와 황토가 범벅이 되어 있었다. 문근은 살그머니 서서 아침 햇살이 빗살처럼 펴져 내리고 있는 아래쪽을 내려다봤다. 신작로 하나가 아래로 아래로 꼬불꼬불 틔어져 있을 뿐, 인가라고는 없었다. 우선 안심이 되었다. 그는 천천히 걸어서 산을 내려왔다. 이윽고 물소리가 콸콸 들렸다. 그는 물소리가 나는 개울로 찾아가 우선 손만 담가 손바닥에 붙은 피와 흙을 씻었다. 그리곤 두 손으로 물을 움켜 몇 번이고 마셨다. 그는 피 묻은 상하의를 벗어 물에 담가 두 발로 마구 밟았다. 옷에서는 벌거스름한 핏물이 끝도 없이 빠져 나왔다. 옷에서 핏빛이 가시자 그는 옷을 바위에 널었다. 해가 돋자 바위 위의 옷에서는 김이 피어오르는 게 보였다.

문근은 원시인 같은 모습으로 앉아 옷이 마르기를 기다렸다. 기다리면서 생각하고 정리했다. 덤으로 얻은 이 귀한 목숨 다시 잡혀서는 안 되리라. 잡히지 않기 위해서는 이 땅을 떠나야 하리라. 아니, 설령 이제부터는 아무도 그를 건드리지 않는다 해도 지긋지긋한 이 땅에서 살기가 싫었다. 비록 부모님과 가족 그리고 복희 같은 그립고도 아까운 사람들이 산다고 해도 생사람들을 이렇게 거리낌 없이 학살하는, 인간성이 매몰된, 도덕성이 실종하고 없는 이 땅에서는 단 하루도 살기가 싫어졌다. 어디로 가서 살아야 하나? 어디로 가야만 이 목숨 하나 온전히 보전할 수 있을까. 생각이 떠오르지 않았다. 그는 한참이나 궁리했다. 땅 밑으로 꺼져 숨나, 하늘로 솟아 숨나, 그저 막막하기만 했다. 그러다 그는 무릎이라도 칠 듯 혼자 큰 소리로 외쳤다.

"그렇다! 사할린으로 가자. 사할린은 땅 밑도 하늘도 아닌 땅 위다!"

그러자 숙경을 만나 같이 살아야 한다는 생각이 갈증처럼 전신을 죄어 왔다. 이 오랜 갈증을 해소해야만 한다…. 그렇고 말고! 숙경이 나 때문에 사할린으로 가서 지금 오도 가도 못하고 고생하고 있는데, 내가 숙경이를 그곳에 두고 어디로 간단 말인가, 숙경이 보고 싶지 않아도 마땅히 사할린으로 가서 그녀를 위로하고 그녀를 감싸주는 것은 남자 된 자의 마땅한 도리다. 이제 문근은 자신이 사할린으로 가야 하는 것이 오래전에 정해진 숙명이기나 한 듯이 마음속 깊이 결심했다. 어떤 일이 있어도 사할린으로 간다!

그는 거의 마른 옷을 꿰어 입었다. 핏빛과 황톳빛이 대강 가셨을 뿐, 쭈글쭈글 말려든 광목 셔츠와 삼베 반바지, 그리고 낡은 흰고무신 차림으로 그곳을 떠났다. 사방을 둘러봐도 어디가 어딘지 모를 깊은 산속. 일단 그는 멀지 않은 산마루까지 올라가 보기로 했다. 해가 뜬 방향으로 보아 동서남북은 구별이 가능했다.

산마루에 올라 내려다보니, 저 아래쪽 까마득한 곳으로 기찻길이 보였고 마침 그때 수십 량의 화차만 연결한 기차가 고물고물 달려오는 게 보였다. 기관차가 앞뒤에 붙어 있었다. 가만히 생각하니 기차가 가는 쪽이 마산 방향이었다. 출발한 방향이 진주 쪽이었다. 그는 배가 몹시 고팠지만 그 고개 위에 서서 기차를 바라보며 생각했다.

사할린이란 땅의 지도를 머릿속에 그려봤다. 숙경이 떠난 뒤 수십 번도 더 들여다본 사할린이란 섬과 그 주변의 지도를 다시 그려봤다.

일본에서는 북해도 바로 위였다. 소련 대륙에서도 바로 동해 타타르 해협 건너편에 있었다. 일본으로 가기 위해서는 부산으로 나가 배를 타야 하나 도무지 불가능한 일이었다. 게다가 북해도에 가서 다시 배를 타고 들어가야 한다…. 그러나 북한으로 올라가 두만강을 건너 소련 땅으로만 들어갈 수 있다면, 북사할린 어느 곳이든 소련 대륙과 거의 붙어 있다시피 가까운 지점이 있다…. 북한 쪽을 택하는 수밖에 없었다. 이러한 결심은 두고두고 심사숙고해 봐야 함에도 그는 북한으로 가서 소련을 통해 사할린으로 건너가는 것만이 유일한 사할린행 통로라고 생각해 버린 것이다.

그렇게 생각을 굳히자 우선 어떤 길을 택해 북한으로 가느냐가 남았다. 아무래도 인민군이 점령한 곳으로 가는 것이 안전할 것 같았다. 그렇다면 진주 쪽으로 가야 한다. 진주 산청 함양 무주를 거쳐 영동으로 빠져나가 곧장 북상한다!

문근은 드디어 산을 내려오기 시작했다. 나무꾼의 길인지 경사가 급한 산 속으로 길이 꼬불꼬불 나 있었다. 한참을 내려오다 보니 높은 바위 밑에 작은 절 하나가 보였다. 바위 벽에 은해암(恩海庵)이란 커다란 글자가 새겨져 있었다. 그는 허기를 면할 겸 그 절로 들어갔다. 마침 쉰은 넘어 보이는 스님 한 분이 있었다. 그는 거기에서 절 밥으로 요기를 했다. 스님이 유심히 그의 차림이며 거동을 보고 있다가 말했다.

"위급한 경지를 벗어나 망명도생(亡命圖生)의 여정에 있는 것 같소이다. 혹시 필요하다면 소승이 입던 장삼이라도 한 벌 드리리까? 날씨가 더우니 가사는 필요없을 것 같고…."

스님이 다시 말했다.

"혹시 실례가 된다면 이 질문을 거둬들이겠습니다만, 무슨 사연으로 이런 위기에 처하게 됐습니까? 소승도 한때 선생과 같이 절박한 상황에 놓였던 때가 있었습니다."

문근이 스님을 향해 물었다.

"스님께서도 쫓겼던 경험이 있으시다고요?"

"그렇습니다. 소승은 해방 전 만주에서 살았는데, 처자식을 해친 왜놈을 둘이나 살해하고 쫓기고 또 쫓기면서 도망치고 있었습니다. 마침 압록강을 건너는 날 해방의 소식을 듣고 무사할 수 있었습니다."

"스님께 처자식이 있었다고요?"

"그때는 출가 전이었으니까요."

"왜놈을 둘이나 죽였다고요?"

"처자식을 왜놈 손에 잃었으니까요."

이런 대화를 나누는 중 문근은 꾸벅꾸벅 졸고 있었다. 허기를 면하자 잠이 쏟아졌던 것이다. 절방에서 모처럼 비록 짧은 낮잠이지만 잠 같은 잠 한숨을 자고, 오후에 한 사람의 승려가 되어 머리에 삿갓까지 쓰고 절을 떠났다. 생각 같아서는 스님의 입산출가 사연을 더 듣고 싶었지만 그럴 여유가 없었다.

:: 산지니 · 해피북미디어가 펴낸 큰글씨책 ::

문학

보약과 상약 김소희 지음
우리들은 없어지지 않았어 이병철 산문집
닥터 아나키스트 정영인 지음
팔팔 끓고 나서 4분간 정우련 소설집
실금 하나 정정화 소설집
시로부터 최영철 산문집
베를린 육아 1년 남정미 지음
유방암이지만 비키니는 입고 싶어 미스킴라일락 지음
내가 선택한 일터, 싱가포르에서 임효진 지음
내일을 생각하는 오늘의 식탁 전혜연 지음
이렇게 웃고 살아도 되나 조혜원 지음
랑(전2권) 김문주 장편소설
데린쿠유(전2권) 안지숙 장편소설
볼리비아 우표(전2권) 강이라 소설집
마니석, 고요한 울림(전2권) 페마체덴 지음 | 김미헌 옮김
방마다 문이 열리고 최시은 소설집
해상화열전(전6권) 한방경 지음 | 김영옥 옮김
유산(전2권) 박정선 장편소설
신불산(전2권) 안재성 지음
나의 아버지 박판수(전2권) 안재성 지음
나는 장성택입니다(전2권) 정광모 소설집
우리들, 킴(전2권) 황은덕 소설집
거기서, 도란도란(전2권) 이상섭 팩션집
폭식광대 권리 소설집
생각하는 사람들(전2권) 정영선 장편소설
삼겹살(전2권) 정형남 장편소설
1980(전2권) 노재열 장편소설
물의 시간(전2권) 정영선 장편소설
나는 나(전2권) 가네코 후미코 옥중수기
토스쿠(전2권) 정광모 장편소설
가을의 유머 박정선 장편소설
붉은 등, 닫힌 문, 출구 없음(전2권) 김비 장편소설
편지 정태규 창작집
진경산수 정형남 소설집
노루똥 정형남 소설집
유마도(전2권) 강남주 장편소설
레드 아일랜드(전2권) 김유철 장편소설
화염의 탑(전2권) 후루카와 가오루 지음 | 조정민 옮김
감꽃 떨어질 때(전2권) 정형남 장편소설
칼춤(전2권) 김춘복 장편소설
목화-소설 문익점(전2권) 표성흠 장편소설
번개와 천둥(전2권) 이규정 장편소설
밤의 눈(전2권) 조갑상 장편소설
사할린(전5권) 이규정 현장취재 장편소설
테하차피의 달 조갑상 소설집
무위능력 김종목 시조집
금정산을 보냈다 최영철 시집

인문

엔딩 노트 이기숙 지음
시칠리아 풍경 아서 스탠리 리그스 지음 | 김희정 옮김
고종, 근대 지식을 읽다 윤지양 지음
골목상인 분투기 이정식 지음
다시 시월 1979 10 · 16부마항쟁연구소 엮음
중국 내셔널리즘 오노데라 시로 지음 | 김하림 옮김
파리의 독립운동가 서영해 정상천 지음
삼국유사, 바다를 만나다 정천구 지음
대한민국 명찰답사 33 한정갑 지음
효 사상과 불교 도웅스님 지음
지역에서 행복하게 출판하기 강수걸 외 지음
재미있는 사찰이야기 한정갑 지음
귀농, 참 좋다 장병윤 지음
당당한 안녕-죽음을 배우다 이기숙 지음
모녀5세대 이기숙 지음
한 권으로 읽는 중국문화 공봉진 · 이강인 · 조윤경 지음
차의 책 The Book of Tea
오카쿠라 텐신 지음 | 정천구 옮김
불교(佛敎)와 마음 황정원 지음
논어, 그 일상의 정치(전5권) 정천구 지음
중용, 어울림의 길(전3권) 정천구 지음
맹자, 시대를 찌르다(전5권) 정천구 지음
한비자, 난세의 통치학(전5권) 정천구 지음
대학, 정치를 배우다(전4권) 정천구 지음